페나인의 상인들

The Merchants of Penaine

페나인의 상인들 5
안현일 판타지 장편 소설

초판 1쇄 찍은 날 § 2002년 2월 20일
초판 1쇄 펴낸 날 § 2002년 2월 30일

지은이 § 안현일
펴낸이 § 서경석

편집장 § 문혜영
편집책임 § 김희정
편집 § 박영주 · 권민정 · 장상수
마케팅 § 정필 · 강양원 · 김규진

펴낸곳 § 도서출판 청어람
등록번호 § 제1081-1-89호
등록일자 § 1999. 5. 31
어람번호 § 제1-0212호

주소 § 경기도 부천시 원미구 심곡1동 350-1 남성B/D 3F (우) 420-011
전화 § 032-656-4452 팩스 § 032-656-4453
e-mail § eoram99@chollian.net

© 안현일, 2001

값 7,500원

ISBN 89-5505-206-5 (SET)
ISBN 89-5505-296-0 04810

안현일 판타지 장편 소설

페나인의 상인들

The Merchants of Penaine

5 전란의 시대

도서출판 청어람

✦ 목 차

짙은 파란색의 가을 하늘은 여전히 청명했다. 그 하늘 밑으로 작은 언덕은 마지막 생명을 다하여 옥빛을 뿜어냈다. 이제 눈이 내리기 시작하면 이 옥빛도 가뭇없이 사라지리라.

그리고 그 언덕 위에 녹빛 두건과 망토가 붙어 있는 옷(대개는 후드라고 불린다)을 입고 초원을 담요 삼아 누워 있는 청년이 있었다. 바람결에 나부끼는 갈색 머릿결은 이마를 살짝 덮고 있었고 날카로우면서 부드러운 눈빛은 저 멀리 하늘을 응시하고 있었다. 팔 베개를 하고 누운 모습과 녹색 후드는 초원에 묻혀 유심히 보지 않으면 쉽게 알아차릴 수 없을 정도였다.

똑같은 복장의, 단지 노란색 후드를 걸친 사내가 막 그의 곁으로 다가왔다. 그는 누워 있는 사내의 발치에 멈춰 노래하듯 말했다.

"바람이 불면 불꽃은 살아나고 혼란 속에서 검은 춤추네."

언덕 위에서 장난꾸러기 실프가 빙글 맴을 돌고 하늘 위로 날아오르는, 짧은 시간 동안의 침묵이 흐른 후 누워 있던 사내가 입을 열었다.

"스레이."

"네?"

"알기 쉽게 설명해라."

"…준비가 끝났어요, 로딘 대장."

짤막한 대답에 드디어 로딘은 천천히 몸을 일으켰다. 짧게 기지개를 켠 후에 그는 싱긋 미소를 지었다.

"그래? 준비가 끝났다는 뜻이었군?"

"그렇죠."

스레이도 미소를 지으며 대꾸했다.

"알아들었으면서 모르는 척하지 말아요, 대장."

대답 대신 로딘은 스레이의 뒤를 지그시 바라봤다. 낮은 언덕 위에 높은 성곽과 몇 개의 성탑으로 이루어진 성이 펼쳐져 있었다. 언덕 밑으로는 그리 크지 않은 마을과 번쩍이는 갑옷을 입은 기병들의 모습이 보였다.

바로 레스터 성과 레첸 마을이었다.

로딘은 눈을 살짝 찌푸리며 멀리 언덕 위를 살폈다. 몇 대의 마차가 마을 쪽에서 성을 향해 달려가고 있었다. 며칠 전에 갑자기 들이닥친 근위대의 병사들이 먹을 식량이 실린 마차임이 분명했다. 레첸에서 차출된 것이 분명한 그 마차에는, 또한 로딘이 알고 있는 사람들도 여럿 있었다.

"잘할 수 있을까?"

"염려스러운가요?"

"내가 갔어야 했는데……."
"대장은 얼굴이 알려져 있으니 발각될 수도 있잖아요?"
그렇게 말하며 스레이는 몸을 돌려 마차를 살폈다.
"괜찮아요. 타스틴 사제가 따라갔으니까요."
"그게 문제란 거지. 저 안에도 최소한 크루세이더 몇은 있을 테니까."

성문 앞에서 마차를 세우던 병사는 마부석을 살피며 기가 질린 표정을 지었다. 거의 2m에 가까운 거구의 사내가 입을 꾹 다물고 성문을 뚫어져라 쳐다보고 있는 모습은 가히 위압적일 수밖에 없었다. 그의 곁에 있던 대머리 중년 사제가 앞으로 뛰어나왔다.
그는 양팔을 벌리며 얼굴 가득 환한 미소를 지었다.
"자자, 형제 여러분. 레첸에서 수송한 식량이네. 빛깔 좋고 때깔 좋은 밀가루와 갓 잡은 소고기, 양고기, 물론 닭도 몇십 마리 있지. 원한다면 확인해 봐도 된다네."
사제는 뚱뚱한 몸을 틀어 마차를 가리켰다.
"아, 그렇지만 창끝으로 푹푹 찔러 넣진 말게나. 포대가 터져 밀가루가 쏟아질 수도 있으니까. 그리고 요리사의 칼끝이 아닌 창으로 다져진 고기를 먹을 생각이 아니라면 말이야. 자자, 어서 확인해 보라고!"
성문을 지키던 병사는 사제의 농담에 피식 웃음을 흘렸다. 그는 마차 행렬을 쳐다본 후에 사제에게 넌지시 물었다.
"술도 있습니까?"
'흐흐흐' 하고 사제는 웃었다. 그리고 주변을 한번 훑어본 후에 속삭이듯 말했다.

“물론이지. 하지만 얼마 없다네. 알다시피 장교용이라서 말이지.”

“크으, 그거 아쉽군요.”

하며 병사는 사제를 향해 눈웃음을 쳤다. 그 의미를 알아챈 사제는 마차 뒤에서 슬쩍 술병을 꺼내 들었다. 그리고 병사에게 넘겨주기 전에 다짐하는 것을 잊지 않았다.

“알지? 비밀이라는 거 말이야.”

“물론입니다.”

서둘러 품에 술병을 감추며 병사는 성문을 향해 소리쳤다.

“통과, 통과!”

마차 행렬은 레스터 성문을 천천히 들어가기 시작했다.

산간 지대인 레스터의 특성상 높고 낮은 언덕과 울창한 숲은 본성인 레스터 성의 주변도 마찬가지였다. 그 영향으로 높은 성벽에 올라서도 시야가 제대로 확보되지 못하는 경우가 많았다. 물론 성 주위로 숲이 붙어 있는 경우는 없었다. 오랜 세월에 걸쳐 벌목을 해왔기 때문이다.

하지만 성 북서쪽의 높은 언덕 뒤, 성으로부터 사각 지대에 녹색 후드를 걸친 백여 명의 사내가 활을 들고 모여 있었다. 그들을 인솔해 온 젊은 사내는 등에 쌍검을 차고 다른 이들보다 두 배에 가까운 장궁을 들고 있는 제프였다.

그는 마침 언덕을 넘어 나타난 로딘을 보고 손을 흔들었다.

“대장, 여기입니다.”

“오오, 늦지 않게 왔군.”

“아직 전부 온 것은 아니죠. 상황은 어때요?”

“지금 막 마차가 들어갔다.”

“그래요? 그럼 오늘이로군.”

제프는 등 뒤를 돌아본 후에 어깨를 으쓱했다.

“뭐, 시작 전까지 얼마나 모일지 모르겠지만 문제는 없을 겁니다.”

“그래도 백오십은 되어야…….”

“칸트 숲은 먼 곳이니까요. 이 정도라도 도착한 것이 다행이겠죠.”

로딘의 말을 자르며 스레이가 나섰다.

고개를 끄덕이며 로딘은 모여 있는 사람들을 살폈다. 긴장된 눈빛으로 로딘을 바라보는 그들, 산적들은 칸트 숲에서 몇 날 며칠을 달려온 사내들이었다. 제프의 인솔 하에 강행에 강행을 거듭한 그들은, 사실 크루세이더인 제프의 속도에 맞춰서 동시에 도착했다는 것 자체가 기적인 거다. 이백여 명이 출발했지만 지금 도착한 일행은 백도 되지 않았다.

“그래도 이 정도면 괜찮은 숫자죠.”

제프의 넉살에 로딘은 피식 미소를 지었다. 그의 어깨를 두드려 수고했다고 치하한 후에 로딘은 모두를 향해 소리쳤다.

“모두들 잘 들어라. 노릴 것은.”

로딘은 검지로 자신의 이마를 쿡 찍었다.

“머리다. 알겠나?”

“옛!”

“그리고! 화려한 갑옷이다.”

근위병이라 같은 복장을 하고 있다고 해도 계급에 따라 갑옷의 차이는 있게 마련이었다. 이를테면 높은 계급일수록, 게다가 귀족일수록 가문의 문장을 표시하거나 더욱 견고한 갑옷을 입을 것이 분명하니 근위대 속에 섞여 있어도 어딘가 티가 나게 마련이었다. 지금 로딘의 지

시는 그런 자들, 즉 계급이 높은 자들을 노림으로써 지휘 계통을 혼란
시키라는 것이었다.

소수로 다수를 공격하는 이치를 로딘은 알고 있었다.

그는 모두의 사기를 끌어올린 후에 다시 제프를 돌아봤다.

"그럼 부탁한다."

"바로 시작하는 겁니까?"

"그래. 전열을 정돈해 둬라."

"걱정은 날려 버려요. 한데 스레이는?"

"물론 난 대장과 같이 가야지."

스레이는 살짝 미소를 지었다. 아쉬운 듯 제프가 입을 다셨다.

"스레이가 있으면 이 정도 숫자라도 충분히 도움이 될 텐데 말이
야."

"스레이가 있으면 도망칠 때에도 충분히 도움이 된단 말이야."

로딘의 응대에 제프는 킥킥하고 웃었다. 그의 웃음에 마주 미소를
지으며 로딘은 스레이의 어깨를 감쌌다.

"자아, 갈까, 귀염둥이."

"그렇게 부르지 말라고 했잖아요."

"뭘, 뭘? 귀여우니까 귀엽다고 하는 거야. 좋은 뜻이라고."

농담을 주고받으며 로딘과 스레이는 언덕을 넘어 레스터 성을 향해
걸어갔다. 그들 뒤로 제프와 백여 명의 궁수들이 성공을 기원하고 있
었다.

"그 밀가루 포대는 뭔가 이상한걸? 한번 살펴봐야겠어!"

등 뒤에서 들린 위협적인 말투에 순간 타스틴은 소스라치게 놀랐다.

혹시라도 정체가 발각난 것은 아닐까 두근대는 가슴을 겨우 진정시키며 입가에 미소를 머금고 두 발을 모아 겅중 뛰어 뒤로 돌았다.

타스틴의 눈앞에 싱글거리는 미소와 함께 창을 거머쥔 기병이 서 있었다. 함께 온 키리모아보다는 못했지만 충분히 위압적인 체구를 지닌 건장한 병사였다. 설마 상대가 그렇게 클 거란 생각은 못했기에 타스틴의 시야에 들어온 것은 가슴 부근이었다. 하지만 상대 뒤로 두 사람의 청년 병사의 얼굴을 확인하며 타스틴은 위협을 가한 사내가 누구인지 알아챘다.

"느킹먼 형제! 간 떨어지는 줄 알았네!"

"헤헷, 사제님도 간이 있었수?"

능글맞은 웃음을 지으며 느킹먼은 두 명의 병사를 거느리고 안으로 들어왔다. 느킹먼을 따라 들어온 이는 캐러디안의 동부 숲을 담당하고 있는 케브와 케사 형제였다. 안으로 들어선 후에 케사는 면밀히 바깥을 살피며 문을 닫았다. 작은 창고에 달랑 다섯 사람만 남자 모두는 반가운 기색을 띠었다.

"그래, 다른 형제들은 무사히 잠입했나?"

"별로 어렵진 않았어요. 한데 제프 형은?"

불편한 듯 투구를 벗어 머리를 털며 말을 연 이는 케브였다.

키리모아가 이곳에 있는 걸로 보아 같은 레벨의 제프도 어딘가 도착했을 것이라고 케브는 짐작했다. 그리고 제프나 키리모아는 전력에 매우 도움이 되었고 믿음이 가는 자들이었다. 그런 기대를 품고 있는 케브에게 키리모아는 묵묵히 손을 들어 북서쪽을 가리켜 보답했다.

"후방 지원이군요? 이야~ 그럼 일단 성문만 나서면 안전은 확보되는 거로군."

대뜸 어깨를 으쓱하는 케브의 머리통을 갈기며 느킹먼이 중얼거렸다.

"우린 아직 성에 있어."

느킹먼은 타스틴이 내리고 있던 짐을 가리켰다.

"이거야?"

"그래. 드워프들에게 받아오느라 조금 늦었지. 잘 말린 황이니까 조심해. 불똥에도 불이 붙을 정도거든."

"성 하나를 불태워야 하는데 그 정도는 돼야지."

'흐흐' 하고 웃음을 터뜨리며 느킹먼은 봉을 들어 바닥을 쿡 찍었다.

"여기가 창고요."

남쪽으로 봉을 죽 긁은 후 또 한 지점을 쿡 찍었다.

"여기가 공작부. 지하가 감옥. 하이렌 백작은 그곳에 감금되어 있어. 이외에 아벤이란 자도 있고. 그리고 들어오면서 정면에 있던 저택은 공작 저택. 그곳에 백작 부인이 있지."

"상대는?"

키리모아의 짤막한 물음에 느킹먼은 머리를 긁적였다.

"아마… 제4근위대라고 하던 것 같았어."

그의 대답에 키리모아의 몸이 흠칫했다. 그의 반응에 모두들 긴장을 했다.

"뭔가 아는 거라도……?"

"제4근위대라면… 근위대에서도 가장 실력이 좋다고 정평이 난 곳이다."

"헤에… 혹시 마스터라도 있는 거 아냐?"

케브의 놀란 듯한 어조에 키리모아는 곧 고개를 저었다.

그의 기억에 의하면 근위대의 군단장 중엔 마스터가 없었다. 근위대와 돌격기병단을 통틀어 마스터 군단장은 단 한 명뿐이었다. 바로 카슨 레스터, 제1돌격기병단의 군단장이 바로 그였다.

하지만 군단의 실력으로만 보자면 제4근위대가 가장 뛰어났다. 수가 적은 친위대는 그렇다 쳐도 전투 경험이 많은 돌격기병단, 그중에서도 최고로 치는 제1돌격기병단조차도 제4근위대에겐 상대가 되지 않는다. 물론 카슨이 전투에 참가하지 않는다는 전제 하에서이지만.

지금부터의 싸움 상당히 어렵겠군 하고 생각했지만 키리모아는 내색하지 않았다. 수는 적어도 이쪽엔 막강 마스터가 한 명 있다. 그리고 그 차이가 전투에 있어서 어떻게 나타날지 키리모아는 알고 있었다.

"흐음……."

타스틴은 턱을 쓰다듬으며 바닥을 지그시 바라봤다.

"털 곳은 이 두 곳이란 얘기인가?"

"그런 셈이지. 케브와 케사가 정확한 위치를 알고 있으니 앞장세우면 될 거야."

느킹먼의 설명에 타스틴과 키리모아는 고개를 끄덕여 동의했다.

캐러디안 숲의 유쾌한 사람들은 현재 하이렌 일가를 구하기 위해 레스터 성에 잠입해 있었다.

얼마 전 강을 따라 레스터 남부로 여행을 떠났던 케브와 케사 형제는 곧 이어 엄청난 병력을 이끌고 동쪽을 향해 질주하는 근위대를 만날 수 있었다. 뭔가 심상치 않다고 짐작한 그들은 여행을 포기하고 곧 산채로 돌아와 로딘에게 보고했다.

로딘은 그 즉시 정보를 수집하여 수도에서 있었던 반란 소식을 접하였고 하이렌 일가를 구하기 위해 캐러디안 숲과 칸트 숲의 산적들을 총동원한 것이다. 그리하여 현재 레스터 성과 레첸 마을에는 캐러디안 일파가 잠입을 하였고 성의 북서쪽에 제프가 이끌고 온 칸트 일파가 대기하고 있는 것이다.

1차 잠입은 부두목인 느킹먼과 케브, 케사 형제를 중심으로 십여 명의 캐러디안 사람들이었다. 그들은 곧바로 레스터 성으로 들어와 병사로 위장한 채 하이렌을 포함한 인질들의 위치를 확인했다.

2차 잠입은 타스틴의 지휘 아래 수십 명의 사람들이 레첸 마을로 들어갔다. 그들은 촌장을 설득(?)하여 성으로 들어가는 수송을 전담하며 잠입할 생각이었다. 식량 대신 그들이 바꿔치기 한 것은 성을 불태울 황을 포함한 인화 물질이었다. 그리고 그 인화 물질은 키리모아가 드워프들을 찾아가 협조(?)를 구해 가져온 것이다.

일전에 키리모아는 콘버드 무술 대회에서 검을 잃었다. 그는 드워프에게 새로운 거검을 받기로 했으므로 겸사겸사 그 일을 맡았다. 그리고 검과 인화 물질을 받은 즉시 레첸으로 돌아와 타스틴과 합류한 것이다. 그리고 두 사람을 중심으로 소수의 캐러디안 사람들은 마차를 이끌고 성에 들어왔다.

"나와 케브가 감옥을 맡지."

타스틴의 말이었다.

어쩌면 감옥에 갇혀 있는 사람은 고문을 당해 몸을 움직일 수 없을지도 몰랐다. 그렇다면 사제의 힘이 절대적으로 필요할 것이라 생각한 타스틴은 위험을 무릅쓰고 과감히 그쪽을 맡았다. 이어서 케사를 향해 말했다.

"넌 마구간을 맡아라."

“네.”

침착한 케사의 대답이 끝남과 동시에 케브가 반문했다.

“성 밖에 주둔하고 있는 저들의 말은 어떡하죠?”

근위대가 이끌고 온 말은 총 만 마리였다. 전부 성에 주둔할 수 없기 때문에 주위에 임시로 마구간을 설치했고 병사들의 말은 그곳에 있었다.

“그건 내가 맡지.”

느킹먼은 봉을 들어 포대를 가리켰다.

“동문 일대에 대혼란을 일으킬 테니까 걱정 말라고!”

“그럼 난 창고를 맡지.”

키리모아의 짤막한 대답에 일행은 곧 고개를 끄덕였다. 대충 의견이 맞는다고 생각한 그들은 서둘러 자신의 위치와 해야 할 일들에 대해서 머리 속으로 계산하기 시작했다.

잠시 후 타스틴이 머리를 긁적였다.

“그럼 저택은 누가 맡지?”

“그건 걱정 없어요.”

케사가 미소를 지으며 대답했다.

“저택 쪽에서 우릴 도와줄 사람이 있거든요. 그 사람이 백작 부인을 데리고 나올 겁니다.”

“그래? 그거 다행이군. 믿을 수 있겠나?”

“걱정 없을 것 같았어. 꽤 늙긴 했지만 제 몫은 할 친구 같았거든.”

느킹먼의 대답에 타스틴은 안심했다. 곧 이어 준비를 갖추기 위해 각자 위치로 출발 신호를 보냈다.

창고를 나서기 전에 문득 느킹먼은 타스틴을 향해 물었다.

"한데 대장은?"

대답 대신 타스틴은 느킹먼이 바닥에 그었던 선을 바라봤다. 처음에 찍었던 창고에서 남쪽의 공작부를 향해 그려진 선보다 더 아래쪽을 발로 꾹 밟았다.

완전히는 아니지만 대충 목적을 달성했다는 생각이 들었기에 제4근위대를 이끌고 있는 찰스 채프맨 백작은 휴식을 취하기로 했다. 레스터 성 주변의 정찰과 제압을 목적으로 떠나보낸 사천의 기병을 제외한, 성에 남아 있는 육천의 병사들에게도 삼 교대로 휴식을 취할 것을 명령한 이후였다.

그리고 그 자신은 윌리엄 공작이 저택에 머물 때 사용하는 침실에 있었다.

막 그가 있는 방으로 부관이자 천기장(千騎將)인 마크 시모어 자작이 들어왔다. 그는 아직 찰스가 휴식을 취할 준비를 하지 않은 채 서 있는 모습에 안도하며 그의 곁으로 다가갔다.

"포란 성에서 전령이 왔습니다."

잠시 시간을 둔 후에 마크는 서류를 펼쳤다.

"포란 성에 있던 레스터 기사단 소속의 병사들은 대부분 잡았다고 합니다. 다만 포란 성주 프란츠 로페즈 백작은 놓쳤다고 합니다. 또한 프란츠 백작과 더불어 기사단 소속의 기사 수십 명의 종적도 사라졌다고 합니다. 혹시 북쪽으로 도주했을 가능성이 있으니 경비를 강화해 달라는 전언이었습니다."

"마크……."

"네?"

대답과 함께 마크는 서류에서 눈을 떼고 자신의 상관, 찰스에게 시선을 보냈다. 찰스는 여전히 들어올 때의 모습 그대로 무언가를 바라보고 있었다. 그의 눈빛이 너무나 진지했기에 마크 역시 그가 보고 있는 것으로 고개를 돌렸다.

침실 벽면에 가로 2미터, 세로 1미터 정도의 커다란 그림이 걸려 있었다. 언덕을 배경으로 오른쪽 아랫부분에 성이 하나 보였고, 언덕 위에는 중년의 부부가 다정한 눈길로 공놀이에 여념이 없는 네 명의 아이들을 바라보는 풍경이었다. 어느 귀족 가문의 단란한 소풍을 그린 것 같았다.

"이 그림… 뭔가 이상하지 않나?"

찰스의 질문에 마크는 유심히 그림을 살폈다. 잠시 후 그림 속의 배경이 레스터 성 북쪽 언덕이라는 것을 알아챘다.

"레스터 성을 배경으로 그려진 것 같습니다."

"그래. 그렇다면 이 남자는 누구일까?"

찰스는 언덕 위에 서 있는 중년의 남자를 가리켰다. 짧게 자른 검은 머릿결이 바람에 흩날리며 단정한 옷차림을 한 사내는 건장한 체구를 자랑했다. 검을 쥐고 있는 것은 아니었지만 눈빛에서부터 날카로움이 배어 나오는 전형적인 무인과 같은 모습이었다. 그리고 이 남자와 유사한 사람을 마크는 알고 있었다.

잠시 그 사내를 지켜본 후에 마크는 입을 열었다.

"버나드 후작이 아닐까요?"

"그럼 여자는?"

사내가 서 있는 곁에 다소곳이 앉아 소년들을 지켜보는 모습의 여인은 품에 아기를 안고 있었다. 마크는 당연한 질문이라는 듯 곧바로 대답했다.

"후작 부인이지 않겠습니까? 아마 안고 있는 아이가 버나드 경의 아들이겠지요. 나이로 봐서 몇 년 전에 그려진 것이 아닐까 합니다만?"

"흐음, 모르고 있는 것 같아 말해 주는 것이네만… 후작 부인은 레스터 성에 온 적이 거의 없다고 들었네. 게다가 버나드 경의 아들은 태어난 곳도 자란 곳도 수도라네. 또한 지금까지 레스터 성에 온 적이 없네."

"네?"

마크의 반문에 찰스는 그림에서 눈을 떼지 않은 채 다시 말했다.

"버나드 경의 부인과 아들은 레스터에 거의 오지 않았다는 말이네."

대답한 사람이 다른 사람도 아닌 찰스라는 점에 마크는 주목했다. 적어도 곁에 있는 찰스 채프맨은 근거없는 말을 만들어낼 사람은 아니었다. 정확한 정보를 근거로 말한 것이 분명했다. 그렇다면 과연 그림 속의 중년 귀족은 누구란 말인가?

의아한 마크가 그림을 쳐다보는 동안 찰스는 담담히 말을 이었다.

"젊은 날의 공작처럼 보이진 않나?"

"네? 그, 그러고 보니 그렇게 보이기도 하는군요."

"만약 그렇다면 저 소년들의 정체도 쉽게 알 수 있지."

찰스는 그림 중앙, 언덕 중턱에서 공놀이를 하는 네 명의 소년을 가리켰다.

가장 나이 많을 것 같은 소년이 17~8세, 가장 어린 소년은 8~9세 정도였다. 그러나 소년들의 키 순서에 맞춰 머리카락을 대비하던 마크는 이내 이들이 누구인지 알아챘다. 한 소년을 제외하고 나머지 셋은 중년 사내와 같은 흑발이었다.

“금발의 소년이 두 번째로 큰 것으로 미루어… 하이렌 백작입니까?”

“그렇겠지.”

“그럼 이 그림은 공작의 야유회를 그린 것이겠군요. 공작 부인은 15년 전에 타계했다고 전해지니 꽤 오래된 그림… 엇?!”

말을 잇던 마크는 짧게 비명을 질렀다. 그의 비명이 터지자 기다렸다는 듯 찰스가 말을 이었다.

“자네도 이상함을 느끼겠는가?”

“네.”

짤막한 대답과 함께 마크는 부인을 가리켰다.

“저 부인 품에 안긴 아이는 누구죠?”

“내가 묻고 싶은 말이네.”

코웃음을 친 찰스는 곧 심각한 어조로 말했다.

“아무래도 공작에겐 숨겨진 아이가 하나 있는 것 같네.”

“하지만 그런 얘기는 없었지 않습니까? 혹시 옛날엔 있었지만 지금은 없는 것 아닐까요?”

“무슨 뜻인가?”

“자라다가 죽었을 가능성도 있다는 걸 말씀드리는 겁니다.”

그림을 바라보던 찰스의 눈이 마크를 향했다. 그는 한심하다는 눈빛으로 마크를 지그시 바라봤다.

“공작의 아들이네. 평민의 아들이 아니란 말이네.”

“물론 그렇습니다만… 가능성은 있는…….”

“어쨌든 우린 중요한 사실에 직면해 있는 것이네.”

마크의 말을 막으며 찰스는 다시 그림을 향해 고개를 돌렸다.

“우린 저 아기의 존재를 전혀 모르고 있다는 말이네.”

“그래 봐야 크게 중요하겠습니까? 버나드 경의 나이를 유추해 볼 때 지금 저 아기는 많이 쳐줘도 20세 안팎일 겁니다. 별다른 능력은 없을 거라고 생각됩니다.”

“능력 얘기를 하는 것이 아니네.”

찰스는 다시 마크를 돌아봤다.

“우리가 이곳에 온 이유는 윌리엄 공작의 일가를 잡기 위한 것이란 말이네. 설사 그 가족이 어린아이일지라도 공작의 피가 섞여 있다면 단 한 명이라도 놓쳐서는 안 되네.”

그러나 찰스 본인도 마크의 생각에 동감하는지 크게 걱정하는 얼굴은 아니었다. 그는 그림 앞을 벗어나 침대를 향해 걸어가며 명령을 내렸다.

“성에 있는 자들을 심문해 보게. 공작의 자식이 있는지 확인해 보고 짐작이 맞으면 잡을 수 있도록 하게.”

“네, 알겠습니다.”

대답과 함께 밖으로 나가려던 마크를 찰스는 다시 불러 세웠다. 그는 고개를 갸웃한 후에 반문했다.

“공작이 반란을 일으켰던 증거가 나왔다고 했었지?”

“아, 네.”

마크는 곧 기억을 떠올리며 말을 이었다.

“얼마 전에 하이렌 경이 수도에 올렸던 통행증에 대한 정책이 증거가 될 수 있을 것 같습니다. 살펴보니까 귀족의 인장과 거의 유사한 항목이 많았습니다. 하이렌 경은 이 통행증을 자유민에게 발급하겠다고 보고했다고 합니다.”

“흐음… 귀족의 그것과 유사할 정도라면?”

“그 통행증 발급에 의해서…….”

마크는 침을 꿀꺽 삼켰다.

“자유민들은 자유롭게 관문을 넘게 되는 것입니다. 아마 기사들을 자유민으로 위장하여 몰래 수도에 잠입시키려는 생각이 아니었을까 합니다.”

“자네의 생각인가?”

“…네, 그렇습니다.”

“심증만 가지고는 안 되네. 제대로 물증을 갖춰야겠지. 그래, 그런 통행증을 만들었다면 누군가 사용도 했을 것 아닌가?”

“네. 지금까지 사용한 경우는 단 두 번뿐으로 모두 같은 인물이었습니다.”

“그래? 누구지?”

“포란의 알과 레온이라는 사람들이었습니다.”

“그래…….”

잠시 머리를 굴려보던 찰스는 곧 새로운 명령을 내렸다.

“포란에 연락해서 협조를 구하게. 알과 레온이란 자들이 어떤 자들인지 알아보게. 잘은 모르겠지만 뭔가 중요한 문제일 것 같아.”

“네, 알겠습니다.”

마크는 부동 자세를 취했다.

제4근위대 소속의 기사이자 천기장인 젊은 다니엘 소프는 막 공작부를 나섰다. 상관인 찰스의 명령에 의해 삼 교대 휴식을 취하기 위해 저택으로 향하는 것이다. 그리고 그의 곁에는 같은 근위대 소속의 천기장이자 홍일점인 자네트 캐로딘과 왕립 마법사 학회 소속, 5써클의 여

마법사인 제니퍼 오크너도 있었다.

근위대 최강의 부대라고 해도 상대해야 할 사람이 마스터인 까닭에 출병 전에 마법사인 제니퍼가 가담했지만 별다른 전투 없이 성을 점거할 수 있었다. 매우 다행스런 점이었지만 다니엘에게 있어선 더욱 다행스런 점이 있었다. 바로 근위대에 가담한 제니퍼가 능력에 비해 젊은 아가씨라는 점이었다. 게다가 부대 내에서 홍일점으로 통하는 자네트에 버금가는 미모를 지녔다는 점은 꽤나 행운에 속하는 것이었다. 또한 그녀와 함께 공작부에서 근무를 끝마치고 동시에 나섰다는 점도 큰 행운이었다. 그리고 이 기회를 놓칠 정도로 다니엘은 어리석지 않았다.

그는 한껏 목을 가다듬어 제니퍼에게 말을 걸었다.

"세상엔 남자와 여자, 단 두 종류의 사람만 있다고 생각해 왔습니다."

"네?"

갑작스럽게 말을 거는 다니엘의 모습에 경계를 하며 제니퍼는 반문했다. 그의 모습 뒤에서 자네트의 '홍' 하는 코웃음이 들렸다.

"하지만 저의 생각이 틀렸다는 것을 지금에야 알았습니다. 세상엔 특별한 종류의 사람도 있다는 것을 말입니다."

반반한 얼굴의 청년이 진지한 모습으로 얘기를 건다면 누구라도 호기심을 보일 법했다. 그리고 제니퍼 역시 다니엘의 말이 무슨 뜻인지 의아했다.

"어떤 종류의 사람 말이에요?"

"지성과 미모를 겸비한 여자, 바로 당신이 있다는 것을 말입니다."

"네?"

뜻밖의 말에 당황한 기색이 역력한 제니퍼였지만 다니엘은 '걸렸 군' 하고 생각했다. 다니엘은 속으로 회심의 미소를 지으며 마지막 쐐 기를 박듯 더욱 목소리를 가다듬었다.

"속지 말아요, 제니퍼. 이 녀석 굉장한 바람둥이니까요."

그러나 다니엘보다 더 빨리 자네트가 말을 꺼냈다. 그녀가 초를 치 며 끼어들자 다니엘은 곧 입을 다물었다. 그러나 입가에 여유있는 미 소를 지으며 지그시 제니퍼를 바라보는 것을 잊지 않았다.

그는 알고 있었다, 이런 경우에 대처해야 하는 방법을.

그리고 역시나 그의 예상대로 제니퍼는 혼란스런 표정으로 다니엘 과 자네트를 번갈아 쳐다봤다. 순간의 위기를 넘기는 것이야말로 다니 엘의 장기 중에 하나였다.

"왜 그러죠?"

"아니오……."

얼버무리듯 대답하던 제니퍼는 곧 자네트의 눈치를 살피며 조심스 럽게 물었다.

"저어, 바람둥이란 말을 들었는데 언짢지 않은가요?"

"구차하게 변명하고 싶진 않으니까요. 진실이란 언젠가 밝혀지게 마 련 아닌가요?"

"그렇기야 하지만……."

"그리고 전 제니퍼를 믿으니까요."

"네?"

다니엘의 말 한마디 한마디에 귀 기울이는 동안 제니퍼의 정신 상태 는 열심히 혼란의 늪을 향해 걸어갔다. 그러나 다니엘의 뒤통수를 한 심하다는 듯 쳐다보고 있는 자네트의 눈빛 때문에 제니퍼는 그나마 제

정신을 유지했다.

"다른 사람의 말에 혹해서 자신의 판단을 흐릴 만큼 어리석지 않은 분이잖아요, 제니퍼는."

칭찬인지 유혹인지, 혼란스런 느낌에 제니퍼는 몇 번에 걸쳐 눈을 깜박였다. 그리고 다니엘을 노려보는 자네트의 눈빛도 점점 강도를 더했다.

"저, 저어… 그런 말을 하는 저의가……?"

제니퍼의 입술에 다니엘의 손가락이 가볍게 닿았다. 그녀의 말문을 막은 다니엘은 진지한 목소리로 말했다.

"한 가지 힌트를 주자면… 저와 바람둥이의 차이가 뭔지 아십니까?"

다니엘을 바라보는 제니퍼의 눈빛이 몽롱해지며 고개를 저었다. 다니엘은 살짝 눈웃음을 치며 그녀의 입을 막고 있던 손가락을 들어 자신의 가슴을 쿡 찔렀다. 단호하면서 상냥한 어조로 다니엘은 단정짓듯 말했다.

"정열입니다. 바람둥이에겐 없고 저에겐 있는 것. 가슴속에 뜨겁게 불타고 있는 그것은 바로 정열이지요. 느껴보고 싶지 않습니까, 저의 정열을?"

"……."

뭐라고 대답해야 할지 망설이는 제니퍼는 멍하니 다니엘을 바라봤다. 그런 그녀의 시야에 갑자기 다니엘이 인상을 찡그린 채 비명을 지르며 사라졌다. 그리고 곧바로 자네트의 화난 얼굴이 들어왔다.

깜짝 놀라 주춤 물러서는 그녀에게 자네트가 경고했다.

"이 녀석 수법에 놀아나지 말아요. 만약 당신이 당한다면 세 번째라고요!"

'세 번째라면 그다지 바람둥이도 아니네요…….'

제니퍼는 속으로 그렇게 생각했다. 하지만 곧 이어 자네트는 그녀의 생각을 여지없이 부숴 버렸다.

"숫자 세기 귀찮아서 앞의 백은 뺐답니다."

"그, 그럼 백삼 명… 이란 말인가요?"

약간 어이없다는 말투였다.

그녀는 바닥에 쓰러지듯 엎어져 있는 다니엘을 물끄러미 쳐다봤다. 약간 반반하긴 하지만 그렇다고 해도 젊은 나이에 103이라는 경이적인 숫자를 기록한 다니엘은, 자네트의 경고대로 정말 엄청난 바람둥이일지도 모르겠다는 생각이 들었다.

똑같이 크루세이더의 경지에 들었다고 해도 여자인 자네트의 기습적인 메치기에 당한 다니엘은, 그러나 전혀 위축되지 않은 채 여전히 화사한 미소로 제니퍼를 바라봤다. 몸을 일으켜 옷자락에 묻은 흙을 털면서도 그는 미소를 잃지 않았다. 또한 눈빛 가득, '난 당신을 믿어요' 라든가 '나의 정열을 느껴봐요' 라는 내용을 가득 실어 제니퍼의 정신을 마구 공격하고 있었다.

"윈저의 마법사 학회를 나왔다면 얘기는 들었을 것 같은데요?"

"네?"

갑작스러운 자네트의 퉁명스런 어조에 제니퍼가 움찔했다.

"아참, 윈저의 귀족, 오크너 가문 출신이라고 했죠? 그럼 더 더욱 잘 알아야 하지 않나요?"

"뭘 말인가요?"

"소프 가문의 유명한 망나니에 대한 소문 말이에요."

"망나니라니. 그건 좀 심한걸, 자네트."

"네가 망나니가 아니라면 뭐란 말야? '망나니' 란 단어는 널 위해서 생겨난 거야!"

"훗! 콘버드의 귀족들은 이래서 안 된다니까. 정열이 없어, 정열이! 그러니까 정열과 가식을 구별할 줄 모르는 거야."

"무슨 뜻이야?"

"직접 신을 모시는 것도 아닌데 왜 그렇게 금욕적이냔 말야!"

다니엘은 손가락을 한 개 펼치며 외쳤다.

"인생은 정열! 그런 것도 모르는 넌 바보나 마찬가지야!"

"바람둥이의 말 따위에 자신의 신념을 바꿀 정도로 난 어리석지 않아!"

"고집이겠지."

잠시 두 사람의 말다툼을 지켜보며 제니퍼는 서서히 제정신을 차리기 시작했다. 그리고 조금씩 눈앞에 있는 이 잘생기고 상냥하고 다정하고 자상한 남자의 정체를 알아챘다.

그것은 자네트의 말대로 그녀가 윈저 출신 귀족이기 때문은 아니었다. 사실 평범한 귀족 가문의 소녀들이 남자들에 대한 소문에 민감한 것과는 전혀 다른 삶을 살아온 제니퍼였다. 성에 있을 때에도 마법사 학회에 있을 때에도 소프 가문의 다니엘에 대한 소문은 접하지 못했었다. 하지만 지금까지 다니엘과의 대화와 다니엘과 자네트의 말다툼을 통해 유추한 결과, 그녀로선 그의 정체를 확연히 알 수 있었다.

다니엘 소프는, 자네트의 말대로, 바람둥이가 분명했다!

조금은 아쉬운 마음으로, 어찌 됐든 제니퍼 자신도 조금은 혹했었다. 제니퍼는 말다툼을 벌이고 있는 두 사람을 말렸다.

"저, 저어… 사이 좋은 두 분이 말다툼을 벌이는 모습은 그다지……."

"……!"

"누가 사이 좋다는 거예요!"

자네트가 발끈하며 소리쳤다. 유혹 중이라는 핸디캡을 안고 있는 탓에 소리치진 않았지만 다니엘의 얼굴도 '이 무슨 말도 안 되는 소리를!' 라는 내용을 담은 채 마구 구겨졌다.

"아, 네, 죄송합니다."

얼결에 사과를 하는 제니퍼의 모습에 의욕을 잃었는지 자네트는 고개를 저었다. 그녀는 멈추었던 걸음을 옮겨 앞장섰다.

"다니엘과 말해 봤자 피곤만 더할 뿐이에요. 가서 휴식이나 취하자고요."

뒤이어 제니퍼가 조심스럽게 따라가자 약간은 툴툴거리며 다니엘도 성큼 앞으로 걸음을 옮겼다.

그리고 그 순간, 성문 쪽에서 소란이 일었다.

레스터 성 남문을 수비하던 병사들은 쌀쌀한 가을 날씨에도 불구하고 지루함을 이기지 못해 하품을 해댔다. 그리고 그 순간 그들의 지루함을 달래줄 고귀한 존재들이 모습을 드러냈다.

"멈춰라!"

기세등등한 병사의 외침에 다가오던 두 사람, 로딘과 스레이는 제자리에 딱 멈췄다.

"누구냐?"

"네?"

"누구냔 말이다!"

"우린 그냥 평민일 뿐인데요."

묻고 있는 병사의 고함에 대답하는 로딘은 중얼거리듯 속삭였다. 답답했는지 병사가 곧 손을 들어 까딱였다.

“너희 둘! 이리 와봐!”

“네, 네.”

역시나 말을 잘 듣는 로딘과 스레이였다. 즉시 병사 앞으로 달려가 부동 자세로 멈춰 섰다.

“여긴 뭐 하러 왔어?”

“사실대로 말해야 합니까?”

로딘은 부동 자세 그대로 목을 쭉 빼며 물었다. 당연한 질문이라 병사는 인상을 찡그렸다.

“정직하게 말해야 하나요, 거짓을 조금 섞어야 하나요?”

곁에 있는 스레이도 장난스런 얼굴로 거들었다. 질문을 한 병사와 성문을 지키는 병사들 모두의 얼굴이 더욱 사납게 일그러졌다.

“사실대로 고해라! 만약 타당한 이유가 없다면 정체가 수상하니 당장 체포하겠다!”

병사의 위협에 두 사람은 서로를 바라봤다. 잠시 눈빛을 교환하던 로딘은 정색하며 병사를 향해 대답했다.

“우린 하이렌 백작을 구하러 왔습니다만.”

“음, 그런 이유였군? 알았다. 이만 가봐.”

별로 귀 기울여 듣지 않은 병사 뒤로, 그래도 열심히 대화를 경청하고 있던 병사들이 놀란 얼굴로 창을 뻗었다.

“지, 지금 뭐라고 했느냐?!”

뒤에서 소리치는 병사들의 외침에 곧 앞에 있던 병사도 상황을 파악했다. 조금 전의 대화를 떠올린 그도 깜짝 놀라 황급히 물러서며 창을 겨눴다.

“누, 누구를 구하러 와?”

“하이렌 백작 말입니다.”

황당하여 묻는 병사들에게 태연하게 대답하는 두 사람.

“너, 너희들은 지금 역모를 저지르겠다는 뜻이냐?”

소리치는 것과 동시에 앞서 있던 병사를 선두로 포위하듯 로딘과 스레이를 둘러쌌다. 여전히 태연한 얼굴의 두 사람은 어깨를 으쓱했다.

잠시 주위를 둘러보던 스레이가 입을 열었다.

“여긴 제가 맡도록 하죠, 대장.”

“좋은 생각이야.”

둘러싼 병사들은 안중에도 없는 흔쾌한 대답이었다. 그리고 말이 끝남과 동시에 로딘의 몸이 자취를 감추었다.

“어엇!”

어느새 로딘의 몸은 공중을 회전하며 병사들을 뛰어넘었다. 동시에 한줄기 격한 바람이 스레이를 중심으로 소용돌이쳤다.

아악, 하고 처절하게 울부짖는 병사들을 뒤로한 채 로딘은 땅을 한 번 박찬 후 성문으로 뛰어들었다. 그 즉시 왼쪽에서부터 오른쪽으로 고개를 돌리며 주변을 훑었다. ‘왼쪽’ 저택 뒤 마구간과 그 앞의 케사의 모습을 시작으로 ‘중앙’ 공작부 건물의 뒤편으로 키리모아와 타스틴, 케브의 모습도 보였다. ‘오른쪽’ 연병장 너머로 포대를 짊어진 채 달려가는 느킹먼의 모습, 그리고 사이사이에 숲의 사나이들이 각자의 위치에서 자신이 나타나길 기다리며 준비하고 있는 것들을 한순간에 훑었다.

그리고 성문에 로딘이 나타나는 것과 동시에 사방에 흩어져 있던 사나이들은 품에서 부싯돌과 종이를 감싼 작은 나뭇가지를 꺼냈다. 불을 붙인 후 황이 들어 있는 포대에 불을 던지며 사내들은 다음 행동으로 들어갔다.

콰쾅! 콰르르!

포대가 타 들어가며 요란한 폭음과 함께 황이 터졌다. 다음에 인화 물질이 들어 있는 포대에 불이 붙었고 순식간에 사방에서 불길이 치솟으며 소란이 일었다. 갑작스런 일에 당황한 병사들의 비명이 성내를 혼란으로 몰고 가는 사이에 숲의 사람들은 신속히 움직였다.

어느새 성문의 병사들을 날려 버린 스레이가 로딘의 뒤를 따라 들어오는 동안 로딘은 마당 가운데 서 있던 세 사람을 노려봤다. 특히 폭죽처럼 터지며 불길이 치솟는 와중에도 냉정하게 주변을 훑어보며 상황을 파악하려고 하는 젊은 기사의 모습이 로딘의 눈을 끌었다.

사내는 곧 곁에 있는 동료들을 향해 외쳤다.

"제니퍼, 불길을 잡아주세요! 자네트, 넌 공작부로 돌아가라!"

그렇게 외친 사내는 바로 다니엘이었다.

그의 외침에 정신을 차린 두 사람이 곧장 뒤쪽으로 달려가자 다니엘은 검을 뽑아 들며 천천히 로딘을 노려봤다. 치솟는 불길의 정체는 잠입해 있던 적이 활동하고 있다는 것을 의미했다. 그리고 그들이 갑자기 움직인 것은 막 성문을 들어선 바로 이 사내가 신호를 보냈기 때문일 것이다.

그런 모든 것들을 염두에 두면서 다니엘은 눈앞의 사내는 꼭 막아야 한다고 다짐했다. 잠입한 적이라고 해봐야 소수일 것이 분명했고 성안과 밖에 주둔하고 있는 육천의 기병이라면 충분히 제압할 수 있었다. 하지만 정면의 사내는 결코 쉽게 제압할 수 없음을 그는 직감적으로 알았다.

　병사들의 머리를 단번에 뛰어넘을 정도의 실력, 그리고 그 뒤에 막 들어선 사내 역시 바람의 정령사임이 분명한 이상 평범한 자들은 아니었다. 어쩌면 이 두 사람이 실질적인 리더일 가능성이 컸고 이들을 막는 것이 혼란을 잠재우는 가장 효과적인 방법이라고 결론 내렸다.

　다니엘은 침을 삼키며 그들을 향해 외쳤다.

　"난 소프 가문에 다니엘이라고 한다! 정체를 밝혀라!"

　"로딘."

　짤막한 대꾸와 함께 로딘도 봉을 치켜들었다. 그리고 속에 숨겨진 검을 뽑아 상대를 노려봤다.

　혼란 속에서도 침착함을 유지하는 것이나 기민한 대처 능력으로 미루어 결코 다니엘을 얕볼 수 없겠다고 로딘은 생각했다. 그는 막 뒤로 다가온 스레이에게 소리쳤다.

　"먼저 가!"

　"네!"

　한 치의 망설임도 없이 스레이가 로딘의 곁을 떠났다.

　또 한 명이 자리를 비키자 다소 당황하긴 했지만 다니엘은 금세 마음을 다잡았다. 적어도 눈앞의 로딘은 자신과 같은 크루세이더였다. 크루세이더와 정령사를 동시에 상대할 정도의 실력이 불행하게도 다니엘에겐 없었다. 그리고 스레이가 달려가는 방향에서 다니엘의 동료이자 천기장인 노커의 모습이 보였다는 것에 안심을 한 탓도 있었다.

　노커 멘스는 삼 교대 근무를 명 받은 후에 성벽 보초를 맡고 있는 중이었다. 성벽 위에서 성 주위를 향해 날카로운 시선으로 감시를 하던 중 지금과 같은 혼란을 맞이했다. 성벽에서 내려오는 계단은 현재 불길이 치솟아 막혔고 보초를 서던 병사들은 전부 그 위에 묶였다. 하지만 노커 멘스 역시 천기장이란 직책에 걸맞게 크루세이더의 기사였다. 즉시 몸을 날려 바닥에 내려섰고 주변을 살피던 그의 눈에 다니엘이 두 사람과 대적하고 있는 것이 보였다.

얼른 다니엘을 지원하기 위해 달려가는 동안 그쪽에서도 누군가 달려오고 있다는 것을 눈치 챘다. 노커는 쓴웃음을 지으며 검을 뽑았다.

'나를 향해 돌진해 오다니, 저 녀석도 운이 없는 녀석이군.'

스레이도 노커를 알아보고 멈칫 달려오던 걸음을 멈췄다. 즉시 얇은 검신의 레이피아를 겨누며 상대를 탐색했다.

포란에 전령을 보내라는 명령이 떨어진 직후에 마크는 공작부를 향해 달려가려고 몸을 돌렸다. 이때 갑자기 바깥에서 요란한 폭음이 터졌다. 그리고 창문 너머 붉은 기운이 어른거렸다.

"이게 무슨 일인가?"

동시에 창문을 바라보며 찰스가 외쳤다.

"모, 모르겠습니다."

대답과 함께 마크는 시선을 돌렸다. 두 사람의 눈빛이 마주치는 순간 그들은 '적의 침입'이란 단순한 결론을 도출했다. 그리고 누가 먼저랄 것도 없이 문을 향해 몸을 날렸다.

2층 복도를 지나쳐 단숨에 계단을 뛰어내린 두 사람은 곧바로 현관문을 박차고 나왔다. 벌써 주변엔 불길이 거세게 번졌고 병사들의 비명 소리와 혼란스러움이 성안을 가득 메웠다.

주변을 훑어보는 두 사람의 뒤쪽에서 또 한 번의 엄청난 폭음이 터졌다. 소리가 들린 곳을 가늠하며 찰스는 창고 쪽이라는 것을 짐작했다. 북쪽 문에 위치한 창고는 인적은 드물지만 성을 유지하는 자재나 식량이 쌓여 있는 매우 중요한 곳이었다.

찰스는 즉시 마크를 향해 외쳤다.

"창고다! 창고의 불길을 막도록 해라!"

"네!"

대답과 함께 마크의 몸이 바람처럼 사라졌다.

그의 뒷모습을 잠시 지켜본 후에 찰스는 몸을 돌렸다. 우선은 병사들을 독려해 혼란을 막는 것이 급선무였다. 적들의 색출은 그 다음 문제였다. 찰스는 심호흡을 하며 고함을 지를 준비를 했다.

"워터 파워!!"

시동어와 함께 제니퍼의 손에서 푸른 구체가 생성되었다. 건물 한쪽을 불태우고 있는 불길을 향해 그녀는 손을 뻗어 구체를 쏘아냈다. 목표물에 명중되는 순간 푸른 구체가 터지며 작은 얼음 알갱이가 사방으로 뻗어 나갔고 일순 불길이 주춤거렸다. 그 찰나의 기회를 제니퍼는 놓치지 않았다.

잽싸게 캐스팅을 하며 다음 주문을 외운 제니퍼는 시동어를 외쳤다.

"샌드 스톰!"

건물 앞으로 작은 모래폭풍이 생기자 주춤대던 불길 하나가 모래에 덮이며 깨끗이 소멸되었다. 곧 이어 작은 불씨를 향해 2써클 주문인 '프리즈 애로우'를 남발하여 재발을 막은 제니퍼는 자리를 벗어났다.

그녀가 잡은 불길은 이제 하나일 뿐이었다. 아직도 각지에 헛바닥을 날름거리는 화염이 넘쳐 나고 있었다. 다음 건물을 향해 바삐 발을 옮기던 제니퍼의 눈에 막 포대에 불을 붙이는 느킹먼의 모습이 보였다.

그의 행동을 지켜보며 갸웃거리던 제니퍼는 곧 이어 터진 폭음과 불

길에 불끈 화가 솟구쳤다. 성 전체를 태우고 있는 방화범이 그녀의 눈
에 잡힌 것이다.

"이봐요! 성을 불태우다니 대체 무슨 생각이에요!"

서둘러 다음 장소로 이동하는 느킹먼의 앞을 제니퍼가 막아섰다.

다니엘의 고함에 정신을 차리긴 했지만 자네트 역시 지금 상황을 제
대로 인식했다. 처음부터 이 정도 소란은 예측한 탓이다. 현재 자신들
은 하이렌 백작을 구금하기 위해 온 것이다.

레스터 공작 가문은 레스터를 다스리는 대영주의 가문이다. 대영주
를 구하기 위해 몸을 불사르는 자들은 부지기수일 수밖에 없었다. 어
떤 면에서는 하이렌을 붙잡는 것보다 그를 구금하는 것이 더 어려울
수도 있었다.

다니엘이 '공작부로 가라!' 라고 외친 것은 그런 뜻이었다. 정면에
나타난 실력자들을 자신이 방어하는 동안 내부에 있을 적으로부터 하
이렌을 뺏기지 말라는 뜻임을 그녀는 짐작했다. 그리고 그것이 자신이
해야 할 가장 중대한 사명임을 단숨에 파악했다.

자네트는 한 치의 망설임도 없이 공작부로 뛰어들었고 지하로 가는
계단을 내려갔다. 아직 지하엔 불손한 자들의 움직임이 없었다. 다소
안심을 하며 검을 뽑아 대비를 하는 동안 금세 계단 위로 몇 사람이 나
타났다.

새롭게 긴장을 하며 올려다보는 자네트의 눈에 갑옷으로 무장한 근
위병의 모습이 보였다. 그녀는 아군의 지원이라는 생각에 안심을 하며
검을 거뒀다.

"위쪽의 상황은 어떤가?"

라고 묻던 자네트는 뭔가 이상함을 느꼈다.

선두에서 내려오는 병사의 모습은 절제된 훈련으로 무장된 근위병의 모습이 아니었다. 투구는 어디로 집어 던졌는지 헝클어진 머리를 휘날렸고 손에는 검이나 창이 아닌 봉 한 자루가 쥐어져 있었다. 무엇보다도 자네트를 쳐다보며 주저하는 병사의 표정에 의아했다. 그러나 뒤이어 나타난 중년 사제를 발견하고 자네트는 깜짝 놀라 검을 치켜올렸다.

근위병에 소속된 자들 중에 사제는 없었다. 빛의 신을 섬기는 신관 전사들 중에 크루세이더의 자질을 보이는 자들이 기사로 추대되어 근위대로 소속되는 경우는 있었지만, 그들 역시 갑옷을 입었지 사제복을 입지는 않았다. 즉, 어떤 신을 섬기는 사제든 이 감옥을 향해 올 이유는 없었다.

게다가 달려오던 병사와 사제의 대화는 더 이상 자네트의 의심을 떨치게 만들었다.

"기사가 있어요, 타스틴 사제님!"

"이런! 저 형제는 척 보기에도 크루세이더는 될 것 같지 않아?"

"어떻게 하지요?"

"감옥 앞에 저 정도의 기사가 지킬 거란 얘기는 없었잖아, 케브?"

"분명 조금 전까지는 없었어요."

"그럼 이 혼란 속에 백작을 지키기 위해 달려왔다는 건가? 제법 기민한 형제로군."

그 정도 대화를 듣는 것만으로도 충분했다. 감옥을 향해 달려온 이들의 정체를 파악하는 것은.

자네트는 검을 곧추세워 두 사람을 겨누며 분노를 담아 외쳤다.

"누가 형제라는 거야! 척 보면 몰라? 난 여자야!"

막 고함을 질러 모두를 일깨우려던 찰스는 뜻밖의 광경에 '헉' 하고 숨을 멈췄다. 그의 눈앞에 다니엘과 녹색 후드를 걸친 사내가 결투를 벌이는 중이었다. 그리고 찰스는 녹색 후드를 입은 사내가 누구인지 금세 알아챘다. 몇 년 전까지는 제1돌격기병단의 백기장이었던 로딘이라는 것을.

복장이 바뀌었고 이상한 곳에서 마주친 꼴이 되었지만 찰스는 그의 얼굴을 잊지 않았다. 그럴 수밖에 없는 것이 로딘이란 자는 당시 크루세이더의 경지에 들어서며 기사의 자격을 거머쥔, 찰스가 꽤나 탐을 냈던 인물이기 때문이었다. 상관을 죽이고 수도를 탈주한 죄인이 되어 그 후 기억에서 지웠던 인물이 갑자기 레스터 성에 나타났으니 찰스로서는 놀라면서도 이상함을 느꼈다.

그리고 잠시 후 벌어진 결투 장면을 지켜보던 찰스는 더 더욱 놀란 표정을 지어야만 했다.

검을 뽑아 든 다니엘은 망설임없이 로딘을 향해 돌진했다. 상대가 제아무리 뛰어나다고 해도 자신 역시 제4근위대에서 촉망받는 젊은 기사였다. 또한 같은 검의 길을 가는 자로서 상대의 무용을 본 후에 겁을 집어먹을 정도로 다니엘은 약하지 않았다. 적어도 잠시만 그의 걸음을 묶으면 수천의 기병들이 달려들 것이고 그 정도 역할만으로도 충분히 상대의 계략을 분쇄한 것이나 다름없다고 판단했다.

하지만 그것이 다니엘의 오산이었다. 그는 로딘이 뛰어난 검사라는 것은 파악했지만 어디까지나 자신의 잣대에 맞춘 것에 불과했다. 병사들을 단숨에 뛰어넘을 정도의 경지에 이르려면 크루세이더 정도면 가능했지만 설마 눈앞에 있는 로딘이 마스터일 것이란 생각은 하지 못했던 것이다.

그리고 그 오산이 다니엘에게 화를 자초하고야 말았다. 달려들어 검을 휘두르는 순간 로딘은 근소한 차이를 두며 그 검을 피했다. 그리고 나지막한 소리로 다니엘을 향해 중얼거렸다.

"자아, 잠시 쉬어야 할 시간입니다."

그 말이 들린 순간 다니엘은 뒤통수에 가해지는 충격을 느끼며 천천히 의식을 잃었다.

'어엇! 자네트에 의해 단련된 뒤통수인데……! 괴, 굉장하다…….'

무너지는 자신의 육체를 맥없이 지켜보며 다니엘은 상대의 실력에 감탄했다. 뒤로 물러서듯 검끝을 살짝 피한 로딘은 어느새 자신의 곁에서 말을 걸었다. 게다가 그 엄청난 빠르기로 검자루를 들어 자신의 뒤통수를 가격한 것이다. 그리고 더욱 놀라운 것은 쓰러지는 다니엘의 시야에 흐릿한 로딘의 형체가 아직도 존재하고 있다는 사실이었다.

'…잔… 상…….'

뿌옇게 흐려지는 의식 속에서 하나의 단어가 소용돌이치고 있었다. 놀랍게도 로딘이라고 자신을 소개한 상대는 마스터였고 그 점이 다니엘을 더욱 감탄하게 만들었다.

쓰러지는 다니엘의 곁에서 로딘은 쓱 주변을 훑었다. 그리고 얼마 떨어지지 않은 곳에서 결투를 벌이는 스레이와 노커의 모습을 발견했다. 먼저 보냈던 스레이가 아직까지도 지체하고 있는 모습에 눈살을 찌푸렸지만 로딘은 지원을 하려는 움직임은 보이지 않았다.

척 보기에도 노커의 기운은 신성력을 가득 품었다. 분명 크루세이더일 것이고 그렇다면 이 근위대에서도 제법 중책을 담당하는, 천기장의

한 명이 틀림없었다. 하지만 로딘은 노커보다는 스레이의 승리를 예견했다.

엘프의 피를 이어 받은 스레이는 정령과의 친화력이 뛰어났고 몸놀림도 보통이 아니었다. 다소 체력이 약하긴 했지만 돌격기병단에서도 충분히 버텨 나갈 정도였으니 이미 엘프의 그것과는 비교할 수도 없었다. 게다가 스레이는 이제 검맛을 알아가고 있었다. 경지로 치자면 나이트 급을 막 벗어나 크루세이더에 들어서려는 순간이었다.

거기에 스레이만의 독특한 능력, 정령술!

로딘은 두 사람의 싸움에서 눈을 뗀 후에 곧바로 건물들을 살폈다. 그리고 저택 앞에 멈춰 있는 또 한 명의 사내, 찰스 채프맨을 발견했다.

'찰스 채프맨 백작? 그럼 이들은 제4근위대?!'

찰스를 알아보는 것과 동시에 근위대의 정체를 파악한 로딘은 '끙' 하고 신음을 터뜨렸다.

로딘 역시 제4근위대의 위명을 잘 알고 있었다. 상대하고 있는 근위대가 가장 뛰어나다는 평가를 받고 있는 제4근위대라는 것을 알아챈 것과 동시에 로딘은 걱정이 앞섰다. 그들이라면 이 정도 혼란쯤은 금세 진정될 것이 분명했다. 그리고 이들이 전열을 재정비하는 시간이 빠르면 빠를수록 자신들이 위험에 처할 것도 분명했다.

'모두들 서둘러 줬으면 좋겠는데……'

다급한 마음에 속으로 기도를 하며 로딘은 찰스를 향해 걸음을 옮겼다.

그의 뒤로 스레이를 향해 달려드는 노커의 모습이 보였다. 입가에 조소를 지어내며 검을 뽑아 든 노커는 달려가던 기세를 실어 크게 검을 휘둘렀다.

그러나 다니엘이 로딘이 마스터임을 알아채지 못했던 것처럼, 노커 역시 스레이가 정령사임을 알아채지 못했다. 그리고 그 차이가 두 사람의 결투를 판가름 짓고 말았다.

노커의 조소에 맞서 스레이는 미소로 화답하며 재빨리 뒷걸음질을 쳤다. 오른손에 들고 있는 레이피어가 빛을 반사하며 현란하게 움직이는 동안 그의 왼손에서 바람의 정령 실프가 소환의 명을 받아 움직일 준비를 갖추었다.

스레이는 노커가 천기장의 실력을 지닌 크루세이더임을 단번에 알아봤다.

적어도 노커는 스레이의 복장을 보고 음유 시인이라는 것도, 크루세이더에 준하는 검술을 지녔다는 것도, 바람의 정령을 부리는 정령사라는 것도 알아챌 수 없었다. 하지만 스레이는 오래전에 돌격기병단 시절을 겪으며 익혔던 지식을 활용해 상대가 근위대의 천기장이란 직책에 있음을 갑옷과 문장을 통해 알았다. 그리고 근위대의 천기장은 크루세이더가 대부분이라는 사실 또한 잘 알고 있었다.

즉, 마주치는 순간 상대와 검으로 승부한다면 자신이 질 것이란 사실을 이미 깨닫고 있었다는 뜻이었다. 그렇다 해도 스레이에겐 바람의 정령이 있었다. 그것을 히든 카드로 활용하기로 스레이는 이미 마음먹었다.

뒤로 물러서는 동안 벌써 세 번째 실프를 불러낸 스레이는 준비를 갖추었다고 생각했다. 이미 첫 번째 실프는 노커의 뒤로 숨어들었고 지금 부른 실프는 왼손에서 나오자 곧바로 노커의 오른쪽으로 흘러갔다.

세 개의 실프를 불러내는 동안 레이피아로 상대의 시야를 흐린 것도 한몫했다. 아무리 크루세이더라고 해도 네 방향에서의 동시 공격, 특히 눈에 보이지 않는 존재의 공격을 쉽게 대처할 수는 없었다. 게다가 지금 노커는 조금씩 열받은 상태였다.

"이 자식! 제대로 붙지 못하겠냐?"

"네, 그러죠."

대답과 함께 스레이의 몸이 날렵하게 솟구쳤다. 노커의 왼쪽 뺨을 향해 매섭게 찔렀다.

"크윽—!"

뜻밖의 기습에 짧은 비명을 질렀지만 노커 역시 노련한 기사였다. 재빨리 검을 거둬 스레이의 레이피아를 쳐냈다. 그러나 이미 그의 뺨에 가는 혈흔이 새겨졌다. 더욱 열받은 노커가 거뒀던 검을 힘차게 휘둘렀다.

스레이의 기습이 훌륭하긴 했지만 너무 붙었다는 것이 문제였다. 그의 레이피아로는 노커의 바스타드를 막을 수 없었다. 그런 계산을 마친 후 노커는 힘차게 휘두르는 것과 동시에 씩 미소를 지었다.

"받아라앗!"

퍼억!

"크윽……?"

이번에도 비명을 지른 것은 노커였다. 그는 가슴까지 찡하게 울리는 통증에 절로 허리가 휘었다. 그 순간에도 검을 놓치지 않은 그는 다시 자세를 잡으며 어깨 너머 등 뒤를 살폈다. 무엇이 자신을 공격했는지 살펴보려고 했지만 불행하게도 그의 눈엔 아무것도 잡히지 않았다.

당황하여 어쩔 줄 몰라 하는 노커의 오른쪽 옆구리에 또 한 번의 충격이 가해졌다. 강한 타격에 노커의 두 발이 땅에서 떨어졌다. 90도 가까이 허리가 꺾여지며 비명을 지르는 노커의 앞에서 스레이는 검을 거둔 채 미소만을 짓고 있었다.

단 두 번의 타격에 만신창이가 된 노커가 '헉헉' 숨을 몰아쉬며 스레이를 노려봤다.

"정령입니다."

친절하게 알려주는 스레이의 대답에 노커의 얼굴이 흙빛으로 바뀌었다. 정령사라는 걸 몰랐다 쳐도 소환하는 것조차 알아채지 못했다니, 자신의 한심함에 절로 얼굴이 일그러졌다. 게다가 소환한 정령들이 거의 눈에 띄지 않는다는 것으로 미루어, 앞에 있는 사내는 '바람의 정령사' 임이 분명했다. 전투에 있어서 가장 까다로운 상대였다.

"힌트를 줘서 고맙군! 하지만 더 이상 불러낼 순간은 없을 거야!"

노커는 이를 부드득 갈며 외쳤다. 그리고 자신이 말한 것을 실천하겠다는 의지를 가득 담아 단숨에 스레이를 갈라 버리겠다는 듯 거칠게 달려들었다.

그러나 스레이는 방어 자세를 갖추지 않고 미소를 지으며 노커를 바라볼 뿐이었다.

"커억—!"

비명과 함께 노커의 몸이 좀 전과는 정반대 방향으로 90도로 꺾였다.

"아참, 미처 말씀드리지 않았는데……."

쓰러지는 노커 앞에서 스레이가 친절하게 설명했다.

"불러낸 정령은 셋이었습니다."

"그, 그런 건……."

'미리미리 알려주란 말이야!'

라고 외치려 했지만 이미 노커의 의식은 저 멀리 꿈나라를 헤매고 있는 중이었다.

로딘과 스레이의 진입에 의한 성내의 전투.

중요 거점들을 화염과 불꽃으로 불태워 병사들의 이동을 묶은 것도 한몫하고 있었지만 천기장인 다니엘과 노커를 단숨에 제압한 탓에 바깥의 전투는 생각보다 쉬웠다. 하지만 유쾌한 사람들이 레스터 성을 기습한 가장 중요한 이유인 공작부 지하 감옥의 전투는 생각보다 쉽지 않았다.

우당탕 쿵탕!

"뒤로 물러서!"

맨 앞에 있던 케브의 다급한 외침과 함께 대여섯 명의 사내들이 허둥댔다. 그들은 계단을 딱 가로막고 있는 자네트를 뚫지 못한 채 열심히 밀리는 중이었다. 그리고 자네트는 굉장히 열받은 표정으로 사정없이 검을 휘둘렀다.

"사제님! 어서 사과해요!"

"내가 뭘?"

"형제라고 불렀다고 화를 내고 있잖아요! 어서 남매라고 불러주란 말이에요!"

"어엇! 이런~"

비명과 함께 타스틴의 옆으로 돌 계단이 으스러지며 파편을 퉁겨냈다.

"저걸 봐! 저게 어디 여형제의 힘이라고 믿어지나? 분명 여장을 한 사내임이 분명하니 형제라고 부른 것은 틀리지 않단 말이네!"

"이이익! 누가 여장 남자라는 거냐!!"

자네트의 외침이 끝남과 동시에 또 하나의 돌 계단이 으스러졌다. 허둥지둥 도주하는 사람들과 바짝 쫓고 있는 자네트 사이에 벌써 대여섯 개의 계단이 형체를 달리했다.

잠시 멈춰 서며 자네트는 숨을 다듬었다. 생각해 보니 지금까지 홧김에 검을 휘둘렀다는 생각이 든 것이다. 이래서야 얼마 버티지 못하고 지쳐 쓰러질 것이 자명했다. 그녀는 가슴 위로 검을 세우며 신성력을 모으기 시작했다. 물론 검신 뒤로 도망치며 자신을 살펴보는 청년과 사제를 노려보는 것도 잊지 않았다.

"빛의 신이시여! 저에게 힘을 주소서!"

케브의 눈에는 보이지 않았지만 타스틴에겐 확실히 보였다. 자네트의 몸에서 성스러운 오라가 살짝 빛을 내는 것을. 분명 신성력을 한껏 끌어올렸다는 것을 느낄 수 있었다. 더욱 다급한 상황이 되었지만 곁에 있는 케브는 그 외중에도 투덜거렸다.

"그러니까 꼭 우리가 악마라도 된 것 같잖아."

케브는 슬쩍 타스틴을 향해 고개를 돌렸다.

"사제님도 일단은 사제지요?"

"일단 사제라니? 당연히 사제지!"

"그럼 뭔가 주문이라도 외워봐요. 사제는 사제끼리 싸워야 하지 않겠어요?"

"이, 이 자식이?! 대지 모신께서는 싸움질을 가르쳐 주지 않아서 난 그런 거 몰라!"

두 사람이 다투는 와중에 자네트는 준비를 끝냈다. 천천히 두 사람을 향해 올라오자 타스틴이 기겁을 하며 케브의 등을 떠밀었다.

"나보단 네가 더 나을 거야! 어서 싸워봐!"

"어엇? 나, 난 길잡이가 임무였잖아요!"

소리치는 중에 케브의 몸은 벌써 자네트의 코앞에 다다랐다.

조금 전까지만 해도 불같이 화를 내던 자네트의 얼굴은 차갑게 변하였다. 달려드는 케브를 보고도 당황하지 않은 채 자네트는 검을 찔렀다. 확실히 아까와는 전혀 다른 모습이었다. 혼자 열받아 양 옆의 벽에 상관하지 않고 마구 검을 휘두르던 그녀는 신성력을 끌어올린 후에 차분하게 찌르기로 바꾼 것이다. 공간이 좁은 곳에서의 효과적인 공격 방법이었다.

그러나 자네트는 케브의 다리를 계산하지 않았다. 그것이 첫 번째 실수였다.

유쾌한 사람들 중에서도 어린 축에 끼는 케브와 케사 형제가 캐러디안 숲의 동부를 담당하는 중책을 맡은 것엔 이유가 있었다. 나무와 나무, 바위와 바위를 타는 재주가 남달랐기 때문이었다. 일반 평지라면 조금 빠른 달리기 정도겠지만 일단 산을 타는 데 있어선 두 사람을 당할 자가 거의 없었다. 도약력도 보통이 아니었지만 무엇보다 반사 신경과 임기응변으로 인한 기민한 움직임이 탁월했다. 특히 산에서의 몸놀림은 크루세이더인 키리모아도 따라잡지 못할 정도였고 빠르기로 한몫 보는 제프도 힘들었다. 엘프의 피를 이은 스레이나 마스터 로딘이라면 모를까…….

타스틴에 의해 떠밀려진 힘을 케브는 순간적으로 이용했다. 찔러 들어오는 검을 피해 재빨리 몸을 띄운 후 달려가는 기세 그대로 벽을 타고 자네트의 뒤를 향해 달렸다.

"헛?"

흡사 한편의 서커스를 보는 듯한 착각을 일으킬 정도의 몸놀림이었다. 달려들던 속도가 줄기는커녕 벽을 밟고서도 오히려 더 빨라졌다. 자네트가 검을 거뒀을 때는 벌써 그녀를 스쳐 지나간 후에 뒤쪽에 착지하는 중이었다.

"이, 이럴 수가?"

케브의 움직임에 당황한 자네트가 외마디 비명을 지르며 돌아서려고 했다. 그리고 그 순간 알싸한 느낌이 아랫도리를 강타하고 있었다.

흠칫 몸을 떨며 눈으로 확인하기도 전에 자네트의 몸에 소름이 돋았다.

"이, 이 변태 자식!"

그저 케브의 봉이 아랫도리를 훑은 것에 불과했다. 물론 그것도 고의는 아니었다. 자네트 뒤로 착지한 케브는 재빨리 돌면서 평상시대로 수평 찌르기를 했을 뿐이었다. 계단을 염두에 두어 조금 위를 찌른다고 생각하며 찌른 것인데, 아뿔싸! 의외로 케브는 생각보다 더 멀리 내려갔던 것이다. 그의 봉은 정확하게 자네트의 다리 사이를 찔렀고 '이크' 하고 봉을 치켜올렸을 땐, 대체 왜? 그녀의 엉덩이 사이에 봉을 끼운 꼴이 되고 말았다.

더욱 불행한 것은 자네트의 상체는 투구에 흉갑, 견갑까지 다 챙겨 입었지만 아래는 고작 무릎과 정강이 보호대, 그리고 철화뿐이었다. 허벅지를 감싸고 있는 것은 가죽 옷이 전부였으니 자네트로선 봉이 훑고 지나가는 느낌을 생생하게 만끽할 수밖에 없었다.

그리하여 케브의 봉은 자네트의 아랫도리를 살살 어루만지는 치한의 손이 되고 말았다.

"어엇?! 미, 미안해요. 고의는 아니었어요!"

얼른 사과를 하는 케브였지만 좀 전의 상황에 자신도 우스웠는지 슬쩍 미소를 짓고 말았다. 그리고 그 미소는 가까스로 신성력을 모으며 침착함을 되찾은 자네트의 속을 확 긁었다. 아니, 긁다 못해 뒤집어엎었다.

"아아아아아아아악~!!"

비명인지 절규인지 모를 소리가 자네트의 입에서 쏟아졌다. 대충 해석하자면 '오늘 너 죽고 나 죽자!' 정도의 뜻을 담고 있는 것이었지만 불행하게도 그것은 단지 생각으로만 그쳤다.

기합과 함께 달려들려는 자네트의 어깨를 누군가 툭툭 쳤다.

자네트의 두 번째 실수는 앞뒤로 적을 맞이한 상황에서 이성을 잃었다는 점이었다.

어느새 살짝 뒤로 다가온 타스틴은 어깨를 툭툭 쳐서 그녀의 눈이 자신을 향하게 만들었다. 자네트의 고개가 돌아가고 눈동자가 타스틴을 향했을 때 그녀는 너무나 가까이 다가온 적의 모습에 경악했다. 그리고 자신을 향해 날아오는 타스틴의 주먹을 멍청히 바라봤다.

자네트의 세 번째 실수는 대머리 뚱보 사제를 너무 만만하게 생각했다는 점이었다. 타스틴의 주먹이 그녀의 안면을 가격했을 때, 아니, 정확하게는 투구를 때렸을 때 자네트는 눈앞에 반짝이는 별자리를 수없이 헤아렸다.

평소에도 우락부락한 사내들을 다독이던 주먹이니 품질은 보증된 셈! 타스틴의 주먹 한 방에 자네트는 정신을 잃은 채─어쩌면 정신을 차리고 있었던 것보다 나았을지도 모르겠지만─허공에 붕 떠올랐다. 그리고 한참을 공중에서 헤맨 후에 등부터 계단 밑으로 떨어졌다.

우당탕 쿵쾅!

다행히도 갑옷을 단단히 챙겨 입었던 탓에 어디 부러지진 않았지만 매끈한 갑옷 덕에 기절한 그녀의 몸은 계단 저 아래까지 저절로 미끄러졌다.

요란한 소리와 함께 바닥까지 떨어지는 자네트를 멍청히 바라보던 케브는 머리를 긁적였다.

"저어, 혹시 사제 맞아요?"

"무슨 뜻이냐?"

"혹시 사제의 탈을 쓴 몬스터가 아닐까……."

"죽고 싶다는 뜻으로 해석해도 되냐?"

"아뇨, 그런 뜻은 아니었어요."

배시시 웃으며 케브는 서둘러 계단을 내려갔다. 그 뒤로 타스틴과 몇 명의 사내가 따랐다. 케브는 잠시 바닥에서 머뭇거리며 자네트를 바라봤다.

"죽지 않았을까요?"

"죽지 않았다."

"어떻게 알아요? 그 높이에서 떨어졌는데? 보통 사람이라면 두세 번은 죽을걸요."

"이 아가씨는 보통 사람이 아니니 괜찮다. 조금 머리가 띵한 정도일 뿐일 거야."

케브는 살짝 눈을 흘겼다.

"혹시 자신이 무책임하다고 생각하지 않아요?"

"네가 오늘 케사와 영원히 이별하고 싶은 게로구나?"

"자자, 어서 백작님을 구하러 가요!"

케브는 서둘러 자네트의 몸을 넘어 지하 감옥을 향해 눈길을 돌렸
다.

누군가 앞을 막아섰다고 느낀 순간 느킹먼은 재빨리 봉을 뻗었다.
막아선 상대가 여자라는 것과 대충 들려준 내용이 '이봐요! 성을 불태
우다니 대체 무슨 생각이에요!' 라는 거였다는 것도 봉을 뻗은 후 '아
악' 하는 비명이 들린 다음에 알아챘다.
"앗! 이 멋진 느킹먼이 여자를 때리다니! 일생의 실수로군!"
느킹먼은 고통을 참지 못해 바닥에 웅크리고 앉아 있는 제니퍼를 쳐
다봤다.
"때리고 나서 말하니까 정말 미안한데… 그래도 양심에 가책을 느
끼니까 하는 말이야."
느킹먼은 오른손을 쫙 펴서 선서하듯 들었다.
"미안!"
때린 느킹먼도 어이없는 행동을 하고 있었지만 맞은 제니퍼도 꽤나
황당한 여자였다. 상대가 사과를 해오자 그녀는 아픔을 무릅쓰고 고개
를 들었다. 벌써 눈망울 가득 폭포가 흐르고 있었지만 그녀는 애써 미
소를 지으며 고개를 끄덕였다.
"괘, 괜찮아요. 흑흑."
"많이 아파? 그래도 좀 참아. 그리고 성을 불태우려는 게 아냐. 성을
불태워 혼란을 가중시킨 후에 백작님을 구할 생각이었거든. 지금까지
살던 성이 불타느라 가슴이 아픈 건 이해하지만 그래도 백작님이 안전
하게 된다면 그것으로 만족할 수 있지 않겠어? 그러니 용서해 줘. 알았
지?"

그랬다. 느킹먼은 자신을 가로막은 여자를 성에서 일하는 하녀 정도로 생각했던 것이다. 특히 여자가 말했던 '성을 불태우다니' 의 앞부분에 혼자 착각해서 '내가 살던' 이란 말을 덧붙여 버리기까지 했다.

적군의 사과를 받아줄 만큼 아량이 넓은(?) 제니퍼였지만 바보는 아니었다. 하긴, 바보였다면 어려운 마법 공부를 하지도 못했겠지만. 그녀는 느킹먼이 착각했다는 것을 단번에 알아챘다. 하지만 그 허점을 역이용할 만큼 영악하지는 못했다. 적의 사과를 받아줄 만큼, 그녀는 매우 순진하고 순박하지 않은가 말이다.

제니퍼는 느킹먼의 착각을 바로잡아 줘야겠다고 생각했다.

"아, 전 근위대를 따라서 성에 왔어요. 흑흑. 그러니까 성에서 살지도 않았고 백작님을 구출하도록 수수방관할 수도 없는 입장이랍니다. 흑흑."

"아니! 뭐라고? 그럼 당신은 기사?"

소리치는 것과 동시에 느킹먼의 봉은 '조건 반사' 처럼 춤을 추었다. 정확하게 제니퍼의 목덜미를 가격한 느킹먼은 곧 당당하게 외쳤다.

"오! 기사를 이기다니! 난 정말 멋진 느킹먼이야!"

그리고 휙 몸을 돌려 다음 건물을 불지르러 달려갔다.

그의 뒤로 로브 자락을 꼭 쥐고,

"보, 보, 보……."

말을 잇지 못한 제니퍼가 거품을 문 채 감전된 개구리처럼 온몸을 부르르 떨었다.

'복장을 보면 몰라욧! 전 마법사예욧!'

끝까지 느킹먼의 착각을 바로잡아 주려던 그녀의 친절은 한줄기 바람과 함께 생각으로 그칠 뿐이었다.

마크 시모어가 도착한 창고는 보통 사람은 가까이 다가갈 수도 없는 큰불이 났다. 이미 어떻게 손쓸 수도 없을 만큼 건물 하나가 몽땅 불타고 있었고 안에선 폭죽처럼 불꽃이 연이어 터졌다.

그는 서둘러 창고 앞에 있는 몇몇 병사들을 향해 소리쳤다.

"물을 길어 와라! 서둘러 불을 꺼!"

"하지만 물 정도로 끌 수 있으리라곤……."

"우선 해볼 수 있는 만큼 해봐야 하지 않겠나!"

병사 하나의 말대꾸에 발칵 화를 내며 다그치긴 했지만 마크 역시 그 정도로 잡힐 불이 아니라는 것은 알고 있었다. 그렇다고 넋 놓고 쳐다볼 수만은 없는 일, 그는 가까운 우물을 찾기 위해 두리번거렸다.

그때 거구의 사나이가 마크를 향해 다가왔다.

'음? 우리 군단에 저렇게 커다란 병사가 있었나?'

2m에 가까운 우람한 체구의 사나이는 그리 많지 않았다. 그리고 천기장이자 동시에 찰스의 부관이기도 한 마크는 기억력이 좋은 편이었다. 그는 기억을 더듬어 저 정도의 거구에 대한 자료를 촤라락 떠올렸지만 앞에 있는 사내에 대한 것은 없었다.

사내가 입고 있는 옷을 눈여겨본 순간 마크는 식량을 가져온 마을 사람이란 것을 유추했다. 그리고 뭔가 이상함을 눈치 챘다.

사내의 손엔 엄청난, 말 그대로 엄청난 거검이 쥐어져 있었다. 투 핸드 소드라고 해도 이렇게까지 클 수는 없었다. 거의 2m에 가까운, 어쩌면 들고 있는 사내의 무게보다 더 나갈 듯한 검을 쥐고 있었다. 그것도 한 손으로.

'크루세이더다!'

마크는 신음하듯 중얼거렸다.

그는 바로 창고 몇 채를 연속으로 불태운 키리모아였다. 체력과 근력이 가장 뛰어난 그였기에 이런 큰불을 손쉽게 낸 것이다. 아무래도 보통 사람이었다면 평범한 불을 낸 후엔 다가갈 수 없어 더 큰불을 내긴 힘들었다. 그러나 키리모아는 건물 몇 채를 통째로 불태우기 위해 창고 주변을 계속 돌고 있었고 이제 목적을 달성한 이상 벗어날 준비를 하던 중이었다. 한데 갑자기 천기장의 문장을 새긴 기사가 나타나 진화 작업을 하고 있으니 그로선 그냥 지나갈 수 없었다. 키리모아는 묵묵히 검을 쥔 손에 힘을 더했다.

다가오는 기색이 결코 좋은 뜻이 아니라고 짐작한 마크도 곧 검을 뽑았다. 그 순간 키리모아는 양손으로 검을 쥐며 달려들었다.

파카칵!

철과 철이 부딪는 순간 마크의 몸이 뒤로 떠밀려졌다.

'괴, 굉장한 힘이다!'

검과 검을 맞부딪치는 것이라면 당연히 더 무거운 검을 든 사람이 유리한 법이었다. 게다가 두 사람은 같은 크루세이더였고 경지도 비슷했다.

마크로서 더욱 불행한 점은 대개의 페나인 검법이 그러하듯, 그 역시 힘을 위주로 하는 검법을 수련했다는 점이었다. 물론 스피드와 기술을 위주로 하는 검법이 존재하긴 했지만, 그것은 레스터 가문과 레스터에서 전해진 몇몇 기법이 전부였다. 그나마 그 기술도 레스터 기사들이나 기회가 있었으니 콘버드 출신인 그가 배운다는 것 자체가 불가능했다.

그리고 같은 힘을 위주로 하는 검법이라면 거구의 키리모아가 유리한 것은 당연했다.

파캉!

파캉!

"어, 엄청 빠르다!'

그 무식한 거검으로 좌우 연타를 날리는 키리모아에게 마크는 감탄을 넘어 질리고 말았다. 거의 롱 소드와 같은 장검류를 휘두르는 것과 같은 속도였다. 한 번 타격을 가할 때마다 2~3m씩 떠밀려졌고 그 거리를 키리모아는 돌진하며 연속으로 가격해 왔다.

여섯 번째 검이 맞부딪쳤을 때 마크는 외쳤다.

"이, 이 녀석을 막아라!"

하지만 두 사람의 싸움을 보고 있던 병사들은 어느새 줄행랑을 친 후였다. 으드득, 이를 악물며 일곱 번째 막았을 때 뒤로 밀리는 순간 무너진 건물 잔해에 마크는 발을 헛디뎠다.

"우웃!"

비명과 함께 여덟 번째 검이 날아들었다. 하지만 중심을 잃은 마크의 몸은 그것을 막아낼 방법이 없었다. 저 정도의 검이라면 웬만한 갑옷 정도는 손쉽게 벨 수 있을 터였다. 아니, 아무리 튼튼한 갑옷이라도 저런 검의 타격이라면 뭉그러질 가능성이 컸다. 수도에서 레스터 성까지 부리나케 달려오느라 중장갑이 아닌 경장갑을 했던 마크는 순간 죽음을 예감했다.

질끈 눈을 감는 순간 그의 기억 속에 콘버드 축제에 나타났다는 무명 검사가 생각났다. 크루세이더의 경지에 이르렀다는 그는 비록 마스터인 맥클리스에게 패하긴 했지만 엄청난 거검을 휘둘렀다고 알려졌다. 마크의 뇌리 속에 바로 이 사내가 그 사람일 것이란 생각이 스쳐 지나갔다.

키리모아는 상대가 방어할 수 없는 상태에 이르자 손목을 틀어 검을 세웠다. 그리고 검날이 아닌 검신으로 그의 몸통을 후려쳤다.

"커억!"

비명과 함께 마크의 몸이 허공에서 바닥으로 고꾸라졌다. 갑옷 한쪽이 움푹 패이긴 했지만 치명상은 아니었다. 하지만 아무리 검을 세웠다고 해도 거검의 중량감이 그대로 실려 있었으니 마크의 몸은 금방 일어날 수 없는 부상을 당한 셈이었다.

키리모아는 바닥에 쓰러져 있는 마크에게 다가가 말했다.

"죽이진 않겠소. 하지만 당분간 요양을 해야 할 것이오."

뭔가 대답을 하려던 마크는 곧 토혈과 함께 기침을 해댔다.

그를 놔둔 채 키리모아는 주변을 훑었다. 원래의 계획이라면 이쯤에서 빠져나갈 준비를 해야 했다. 그리고 그 계획에 맞춰 케사가 마구간에서 말을 점검하고 있어야 했다.

문득 공작 저택 뒷문 쪽에 사람 그림자가 어른거리는 것이 키리모아의 눈에 띄었다. 모두 두 사람으로 앞에 있는 사람은 집사의 옷을 입고 있는 늙은이였고 뒤에는 드레스를 입고 있는 젊은 부인이었다.

단번에 하이렌 백작 부인임을 알아본 키리모아는 서둘러 그쪽으로 달려갔다. 분명 먼저 잠입해 있던 느킹먼 일행이 말하길 저택에서 백작 부인을 구해 탈출할 조력자가 있다고 했었다. 아마 저 노집사를 말한 것이라 짐작한 키리모아는 그 두 사람을 보호하기로 했다.

문득 두 사람 앞에 마구간과 케사의 모습이 보였다. 벌써 사방에서 유쾌한 사람들이 모여들었다. 케사가 이쪽을 보더니 곧 손을 들어 신호를 보냈다.

키리모아의 짐작대로 앞에 있던 두 사람은 도드리안과 그녀를 구해 저택을 나온 토톰이었다. 세 사람이 마구간에 비슷하게 도착했고 케사는 토톰에게 말고삐를 건넸다.

"백작님은?"

토톰의 질문에 불안한 얼굴로 도드리안도 케사를 쳐다봤다.

"사람들이 구하러 갔으니 곧 올 겁니다. 부인께서는 말을 못 타시지요?"

"내가 모시고 가지."

뒤이어 도착한 키리모아가 고삐를 움켜쥐며 도드리안을 앞에 태웠다. 말에 타기 전에 키리모아는 일행을 살폈다. 아직 타스틴이나 느킹먼의 모습이 보이지 않았다.

"다른 사람들은?"

"일단 모두 모였습니다. 동문 쪽으로 간 부두목과 공작부의 일행은 도착하지 못했어요."

"가봐야 하는 거 아닌가?"

걱정스레 말하는 키리모아였지만 곧 케사가 환호를 하며 그의 뒤를 가리켰다.

"저길 봐요! 사제님이 왔어요!"

사람들의 눈이 한쪽으로 집중되었다. 케사의 말대로 그곳엔 하이렌 백작을 업고 있는 타스틴의 뚱뚱한 모습이 보였다. 그 바로 뒤에 아벤을 업고 있는 케브와 나머지 일행이 나타났다. 또한 그들 뒤로 동문으로 가서 불을 질렀던 느킹먼의 붉은 옷이 화염과 연기를 뚫고 나타났다.

키리모아는 고개를 끄덕이며 케사를 향해 외쳤다.

"자, 탈출하자!"

로딘이 다가오는 것을 찰스는 빤히 보고만 있었다. 허리춤에 매어져 있는 검을 뽑을 생각조차 못했다. 대화가 가능할 정도의 거리에 이르렀을 때 찰스는 정신을 차렸다.

"자, 자네는 제1돌격기병단의 로딘?"

로딘의 고개가 끄덕여지자 찰스는 다급하게 물었다.

"마스터가 되었나?"

또 한 번 로딘의 고개가 끄덕여졌다. 찰스는 멍한 표정을 지었다.

"백작을 구하러 왔나?"

"그렇습니다."

"반란군에 가담해 있었나?"

"아닙니다. 그런 얘긴 듣지 못했어요."

로딘은 고개를 갸웃하며 물었다.

"백작님께서도 알잖아요, 레스터 가문이 반란을 일으키지 않았다는 것을?"

"하지만 이미 벌어졌네."

"이렇게 허술하게 말인가요?"

로딘의 반문에 찰스는 말문이 막혔다.

확실히 윌리엄 공작이나 버나드의 치밀한 성격상, 정말 반란을 계획했다면 이렇게 간단하게 발각될 리는 없었다. 그 점에 대해서 의문이 있기는 했지만 음모와 계략을 파헤칠 권한이 없는 한 찰스는 명령에 충실한 장군일 수밖에 없었다.

그에게 떨어진 명령은 레스터 성의 하이렌을 구금하는 것과 동시에 반란을 획책하려는 자들을 진압하라는 것이었고 그는 그것을 충실히 이행할 뿐이었다.

그는 고개를 저었다.

"잘은 모르겠지만… 내게 생각할 권한은 없다네. 명령에 따를 뿐이지. 게다가……."

찰스는 똑바로 로딘을 쳐다봤다.

"자네가 하이렌을 구하러 왔다는 것만 봐도 레스터 가문의 반란이 거짓 소문이란 생각은 들지 않네. 틀린가?"

"틀립니다. 전 옛 상관에 대한 충성과 오랜 친구에 대한 의리를 지킬 뿐이니까요."

"충성과 의리라……."

중얼거리던 찰스는 곧 로딘이 말한 상대가 누구인지 알아챘다.

"자네를 탈출시킨 자는 바로 카슨이었군!"

대답을 들을 필요도 없다는 듯 찰스는 검을 뽑았다.

"상대는 되지 않겠지만 어차피 명령에 살고 명령에 죽어야 할 운명. 승부를 부탁하네."

"거절합니다."

대답과 함께 로딘의 검이 햇빛을 반사하며 포물선을 그린 후 봉 속으로 몸을 감췄다. 움찔 몸을 떨던 찰스는 곧 자신의 검이 잘려진 모습에 깜짝 놀랐다.

"나, 나를 모욕하는 것인가?!"

찰스의 얼굴이 붉게 물들었다.

"아닙니다."

로딘의 고개가 왼쪽으로 돌아가며 무언가를 바라봤다.

"다만 가야 할 때인 것 같아서 말이지요."

"가야… 할 때?"

찰스의 시선이 로딘과 같은 곳을 향했다. 그쪽엔 이십여 명의 사내들이 말에 올라타고 서문을 향하는 모습이 보였다. 뚱뚱한 사제를 선두로 하이렌을 태운 젊은 청년이 바짝 따라붙었고 백작 부인을 태운 거구의 사내도 보였다. 그리고 맨 뒤에 비어 있는 두 마리 말을 끌고 있던 청년이 이쪽을 향해 외쳤다.

"전부 구출했어요, 대장!"

두 마리 말 중 하나에 노란색 후드를 입은 청년이 올라탔고, 그 순간 나머지 하나의 임자를 찰스는 알아챘다. 그는 곧 로딘을 바라봤다.

"쫓지 않는 게 좋을 겁니다."

말과 함께 로딘이 사라졌다. 어느새 그의 몸은 말 등에 올라타 일행의 끝에 달라붙었다.

"충고는 고맙지만 그럴 입장이 아닌 탓에 말이야……."

혼잣말을 중얼거리던 찰스는 서둘러 병사들을 진정시켰다.

　수도인 페로즈 성을 빠져나온 후, 버나드의 명령을 받은 레온은 레스터 성을 향해 줄기차게 달려나갔다. 밤낮을 구별하지 않고 달린 탓에 일주일이 안 되어 캐러디안 숲을 가로지를 수 있었지만 그의 마음은 불안함으로 가득 찼다.

　그의 뒤로 비어 있는 말 두 마리가 따라 달렸고 지친 기색이 역력한 수요도 이를 악문 채 안장 위에 매달렸다.

　카프 마을 서쪽의 페나즈 숲에 위치한 성채이자 요새이자 관문을 순식간에 돌파한 지 반나절이 채 되지 않아 두 사람은 캐러디안 숲을 질주 중이었다. 실로 무시무시한 속력으로, 레온의 흑마조차도 지쳐서 이틀 전에 바꿔 탔었다. 처음에 출발할 때 여섯 마리였던 말은 흑마를 포함해 넷으로 줄었다. 나머지 둘은 거품을 물고 나가떨어져 그대로 버리고 왔다.

이윽고 캐러디안을 빠져나간 두 사람의 눈에 멀리 언덕 위에 위용을 자랑하는 레스터 성이 보였다. 여전히 웅대한 모습을 보이는… 아니, 보여야 할 레스터 성은 평소와 매우 달랐다.

"성에 불이 났어!"

다급하게 외치는 것과 동시에 레온이 멈췄다. 수요도 정신을 차리며 성을 바라봤다. 확실히 성안에서 피어 오르는 검은 구름으로 미루어 불타고 있다는 것을 짐작할 수 있었다.

"혹시 백작께서 지금까지 전투를 벌였던 것일까?"

수요의 질문에 레온은 고개를 저었다.

"모르겠어. 하지만 빨리 가야 할 것 같아."

레온은 서둘러 흑마로 몸을 날렸다. 역시 레온의 흑마는 똑똑했다. 지금껏 힘을 비축시켰던 이유가 바로 지금 때문이라는 것을 아는 듯 힘차게 투레질을 하며 기세를 올렸다. 수요도 재빨리 건장한 녀석을 골라 말을 바꿨다.

준비를 마치자 두 사람은 다시 레스터 성을 향해 말을 달렸다.

문득 레온의 눈에 서문으로 쏟아져 나오는 한 떼의 사람들이 보였다. 선두에 뚱뚱한 사제에 이어 맨 뒤에 문을 나서는 초록색 후드와 노란색 후드를 확인하며 레온은 환호를 질렀다.

"캐러디안의 사람들이야!"

"뭐?"

"캐러디안 숲의 유쾌한 사람들이라고! 그들이 형을 구했어!"

레온은 성을 향하던 진로를 그들 쪽으로 바꿨다.

좀 더 가까워지자 일행의 얼굴을 확인할 수 있었다. 앞에서 일행을 이끄는 자는 타스틴 사제, 바로 뒤에서 도드리안을 보호하며 말을 달리는 키리모아, 하이랜을 안고 있는 케브와 아벤을 안고 있는 느킹먼에 이어 케사와 십여 명의 초록색 후드를 입은 사내들이 따랐다. 뒤이어 서문을 나서는 수십 명의 기병이 활을 쏘며 쫓아왔지만 스레이의 바람과 로딘의 봉에 막혔다.

레온은 일행의 앞을 가리키며 수요에게 소리쳤다.

"수요! 앞으로 가!"

곧 그 뜻을 알아챈 수요가 앞을 향해 달렸다. 동시에 레온의 흑마가 쏜살같이 로딘 곁으로 붙었다.

"오랜만이에요, 로딘! 가세할게요!"

"이거 힘이 되는군요!"

곧 이어 레온을 알아본 스레이가 빙긋 미소를 지었다.

날아오는 화살에서 눈을 거두며 로딘도 짧게 목례를 했다. 그리고 레온의 비교적 짧은 검을 슬쩍 쳐다본 후에 입을 열었다.

"그 검으론 방어하기 힘들 겁니다."

로딘의 검신은 원래 봉 속에 숨겨져 있었다. 그의 봉은 동료들이 쓰는 것보다 짧긴 했지만 검신보다 길게 만들어졌기 때문에 충분히 날아오는 화살을 막을 수 있었다. 하지만 레온의 검은 짧아서 겨우 자신과 말을 보호할 정도에 불과했다.

하지만 레온은 씩 미소를 지으며 대꾸했다.

"짧다고 막을 수 없는 건 아니죠!"

이어 레온의 검에서 은빛 검기가 뻗어 나왔다. 거의 4m에 가까운 검기가 솟구치며 날아오는 화살을 동강 내기 시작했다. 그것을 지켜본 로딘도 빙긋 웃었다.

"과연, 그런 방법이 있었군요."

"하지만 오래 검기를 방출할 수는 없을 텐데요?"

"오래 방출하지 않는다면 괜찮지, 스레이. 게다가 우린 언덕을 넘을 정도의 시간만 지연하면 되잖아."

로딘의 말이 무슨 뜻인지 레온은 의아했다. 하지만 곧 그 뜻을 알아챌 수 있었다.

달려가는 방향의 언덕 위에서 갑자기 수십 발의 화살이 비 오듯 떨어졌다. 갑작스런 공격에 당황한 기병들이 전열을 흐트리며 추격이 느슨해졌다. 그 틈에 레온은 고개를 돌려 앞을 쳐다봤다. 막 언덕을 넘는 키리모아의 거구와 함께 쌍검의 제프가 활을 들고 있는 것이 보였다.

"2진 발사!"

제프의 신호와 함께 언덕 뒤에서 한 무리의 화살이 솟구쳤다.

쫓아오던 병사들은 금세 전열을 가다듬어 방패로 활을 막았지만 이미 충분히 늦어진 셈이었다.

"백작께서도 꽤나 다급한 모양이군."

로딘의 여유있는 말투에 레온은 다시 뒤돌아봤다. 기병을 지휘하며 쫓아오는 귀족의 모습이 보였다. 그러나 지휘관 역시 이쪽을 향해 돌진하지 않는 것이 이미 틀렸다고 판단한 것 같았다.

"아는 분인가요?"

"아, 네, 조금……."

로딘은 쓸쓸하게 대답했다.

마지막으로 후방을 맡던 세 사람이 언덕 위로 향했다. 제프는 활시위를 당기느라 손을 뻗지는 못했지만 환한 미소로 세 사람을 반겼다.

"어서 와요, 대장. 수고했어, 스레이. 안녕, 레온?!"

"부탁한다, 제프!"

"뒤는 맡길게, 제프!"

로딘과 스레이가 그의 곁으로 스쳐 지나갔다.

"걱정 말아요! 지휘관을 달랑 하나만 달고 와서 제법 쉬울 것 같으니까요!"

제프는 여유를 보이며 장담했다.

"오랜만이야, 제프."

레온의 흑마도 그의 곁을 지나갔다.

한편 쫓아오던 찰스는 착잡한 마음을 가눌 길이 없었다. 추격하지 말라는 로딘의 충고에도 불구하고 병사들을 독려해 성을 나선 것은 순전히 명령 때문이었다. 그의 생각에 마스터인 로딘이 있는 저 일행을 잡는다는 것이 얼마나 불가능한지 알고 있었다. 하지만 만에 하나 저들 중에 하나라도 생포하면 배후를 알아낼 수 있으니 충분하다고 생각했다.

한데 성을 나선 직후 흑마를 탄 청년이 가세했고 그저 검을 휘두를 뿐이었는데 화살이 뎅겅 잘려지며 힘을 잃는 모습에 찰스는 완전히 맥이 빠져 버렸다. 그의 짐작에, 화살에 검이 닿지 않고도 부술 수 있는 자는 마스터 아니면 정령사였다. 즉, 적의 후방을 맡은 자는 마스터 둘에 정령사 하나, 또는 마스터 하나에 정령사 둘이란 셈이었다. 자신이 서둘러 이끌고 나온 수십 명의 기병으론 도저히 상대할 수 없는 엄청난 자들이었다.

게다가 갑자기 언덕 위에서 화살이 쏟아지는 바람에 달려가던 말들이 놀라 전열이 흐트러진 것도 추격 의지를 꺾었다. 찰스는 고개를 들어 언덕을 쳐다봤다. 막 로딘과 스레이, 흑마를 탄 청년이 언덕을 넘었고 언덕 위에는 등에 쌍검을 찬 사내가 이쪽을 향해 활을 든 채 노려보고 있었다.

겨우 한 명에 불과했지만 찰스는 언덕 뒤에 또 다른 궁병이 숨어 있음을 직감했다. 소수의 병력으로 적의 추격을 끊을 때 쓰는 수법이었다. 언덕 뒤에 숨은 것은 소수라는 것을 들키지 않으려는 것일 테고 화살의 거리가 점차 짧아지는 것은 3~4진으로 나누어 교대로 물러서며 쏘기 때문이 분명했다. 그러면서도 이쪽 기병의 움직임에, 특히 자신을 향해 정확하게 날아오는 것은 언덕 위에 홀로 서 있는 저 쌍검의 사내가 지시하기 때문이었다.

'혼자 남아도 도주할 자신이 있다는 뜻인가?'

혀를 쯧쯧 차며 찰스는 기병들을 멈춰 세웠다. 어떻게 언덕 뒤에 도달하더라도 그 너머에 후방을 맡고 있던 세 사람이 남아 있다면 지금의 병력으로는 절대 이길 수 없다고 판단했다. 언덕 위의 사내를 붙잡기는커녕 오히려 자신들이 포로가 될 수도 있는 것이다. 그렇기에 찰스는 추격을 포기할 수밖에 없었다.

그가 추격을 포기하자 제프는 겨누고 있던 화살을 거두며 돌아섰다.

한참을 더 서 있던 찰스는 '에라, 어디로 갔나 확인이나 해보자' 하는 심정으로 언덕 위로 올라왔다. 그리고 그들이 어디로 사라졌을지 단번에 알아챘다. 언덕 뒤에는 울창한 숲이 끝없이 이어지고 있었고 찰스는 이 숲의 이름을 잘 알고 있었다.

바로 캐러디안 숲이라는 것을.

숲에 들어서는 순간 레온은 앞쪽에 있는 하이렌을 찾아 달렸다. 이내 키리모아의 등에 업혀 있는 형을 발견했다. 레온은 키리모아의 옆으로 붙었다.

“형은? 형은 어때?”

“괜찮아. 조금 지친 것뿐이야.”

대답에 안도하는 동안 하이렌이 고개를 들었다.

“레온, 어떻게 여길……?”

“수도에서 버나드 형을 구했어요. 그리고 형이 날 먼저 보냈던 거야.”

“…그랬구나. 다행이다. 아버님과 형은 무사한 거냐?”

“…….”

갑자기 얼굴을 굳히는 레온의 표정에 하이렌은 뭔가 일이 생겼음을 짐작했다. 그러나 더 묻기도 전에 로딘이 다가와 재촉했다.

“대화는 산채에 가서 하도록 하고 우선 서두르는 게 좋을 것 같습니다.”

얼른 정신을 차린 레온이 뒤를 돌아봤다. 자신의 흑마를 끌고 오는 케사의 모습과 도드리안을 업고 있는 타스틴의 모습이 보였다. 그 뒤로 아벤을 업은 느킹먼과 토톰도 있었다.

문득 뒤에서 활을 쏘던 사람들이 기억난 레온이 로딘을 향해 물었다.

“나머지 일행은 어떻게 되나요?”

“곧 돌아올 겁니다. 일단 숲에 들어오면 기병들보다 우리가 더 빠르니 붙잡힐 염려는 없지요. 스레이와 케브가 남아서 후퇴를 돕고 있으니 걱정 없습니다. 둘 다 캐러디안의 길을 잘 알고 있으니까요.”

“그렇다면 안심이지만…….”

불안한 듯 레온은 주위를 두리번거렸다.

울창한 숲인 탓에 시야가 가려진 레온의 주위엔 성을 나섰던 십여 명의 모습만 보일 뿐이었다. 그러나 곧 로딘이 품에서 뿔고둥을 꺼내 불자 사방에서 호응하는 소리가 들렸다. 레온은 곧 고개를 끄덕이며 안심했다. 소리가 들린 곳에서 사람의 기척이 느껴지며 그들 모두 산채를 향하고 있다는 것을 깨달았기 때문이다.

레온은 로딘을 따라 산채로 달렸다.

성으로 돌아가기 위해 언덕을 내려가며 찰스는 불안함을 떨칠 수가 없었다.

제4근위대 중 사천의 기병과 네 명의 천기장들은 주변을 제압하기 위해 성을 떠나 있었다. 그들을 제외한다고 해도 아직 성에는 육천의 기병과 자신을 뺀 나머지 다섯 명의 천기장이 남아 있다. 다니엘과 노커가 자신의 눈앞에서 당했으니 그 둘을 뺀다 해도 아직 셋이 더 있는데 아직까지 성에서 응원군이 나서지 않았다는 점이 못내 불안했다.

적어도 지금쯤이면 소란을 진정한 그들이 성을 나서야 옳았다. 그렇지 못하다는 점에 찰스는 이상함과 불안함이 들어 서둘러 성으로 돌아왔다.

성으로 돌아온 후 저택에 들어갔을 때 그는 기가 막혀 할 말을 잃었다.

소란을 진정시키며 불을 끄기 위해 병사들을 지휘하는 또 한 명의 천기장, 데니스 휴즈를 발견한 후 그에게 다가가자 그는 저택으로 찰스를 데려왔다. 그리고 저택에는 다니엘과 노커를 포함해 나머지 천기장인 마크와 자네트가 누워 있었다. 뿐만 아니라 마법사로서 군단에 합류해 있던 제니퍼도 정신을 잃은 모습으로 한쪽에 눕혀져 있었다.

"이, 이게 어찌 된 일인가?"

잠시 멍하니 그들을 쳐다본 후에 가까스로 찰스가 중얼거렸다. 물론 이들이 쓰러진 이유가 방금 전 적에게 당했기 때문임을 알고 있었지만 설마 적들이 그렇게 강할 거라곤 짐작도 못했었다. 제니퍼를 제외하고 전원 크루세이더의 천기장들이었다. 적중에 마스터와 정령사가 있었다고 해도 그 두 사람이 전부를 상대할 수는 없었으니 나머지 일행은 또 다른 이들에게 당한 것이 분명했다.

설마 이들 모두 방심했을 리는 없을 테니 적들은 찰스의 예상을 뒤엎을 만큼 강하다는 결론밖에 남지 않았다. 찰스는 멍청히 데니스를 바라봤다.

"불이 났을 때 전 동문 밖에 있었습니다. 그 즉시 부하를 이끌고 동문으로 뛰어들려 했지만 불길이 거세어 저 혼자 겨우 들어왔죠."

어깨를 으쓱하며 데니스는 불탄 옷자락을 보였다.

"그리고 곧바로 감옥으로 내려갔는데 백작은 이미 탈출한 이후였고 계단 밑에 자네트가 뒹굴고 있더군요."

"그런가……."

찰스는 씁쓸하게 대답하며 슬쩍 자네트를 바라봤다. 그때 데니스가 침대 밑에서 투구 하나를 꺼내 그에게 내밀었다. 언뜻 보니 자네트의 투구라는 생각이 들었다.

"여길 보십시오."

투구를 돌려 약간 찌그러진 부분을 데니스가 가리켰다. 그 흔적을 유심히 살피던 찰스는 잠시 후 경악을 토하고 말았다.

"이, 이건? 주먹으로 내려친 흔적이 아닌가?"

"그렇습니다. 철투구를 으스러뜨릴 정도의 주먹이란 얘기죠. 자네트는 여기에 당한 것 같습니다. 다행히 별다른 외상은 없는 것 같지만 계단에서 굴러 떨어진 탓에 의식을 잃은 것 같습니다. 그녀를 구해 바깥으로 나오니 병사들이 연병장 구석에서 발견했다며 제니퍼를 데려오더군요."

"그래서 두 사람을 저택으로 옮겼겠군? 제니퍼는 어떤가?"

"머리 뒤를 강하게 맞은 것 같습니다. 치명상은 아니었습니다."

"으음, 마법을 부릴 수 없을 정도로 재빠른 자였던 모양이군."

"글쎄요? 제니퍼 성격에 맞서 싸울 것 같지는 않은데요?"

"…그럴지도."

대답과 함께 찰스는 마크를 살피기 위해 눈을 돌렸다. 다니엘은 로딘에게 목덜미를 살짝 맞으며 정신을 잃었던 것이니 거의 외상이 없는 편이었다. 노커는 심한 충격을 당했지만 역시 지켜보고 있었기에 궁금함은 없었다. 하지만 창고 쪽으로 보냈던 마크가 부상을 입은 모습으로 침대에 누워 있는 것은 참으로 이상했다. 그의 실력을 잘 알기 때문이었다.

"마크는… 심하게 당했더군요."

"뭐?"

찰스는 데니스를 향해 고개를 돌렸다. 데니스는 갑옷 하나를 찰스에게 내밀었다. 시모어 가문의 인장이 찍힌 것을 확인하며 갑옷을 받아들려던 찰스는 깜짝 놀랐다.

"이, 이건?!"

옆구리가 잔뜩 찌그러져 있었다. 갑옷 위로 몽둥이를 내려친다고 해도 이런 흔적을 남기긴 어려웠다. 하물며 사람이 입고 있는 상태에서라니? 찰스는 서둘러 마크의 몸을 살폈다. 언뜻 보기에도 네댓 개의 갈비가 부러졌다는 것을 알아챌 수 있었다.

“중한 부상이군.”

찰스는 신음하듯 중얼거렸다.

“네, 그렇습니다. 대체 어떤 적들이 들어온 것인지⋯⋯.”

잠시 머뭇거리던 데니스는 고개를 저으며 중얼거렸다.

“게다가 현재까지 피해 상황은⋯⋯.”

찰스는 고개를 들어 데니스를 바라봤다. 지휘자들이 이런 부상을 입을 정도였으니 나머지 병사들이 어떠할진 짐작할 수 있었다. 그는 마음을 다잡으며 데니스의 대답을 기다렸다.

“약간의 화상과 찰과상 등, 경미한 부상을 입은 자가 약 백여 명. 그 외에 심각한 부상을 입은 자는 없습니다.”

“뭐라고?!”

찰스는 얼굴빛을 굳히며 당황했다.

“말씀드린 대로입니다. 여기 있는 다섯을 제외하고 부상을 입은 자는 하나도 없습니다. 저 혼란 속에서도 사상자는 전혀 나지 않았다는 뜻입니다.”

데니스는 잠시 말을 끊고 다시 고개를 저으며 진저리를 쳤다.

“병사들의 훈련이 잘되어 있었기 때문일까요, 지휘관만 정확하게 노린 적들이 뛰어났던 것일까요?”

끄응, 하고 신음을 하며 찰스는 생각을 정리했다. 사상자가 전혀 없다는 것은 그나마 불행 중 다행이었다. 병사들의 사기가 크게 떨어지진 않았다는 얘기이기 때문이다. 어쩌면 지휘관들이 쓰러진 지금 더 떨어질 사기도 없을지 모르겠지만.

찰스는 눈을 부릅떠 다니엘을 노려봤다.

“이 녀석을 깨워.”

그나마 쓰러진 자들 중에 다니엘은 거의 부상을 입지 않은 축이었다. 지휘관의 수가 부족한 지금 경미한 부상의 다니엘은 매우 필요했다.

하이렌을 뺏겼다고 해도 아직 찰스와 근위대는 해야 할 일이 산더미처럼 남았다. 아니, 어쩌면 지금부터가 시작인지도 모른다. 추격대를 결성해야 했고 백성들의 동요를 막아야 했다.

그리고 무엇보다 공작의 숨겨진 자식에 대한 진상과 통행증을 이용한 두 사람, 알과 레온이란 상인을 찾아야 했다. 그 모든 일들에 대해 우선 순위를 매기며 찰스는 서둘러 방을 나섰다.

산채에 도착한 일행은 성을 나선 이십여 명이 전부였다. 그들은 즉시 하이렌 일가를 내려놓은 후 부산하게 움직였다. 그들이 뭔가 준비를 하는 동안 레온과 하이렌은 한쪽에 자리 잡고 앉았다.

마침 로딘이 다가오며 입을 열었다.

"우선 여기에서 잠시 식사를 한 후에 옮기도록 하겠습니다."

"에? 여기가 도착 장소가 아닌가요?"

또 어디로 옮긴다는 말에 의아한 레온이 물었다.

그러자 로딘을 따라온 느킹먼이 머리를 긁적이며 투덜거렸다.

"우리가 산적이라고 해서 남자들만 있으란 법은 없잖아? 여긴 우리가 임시로 만든 산채에 불과하다고. 우리 마을은 따로 있단 말야."

느킹먼의 옆구리를 쿡 찌르며 로딘은 모두를 둘러봤다. 슬쩍 하이렌의 눈치를 살폈지만 불쾌한 기색은 아닌 것 같아 안심을 하며 그는 다시 설명했다.

"우리 마을은 카네비스 산 중턱에 위치하고 있습니다. 캐러디안 숲과 칸트 숲의 중간, 동쪽에 위치하고 있지요. 이곳은 추격대가 쉽게 찾을 수 있으니 그곳으로 피하는 것이 좋을 것 같습니다."

"그렇게 하게."

지하에 붙잡혀 있었던 하이렌은 지친 기색이 역력했다. 그의 곁에서 걱정스런 눈빛으로 바라보고 있는 도드리안을 대신해 레온이 물었다.

"형, 몸은 괜찮아?"

"걱정없다."

그렇게 대답하는 하이렌의 말에도 레온은 쉽게 믿지 않았다. 그는 수도에서 구했던 아버지와 형이 무슨 일을 당했는지 기억났다.

"버나드 형은 마스터의 힘을 잃었어요……."

그의 말에 하이렌과 로딘을 포함한 몇몇 사람의 얼굴이 굳어졌다.

"그렇다면… 마나를 흡수당했다는 얘기가 아닙니까?"

아벤이 놀라 하이렌을 돌아봤다.

하이렌이 천천히 고개를 끄덕이며 모두에게 설명했다.

"마법사는 외부의 마나를 흡수해 마법을 부린다고 하지. 외부의 마나를 모으기 위해 각자 유용한 도구를 사용하는데 이 중에 가장 널리 쓰이는 것이 수정구이네."

"수정구?"

"그렇습니다, 레온 공자. 아니, 레온."

대답하던 아벤이 헛기침과 함께 정정하며 말을 이었다.

"즉, 수정구라는 것은 마나를 모으는 데 주효한 것, 그러나 그 마나라는 것은 주변의 자연으로부터 조금씩 모으는 것인데 오래전 어떤 마법사가 특별히 검사의 마나만을 모을 수 있는 방법을 개발해 냈다고 합니다."

“검사의… 마나?”

토톰의 신음하는 목소리가 들린 후 모두들 침묵했다. 하이렌과 아벤의 설명에 버나드가 마스터의 힘을 잃었다는 것을 이해한 것이다. 잠시 후 로딘은 고개를 갸웃거렸다.

“하지만 그것은 일시적인 방법이라고 들었습니다.”

“그렇긴 하지. 그래도 체내에 쌓아둔 마나를 잃었다는 것은 매우 큰 일이네. 적어도 일 년 정도 요양은 해야 함은 물론, 그렇게 해도 원래의 마나를 되찾긴 힘들 거야.”

“그럼 버나드 형은 다신 마스터가 될 수 없는 건가요?”

“아니, 그렇진 않단다. 마나를 흡수당했다고 해서 다시 복원되지 않는 것은 아니니까. 실제로 마법사들이 주문을 외운다 해도 자연은 언제나 그대로의 모습을 유지하고 있지 않니?”

“다만 원래의 힘을 되찾으려면 시간도 오래 걸리고 그만큼 다시 노력을 해야 한다는 점이 걱정이란 것이지.”

아벤은 대답과 함께 고개를 숙이며 중얼거렸다.

“지금 같은 때에…….”

그는 말끝을 흐렸다.

문득 하이렌은 레온의 걱정스런 눈빛이 자신을 향하고 있는 것을 깨달았다. 하이렌은 그 뜻을 짐작하고 곧 미소를 지었다.

“나는 괜찮다. 그런 수정구는 쉽게 만들 수 있는 것도 아닌데다가 굉장한 능력을 지닌 마법사만이 사용할 수 있으니까. 성에 온 마법사 중에 그런 능력은 없었으니 난 마스터의 힘을 잃지 않았다. 다만 감금 생활 동안 지친 것뿐이야.”

“밥을 주지 않았으니까요!”

아벤은 으드득 이를 갈며 중얼거렸다.

지하 감옥에 갇혀 있던 자는 하이렌과 아벤, 단둘이었다. 그 두 사람 중에 하이렌의 마스터로서의 능력을 두려워한 찰스는 거의 식사를 주지 않았고 덕분에 두 사람은 매우 지칠 수밖에 없었다.

그제야 두 사람의 상태를 짐작한 로딘은,

"곧 식사를 준비하도록 하지요."

라고 말한 후 느킹먼을 이끌고 달려갔다.

주변에 일가만이 남았다는 것을 확인하며 하이렌은 레온을 향해 시선을 돌렸다. 산에 올라올 때 아버지와 형에 대해 묻자 레온은 주저하며 말하지 않았었다는 것을 기억했다. 물론 로딘이 중간에 말을 가로막기는 했지만 그때 레온의 표정이 심상치 않았다고 하이렌은 느꼈었다.

뭔가 말못할 일이라도 있다고 판단한 하이렌은 다그치듯 레온에게 물었다.

"버나드 형은 그렇다 쳐도… 어째서 아버님에 대한 말은 없는 거냐?"

"그, 그게……."

레온의 얼버무리는 듯한 말에 다른 세 사람도 뭔가 이상함을 느꼈다.

"아버님은 어떻게 된 거죠?"

"공작 각하께 무슨 일이라도 생긴 것인가?"

"도련님, 말씀 좀 해보세요."

하이렌을 포함해 네 사람의 눈이 자신을 향하자 레온은 당황하여 어쩔 줄 몰랐다. 그러나 하이렌이 몇 번이고 재촉을 하자 결국 눈물을 흘리며 입을 열고야 말았다.

"아, 아버진… 돌아가셨어요. 마나를 흡수당한 이후에 모진 고문을 이기지 못하시고……."

레온은 채 말을 잇지 못하고 울먹였다.

그런 레온을 네 사람은 멍청히 바라보고만 있었다. 잠시 후 아벤의 탄식과 함께 네 사람은 서서히 정신을 차렸다. 레온의 등을 두드리며 위로하는 하이렌의 눈에도 굵은 눈물방울이 맺혔고 그 곁에서 도드리 안도 소매를 적셔가며 소리 죽여 울었다.

"아버진 어떻게 돌아가셨느냐?"

임종을 지켜보지 못했다는 안타까움에 하이렌의 목소리가 떨렸다.

순간 레온의 몸이 흠칫 떨렸다. 어떻게 말해야 할지 두려웠다. 도저히 그의 입으로 '아버진 포도주 통에서 쪼그린 채 외로이 돌아가셨어요' 라고 말할 순 없었다. 아니, 그 생각만으로도 충분히 더 큰 울음이 터져 나왔다.

"어흑, 어흑, 어흐흑, 흑흑."

레온의 울음소리에 이해한다는 듯 하이렌은 더 묻지 않았다. 그저 잠자코 도드리안의 손을 꼭 쥐며 레온의 등을 두드릴 뿐이었다.

마나를 흡수당했다면 아버지인 윌리엄은 그저 신체 건장한 노인에 불과할 뿐이었다. 버나드나 자신 같은 장년도 견뎌내기 힘든 고문을 아버지가 어찌…….

그렇게 생각한 하이렌은 그저 눈물만으로 슬픔을 달랬다.

하이렌 일행이 눈물을 흘리며 슬퍼하는 모습에 로딘은 뭔가 이상함을 느끼고 다가왔다. 그러나 선뜻 묻지 못한 채 눈치를 살피기만 했다. 문득 그 모습을 본 하이렌은 곧 눈물을 삼키며 레온에게 물었다.

"그래, 형은 어떻게 되었냐?"

레온도 눈물을 훔치며 대답했다.

"형은 페나즈 숲에 숨어 있어. 우선 형을 구한 후에 페나즈 숲의 산림관의 오두막에서 만나기로 했거든요."

"형 혼자 있느냐?"

"아니, 조카인 다이크와 알이 같이 있어요."

곧 세 사람 중에 싸울 수 있는 사람이 전혀 없다는 것에 생각이 미친 레온이 다급하게 외쳤다.

"어서 가서 그들을 데려와야 해. 그들만으론 관문을 넘을 수 없어요."

"그 점이라면……."

곁에서 듣고 있던 로딘이 앞으로 나섰다.

"저희가 도울 수 있을 겁니다."

"어떻게 말인가? 관문을 넘을 수 있는 방법이라도 있나?"

하이렌의 반문에 로딘은 싱긋 미소를 지었다.

"영지의 경계를 긋는 것들은 대개 강이나 성벽, 그리고 산과 숲이 아닙니까? 관문이란 것도 실제론 강과 숲 사이에 성벽을 쌓아 이뤄진 것, 하지만 높고 험한 카네비스 산엔 성벽을 쌓을 수 없지 않습니까?"

"하면 카네비스 산을 넘어서 페나즈 숲으로?"

"길을 잃을지도 모르는데?"

"그 점은 염려 마십시오. 페나즈 숲에서 산적질을 하진 않지만 그곳의 길은 누구보다 잘 알고 있으니까요."

사실 로딘 휘하의 유쾌한 사람들은 얌전히 숲에서 노략만 일삼지 않았다. 간혹 배낭을 짊어진 채 페나인 일대로 모험을 떠나곤 했기 때문에 카네비스 산 일대의 숲과 대영지의 지리를 잘 알고 있었다.

실제로 알과 레온이 처음 동업을 한 후에 카프 마을 근처의 바위에서 만났던 타스틴은 위클리프를 여행한 후에 돌아온 것이고, 포란 마을에서 만났던 스레이 역시 레스터 남부를 여행하던 중에 만났던 것이다. 제프와 키리모아를 만났던 것도 콘버드 축제에 참가하기 위하여 여행을 떠났기 때문이었고 근위대가 대규모로 레스터로 진군하던 것을 발견한 것도 레스터 남부로 막 여행을 떠났던 케브와 케사 때문이었다.

로딘은 곧 주변을 훑어보며 페나즈 숲까지 안내할 만한 사람을 찾았다. 키리모아는 산행에 서툴렀고 느킹먼은 칸트 숲과 캐러디안 숲을 포함한 스고우와 레스터에 정통했지만 페나인 서쪽 일대의 지리는 몰랐다. 타스틴은 하이렌을 치료해야 하기 때문에 보낼 수 없었다.

로딘은 제프나 스레이를 보낼 생각이었지만 그 두 사람은 지금 나머지 부하들을 이끌고 후방을 맡으며 퇴각 중이었기 때문에 이곳에 없었다. 인상을 찌푸리며 적임자를 찾는 로딘의 눈에 막 레온의 흑마에게 먹이기 위해 물통을 옮기는 케사의 모습이 띄었다.

케사를 발견한 로딘은 곧 레온을 향해 말했다.

"케사를 데려가십시오. 케사는 원래 위클리프 출신이라 페나즈 숲에 대해서도 잘 알고 무엇보다 산행에 도움이 될 겁니다."

"구해준 것도 고마운데 또 도움을 주다니… 정말 고맙네."

"뭘요, 친구의 가족 분들이니 돕는 것은 당연한 일입니다."

"카슨에 대한 의리를 말하는 것이로군? 그래도 곤란에 처한 우리를 돕다니 정말 뭐라고 감사의 말을 해야 할지 모르겠군……."

하이렌은 로딘에게 고맙다는 표시를 한 후 다시 레온을 향해 말했다.

"그렇다면 레온, 이대로 페나즈 숲으로 가서 형을 모셔 와라. 앞으로의 일에 대해선 형과 상의해야 할 것 같다. 어렵게 길을 왔다만, 괜찮겠니?"

레온은 간단히 고개를 끄덕인 후 로딘을 바라봤다.

"그럼 지금 출발하겠습니다. 잠시 케사의 도움을 빌릴 수 있게 해주세요."

"걱정 말아요."

로딘도 싱긋 미소를 지으며 케사를 불렀다. 막 흑마의 목덜미를 다독여 주던 케사가 로딘의 부르는 소리에 이쪽으로 달려왔다.

페나즈 숲에 들어선 후에 알은 오두막을 정찰했다. 다행히 그들이 떠난 후와 변함이 없었다. 즉시 불편한 몸인 버나드와 어린 다이크를 데려온 후 오두막을 정돈해 두 사람을 쉴 수 있게 했다.

식사 준비를 위해 오두막 뒤의 샘물을 푸던 알은 털썩 자리에 앉았다. 레온과의 의리와 영주 대리를 맡고 있는 하이렌의 도움을 받았던 점을 내세워 이곳에 남아 있기는 했지만 불안한 마음을 감출 수는 없었다.

어쩌면 처음에 생각했던 것보다 일이 더 커질 수도 있다는, 미래에 대한 불안인지도 몰랐다. 그렇다고 해도 여기서 발을 뺄 수는 없었다.

지금은 모르는 것 같지만 수도의 높은 귀족들도 바보는 아닐 것이다. 레온이 공작의 아들이라는 것을 알아챌 것이고 두 사람이 만든 상회로 들이닥칠 것이 분명했다. 어차피 레온과 마찬가지로 알 역시 갈 곳이 없어진 셈이다.

문득 포란에 남겨진 바론에 대한 걱정이 드는 것도 그런 때문이었다. 레온과 알이 없어진 이상 상회에 남은 바론이 겪을 고초는 안 봐도 뻔했다. 상회의 사람들도 걱정이고 포란 마을 사람들도 걱정이다. 무엇보다 애리오트 사제와 지나를 포함한 고아원 아이들에 대한 걱정도 알의 마음을 심란하게 했다.

후우, 하고 한숨을 쉬는 알의 곁에 누군가 다가왔다. 퍼뜩 고개를 들어 바라보니 버나드가 한쪽 다리를 끌며 다가오고 있었다.

"불편하실 텐데 누워 계시지요?"

"괜찮네. 조금씩 움직여야 몸도 괜찮아질 테니 너무 염려 말게."

버나드는 개울 근처의 작은 바위 위에 걸터앉았다. 그리고 알을 묵묵히 바라봤다.

"무슨 하실 말씀이라도……?"

의아한 듯 알이 묻자 버나드는 침묵을 깨며 입을 열었다.

"일전에…….'

또 한참 입을 다무는 모습에 알은 뭔가 어려운 말을 꺼내려나 보다 하며 긴장했다.

"수도에서 나온 후 레온과 헤어지기 전에 자네가 했던 말 중에……."

그때 자신이 무슨 말을 했었는지 알은 기억을 더듬었다.

"포란을 출발하면서 만반의 준비를 해뒀다고 했는데… 기억하나?"

곧 알도 그 말을 떠올렸다.

그는 고개를 끄덕이며 대답했다.

"네, 분명 그렇게 말했습니다."

"무슨 준비를 어떻게 했다는 것인가? 그리고 이런 일이 벌어질 것 같다는 건 대체 무슨 뜻인가?"

"그것은…….'

알은 말끝을 흐리며 버나드의 얼굴을 살폈다. 화나거나 책망하는 얼굴은 아니었다. 그렇다고 단순히 호기심을 보이는 것 같지도 않았다.

적어도 여기까지 오면서 알은 버나드의 사람됨을 어렴풋이 알아챌 수 있었다. 어쩌면 버나드 역시 알이란 사람을 알아보는 시간으로 활용한 것이었을지도 몰랐다. 그리고 나름대로 결론을 내린 후 이제야 질문을 던지는 것인지도 모른다.

그렇다고 자신이 추측하고 바론을 제외한 누구에게도, 어떤 부분에 있어선 바론에게조차 얘기하지 않았던 것을 말해도 될지 망설여졌다. 듣는 입장에 따라선 아픈 기억을 떠올려야 할지도 모르기 때문이었다.

하지만 알은 더 이상 망설이지 않기로 했다. 분명 아픔이 있을지언정 지금의 버나드에겐 자신이 추측했던 것이 필요한 순간이라고 짐작했다.

그는 심호흡과 함께 천천히 말했다.

"카슨 자작께서 돌아가실 때 저와 레온이 곁에 있었다는 것은 들어 알고 있으리라 생각합니다……."

듣고 있던 버나드의 눈이 조금씩 커졌다. 단지 카슨이 죽기 전에 중얼거리듯 남겼던 '반찬'이란 말만 가지고 전쟁의 조짐을 읽어낸 알이란 청년에 대해서 단순히 놀라움을 넘어서 감탄스러울 정도였다. 그의 통찰력과 판단력은 확실히 버나드가 알고 있는 사람 중에서도 거의 찾아보기 힘들었다. 자칫하면 그저 헛된 망상일 수도 있는 것들을 정확하게 꿰뚫고 근거를 확실히 잡아가고 있었다.

이야기가 끝난 후 버나드는 '으음' 하고 신음했다. 잠시 팔짱을 낀 채 생각을 정리하던 버나드는 알에게 물었다.

"카슨이 남긴 말이 죽음에 직면해 중얼거린 헛소리란 생각은 하지 않았는가?"

"그럴 수도 있을 것입니다. 하지만 그분께서는 죽기 전에 레온의 얼굴을 제대로 알아볼 정도로 정신을 차렸었습니다. 분명 믿고 전할 수 있다는 생각에 뭔가를 말하려고 했다고 생각할 수도 있지 않을까요?"

"하지만 정작 카슨이 말한 것은 '반찬'이라고 하지 않았는가? 그것을 '반란'이라고 추측한 근거는 또 무엇이며 왜 성에서 보고하지 않았는가?"

버나드의 질문에 알은 잠시 침묵했다.

확실히 처음에 그렇게 말했다면 이렇게까지 일이 커지지 않았을 수도 있었다. 하지만 단지 추측만으로 말을 전하기엔 여러 가지 난제가 있었던 것도 사실이었다.

"레온과 같이 있기는 합니다만, 전 정확하게 마스터가 어느 정도인지 모릅니다. 다만 모두들 말하길 검에 있어선 최고의 경지라고들 하더군요. 카슨 자작께선 마스터였습니다. 중간에 무슨 사정이 있는지는 정확히 모르겠습니다만 마스터인 사람이 죽어가야 할 정도의 어떤 일이 벌어지고 있다는 것만은 짐작할 수 있지 않겠습니까? 희미하게 들렸던 발음을 곰곰이 생각해 본 결과 저는 그것이 반란이 아닐까 추측했던 것입니다. 하지만 추측만으로 보고를 올리기엔 사안이 너무 중대한 것이라 함부로 발설할 수 없었습니다. 그 점에 대해선 죄송하게 생각합니다."

듣고 있던 버나드는 한숨을 쉬며 속으로 한탄했다. 카슨의 죽음을 대하면서 자신은 정치적인 일에 이용하기 위해 그 내면의 숨겨진 것을 간파하지 못했다. 한데 알은 이미 반란에 대한 것까지 생각한 것이 아닌가! 설사 자신이 카슨의 곁에서 희미한 발음을 들었다손 치더라도 이렇게까지 상황을 꿰뚫어 볼 자신은 없었다.

"그렇다면 조만간 할튼 리저드 후작이 반란을 일으키겠군."

카슨은 레스터 해안에서 발견되었다. 모스 섬에서 부상을 입고 바다를 건너온 것이 분명했다. 아마 할튼이 반란을 일으킬 것이란 증거를 포착한 카슨은 그것을 막으려다가 부상을 입었을 것이다. 그리고 위험을 무릅쓰고 바다를 건너 레온과 알에게 전하려던 것이었으리라.

"저도 그렇게 생각합니다."

알은 착잡한 어조로 대답했다.

말은 안 했지만 그의 추측대로 전쟁이 시작되면 군대에선 철과 식량이 매우 필요해질 것이다. 그래서 레스터 성에서 바론에게 철의 매입을 지시했었다. 한데 그로서도 전혀 예상치 못한 일이 발생했으니 그것이 바로 레스터 가문의 몰락이었다. 이렇게 되면 상회를 전폭적으로 지지해 주던 레스터와 동시에 자멸하는 것이니 장사는 물 건너간 것과 다름없었다.

"알."

"네?"

생각에 빠져 있던 알은 버나드가 부르자 깜짝 놀라 그를 쳐다봤다.

"지금까지 했던 얘기, 우리 두 사람만 아는 것으로 하지 않겠나? 이제 와서 새삼 밝힐 필요는 없을 것 같으니 말이네."

"네, 그렇게 하겠습니다."

"음, 고맙네."

버나드가 무슨 생각을 하는 것인지 알은 짐작할 수 없었다. 하지만 한 가지 확실한 것은 버나드가 자신의 얘기를 통해서 뭔가 타개책을 얻었다는 것만은 틀림없다고 판단했다.

그때 누군가 오두막에서 소리쳤다.

"형, 형!"

들려온 목소리에 버나드와 알은 동시에 얼굴빛을 폈다.

"레온입니다!"

"그렇군. 생각보다 빨리 돌아왔군."

알은 서둘러 버나드를 부축하며 소리쳤다.

"레온, 여기야!"

얼마 걷지 않아 레온과 또 다른 청년의 모습이 나타났다. 그 청년이 캐러디안 숲에서 만났던 로딘의 부하라는 것을 알은 금세 기억해 냈다.

"몰랐습니다……."

"위클리프로 갔지만… 그 이상은 모릅니다……."

"상회를 합치면 지원을 아끼지 않겠다는 얘기만 했을 뿐입니다."

어둠 속에서 힘겹게 말하는 이는 바론이었다. 천장에서부터 이어진 밧줄에 두 손을 묶인 바론은 벌써 이틀째 두들겨 맞아가며 고문을 당하는 중이었다. 입고 왔던 옷은 이미 그 형체를 달리하여 상의는 갈가리 찢겨졌고 하의는 바론이 흘린 피와 땀에 범벅이 되어 더럽혀졌다.

흐릿하고 몽롱한 의식에서도 상대가 물어오는 질문에 대답하기 위해 열심히 머리를 굴리는 바론이었다. 그럴 수밖에 없는 것이 만약 실수로 잘못 대답했다간 자신 역시 반란에 가담했다는 누명과 함께 목숨을 달리할 것이기 때문이다. 최대한 자신은 살아남으면서 상대가 원하는 대답을 감추어야 하는 것이 바론이 노리는 것이었다.

어둠 속에서 똑같은 음성의 똑같은 질문이 이어졌다.

"레온이 공작의 아들이었단 사실을 알았는가?"

"몰랐습니다……."

이렇게 대답해도 어차피 상대는 확인할 길이 없다. 레온이 공작의 아들이었다는 사실을 포란에서 알고 있었던 사람은 총 네 명. 프란츠 백작과 알 베자스, 그리고 자신과 소나임이 전부였다. 그중에 알은 레온과 함께 밖으로 나간 상태이고 프란츠는 성이 함락되기 전에 어디론가 도주했다. 그리고 소나임은 자신이 다른 곳으로 빼돌렸으니 현재 그 사실을 알고 있는 이는 자신뿐이었다. 같이 붙잡혀 온 상인들을 족쳐 봐야 그들의 대답은 뻔했다.

몰.랐.다.

그렇다면 자신 역시 '몰랐다' 라고 대답해야 뒤탈이 없는 거다. 괜히 '네, 알고 있었습니다' 라고 정직하게 말해 봐야 괜히 일만 복잡해질 뿐이다. 어떻게 알았냐, 왜 공작의 아들이 장사를 한다고 위장했느냐, 넌 레스터 가문과 무슨 상관이 있느냐, 혹시 반란이 시작되면 자금책을 담당하고 있는 거 아니냐… 뭐, 이런 식의 질문이 끊임없이 나올 텐데 그런 것들을 일일이 상대하다간 정신적 피로가 장난이 아닐 것이다. 게다가 자신은 하루빨리 이곳에서 벗어나야만 했다.

적어도 다른 상인들과 똑같은 대답을 한다면 상대 역시 의심은 하지 않을 것이다. 그리고 그 길만이 빠른 시일 내에 이곳을 벗어나는 방법이었다.

"레온과 알은 현재 어디에 있느냐?"

이 질문에 대해서 바론은 약간 머리를 굴렸다.

"위클리프로 갔지만… 그 이상은 모릅니다……."

축제가 끝난 직후 알은 서둘러 위클리프로 떠났다. 그 이유는 카슨의 죽음에 대해 정신 못 차리는 레온을 다른 상인들에게 숨기기 위해서였다. 그러므로 대부분의 상인들은 이 두 사람이 어디로 갔는지 알지 못했다. 그렇다고 이 질문에 대해서 다른 상인들과 똑같이 '모릅니다' 라고 대답했다간 자신이 뭔가 숨기려고 한다고 상대가 추측할 수도 있었다.

누가 뭐래도 자신은 상회의 부회장이었고 그런 직책을 맡은 자가 회장들이 어디로 갔는지 모른다는 것은 누구라도 이해할 수 없을 것이다. 게다가 위클리프로 가는 알의 마차를 누군가 목격했을 수도 있으니 조금만 조사해 보면 어디로 갔는지는 금방 탄로나게 마련이다. 어차피 상대가 알게 될 사실이라면 미리 얘기해 버리는 게 낫다. 어쩌면 상대는 자신이 순순히 불고 있다고 착각할 수도 있으니까.

그렇다고 수도 페로즈로 향했다고 말할 순 없다. 마을 사람들을 통해서 레온이 마스터라는 것을 알아챘을 테니 수도로 갔다고 하면 난리가 날 것이 분명하기 때문이다. 그 두 사람, 정확히 레온이 무엇을 하고 있는지 짐작할 수는 없었지만 그들이 하는 일에 방해가 되어선 안 되지 않는가!

"프란츠 백작의 초대를 받았을 때 무슨 대화를 했는가?"

"상회를 합치면 지원을 아끼지 않겠다는 얘기만 했을 뿐입니다……."

사실 그 모임이 있었기 때문에 레온이 공작의 아들이라는 것을 알게 되었다. 사실대로 얘기한다면 앞뒤가 맞지 않는다고 판단해 더욱 몰아붙일 것이다. 그렇다고 거짓말을 했다가 들통난다면 큰일이다. 이런 경우엔 약간의 사실을 얘기함으로써 중요한 비밀을 감추는 것이 현명했다.

그렇게 하더라도 대질 심문을 할 수 있는 사람들, 즉 그 당시에 있었던 프란츠, 아벤, 레온, 알, 소나임이 현재 없다는 점이었다. 자신이 어떻게 거짓을 꾸미더라도 사실이 들통날 가능성은 희박했다. 역으로 자신이 정직하게 모든 사실을 털어놓는다 해도 상대가 믿을 가능성도 없었다.

지금 레스터 전역에 퍼진 소문은 '레스터 공작이 반란을 꾀했다' 였지 '공작의 아들이 장사를 했다' 는 것이 아니다. 상대는 레스터가 반란을 일으키려고 했다는 확정적인 증거를 찾기 위해서 자신을 심문하는 것이지 레온이 장사를 하는 이유에 대해서 심문하는 것이 아니다. 그리고 레스터 가문이 반란을 일으키려 했다는 증거를 바론은 갖고 있지 않았다.

"……."

잠시 어둠 속의 상대는 침묵을 지켰다. 그 긴 침묵이 바론에겐 무엇보다도 견디기 힘든 고문이었다. 지금까지의 패턴이라면 또다시 한차례 매질이 이어지고 다시 같은 질문을 해댈 것이다. 그렇지만 바론은 믿고 있었다. 저 어둠 속에 있는 기사, 적어도 포란을 점령한 높은 귀족께서는 아무런 소득이 없는 심문에 시간을 허비할 만큼 한가한 사람이 아닐 것이라고.

그리고 그 믿음은 옳았다.

"…풀어주도록 하라."

어둠 속에서 들린 그 목소리에 바론은 눈치 채지 못하게 미소를 지었다.

그는 이겼다. 마침내 그는 이기고야 말았다. 어둠 속의 귀족은 바론에게 죄가 없다고 인정했고 그것은 자유로 이어졌다.

　바론의 몸이 천천히 바닥으로 떨어졌고 뒤이어 손에 묶여 있던 밧줄이 풀어졌다. 누군가 바론을 부축했고 마실 물을 입에 대주었다. 몇 모금 물을 마시며 목을 축인 후 바론은 곧 의식을 잃었다.

　희미해지는 의식 속에서 바론은 처음에 예측한 것과 큰 차이는 없다고 안도했다.

　수도인 페로즈에서 비슷한 거리에 위치한 레스터 성과 포란 성. 똑같이 출발하고도 포란으로 향했던 근위대는 삼 일 정도 늦게 도착해야만 했다. 중간에 강을 지나야 했기 때문이었다. 만약 수가 적었다면 거의 차이가 없게 도착했겠지만 일만의 병력이 강을 건너야 했기 때문에 삼 일이란 시간 차가 날 수밖에 없었다. 그리고 그 시간 차가 포란에 있던 사람들에겐 굉장한 행운으로 작용했다.

　레스터 성이 점령되었다는 소식과 함께 공작이 반란을 꾀했다는 소문이 돌았고 근위대가 도착하기 전에 몇몇 중요한 사람들은 자취를 감출 수 있었다. 그리고 그 시간 동안 바론 역시 모종의 대비를 취할 수 있었다.

　알과 레온 상회는 레스터 가문과 밀접한 관련이 있었고 상회에서 중요한 직책을 맡고 있는 자들은 대부분 잡혀 들어갈 것이라고 바론은 추측했다. 그렇다면 대부분의 사실을 알고 있는 바론과 소나임 중에 한 사람은 사라져야만 했다.

　상대가 확인할 수 있는 방법을 처음부터 없애기로 마음먹었던 바론은 곧 소나임을 숨기고 상대가 해올 질문에 대해 미리 준비하고 있었던 것이다. 알과 레온이 사라진 이상 상회를 유지하기 위해선 바론은 있어야 했다. 그 목적 때문에 바론은 지금까지 버텨온 것이다.

　흔들리는 감각에 차츰 정신을 차린 바론은 눈꺼풀 위로 밝은 햇살을 느꼈다. 곁에 있던 자가 바론이 깨어났다는 것을 알고 입을 열었다.

"괜찮아, 바론?"

바론은 들려온 목소리가 켈시임을 알아챘다.

"응… 다른 사람들은?"

"대부분은 당일 풀려났어. 고리스는 어제 풀려났고 아직까지 붙잡혀 있던 사람은 너뿐이야."

"…그래, 그거 다행이군."

바론은 '역시' 하고 생각했다.

반란의 증거가 잡히지 않는 이상 자유민을 상대할 만큼 귀족이 한가할 리는 없었다. 레스터 영지 내에는 아직 많은 귀족들이 있었고 그들을 공격하고 심문하는 것만으로도 그들은 벅찰 테니까.

"너도 그렇지만 고리스도 꽤 심하게 당했어."

"……."

고통이 느껴지지 않을 정도로 평온함을 느끼는 바론이었다. 그렇지만 숱하게 맞았다는 것만은 생생하게 기억했다. 대체 얼마나 맞았으면 고통이 느껴지지 않는 것일까? 평생 느껴보지 못했던 묘한 느낌에 바론은 피식 웃고 말았다. 다시는 경험하고 싶지 않았다.

"한데 정말로 레온은 공작의 아들이었을까?"

또다른 목소리가 들렸고 그는 듀발이었다.

성에서 의식을 잃었을 때 그를 데리러 두 사람이 온 것이라고 바론은 짐작했다. 아마 지금의 흔들림은 포란으로 향한 마차이기 때문일 것이다. 그런 생각을 하며 바론도 듀발의 질문에 대답했다.

“그들이 그렇게 말했으니… 아마 그런 모양이지.”

“바론, 너도 몰랐던 거야?”

뜻밖이라는 듯한 켈시의 음성이었지만 바론은 묵묵히 있었다. 심문하는 기사에게 그러했듯 상인들에게도 밝힐 수 없는 이야기, 바로 레온이 공작의 아들이었다는 사실을 알고 있었다는 점이었다.

“앞으로 상회는 어떻게 되는 거지?”

보다 현실적인 듀발의 질문이었다.

그 질문에 대해 바론은 쉽게 대답할 수 없었다. 고문을 당할 것을 뻔히 알면서도 도망치지 않았던 것은 상회를 책임져야 했기 때문이었다. 알과 레온이 없는 이상 바론은 상회의 최고 책임자였고 구심점이기도 했다. 이제 그의 계획은 포란을 중심으로 뭉쳐진 레스터 상권을 서둘러 정상 복귀시키는 것이다. 물론 그전에 상인들의 협조가 있어야 가능하겠지만.

그리고 그 부분만은 바론도 어찌할 수 없는 점이었다. 어쨌든 몇 달 전까지 포란에서 가장 악명 높았던 상인은 그 누구도 아닌 자신임을 바론 역시 잘 알고 있었기 때문이다.

“고리스는 뭐라고 했지?”

“그는 완전히 맛탱이가 가버렸어. 지금 상황에서 상회를 이끌 수 있는 사람은 불행하게도 너뿐이야, 바론.”

“그런가…….”

잠시 뜸을 들인 후 바론은 확인하듯 물었다.

“너희들은 날 도울 생각이냐?”

“뭐, 어쩔 수 없잖아…….”

‘그래, 그거면 됐어, 일단은.’

바론은 속으로 안도의 한숨을 쉬며 다시 깊은 잠에 빠졌다. 이번엔 훨씬 편안한 마음으로.

집으로 돌아온 후에 쓰러지듯 침대에 누운 바론은 밤새 심한 고열에 시달렸다. 매 맞은 부위가 화끈거렸고 진통으로 신음했다. 그러다가 어느 순간부터 아픔을 잊은 채 잠들 수 있었다.

조금씩 정신을 차리며 바론은 침대로 비치는 햇살에 눈을 떴다. 문득 풀려났을 때의 고통과 잠들기 전의 아픔이 느껴지지 않아 이상했다.

'대체 얼마나 맞았으면 아픈 느낌조차 없단 말인가…….'

속으로 그런 생각을 하고 있을 때 갑자기 곁에서 인기척이 들렸다.

"정신이 들었는가?"

들려온 목소리만으론 누구인지 짐작가지 않았다. 고개를 돌려 바라보니 갈색 사제복을 입은 노사제가 앉아 있었다. 어디서 많이 본 것 같은데 누구인지 쉽게 생각나지 않았다. 문득 입고 있는 사제복 색깔이 갈색인 것에 주목했다. 갈색 사제복은 대지 모신을 섬기는 신관들의 옷이었다. 그렇다면……?

"애리오트 사제님?"

바론은 그때서야 곁에 있는 사람이 누구인지 알아봤다.

"알아보는 것 같으니 다행이군. 밤새 고열에 시달려 간호하고 있었네."

"그럼 절 치료하신 건가요?"

"사제로서 당연히 해야 할 일이지. 또한 알이 신세지고 있지 않은가?"

애리오트가 치료했다는 말에 바론은 다소 놀랐다.

슬쩍 이불 밑으로 몸을 더듬어봐도 어디 하나 도드라지지 않은 살결이 만져졌다. 자신이 생각해도 심한 고문을 당했던 몸이었다. 한데 하룻밤 만에 깨끗하게 상처가 나았으니 놀랄 수밖에 없었다. 모르긴 해도 그 정도의 상처를 치유하려면 상당한 신성력을 필요로 할 것이다.

하면 언덕의 낡은 신전에 살고 있던 늙은 사제에게 그 정도의 신성력이 있었단 말인가?

사람은 겪어보지 않으면 알 수 없다는 말처럼 바론은 애리오트에 대해서 감탄을 금치 못했다. 그는 천천히 자리에서 일어나려고 했지만 힘없이 쓰러졌다.

"일어나지 말게. 상처는 치료했지만 아직 다 나은 것은 아니네. 이틀 동안 몸이 많이 망가졌더군. 충분한 영양을 섭취해야만 할 거야."

"말씀 감사합니다."

대답을 하던 바론은 한마디 더 덧붙였다.

"치료해 주셔서 감사합니다."

"별말을 다 하는군. 그래도 고리스는 이 정도까지 다치진 않았었는데… 대체 뭔 일이 난 것인지……."

중얼거리듯 혼잣말을 하던 애리오트는 지그시 바론을 쳐다봤다. 그리고 대뜸 물었다.

"한데 소나임은 어디에 갔는가?"

"고향에 내려갔습니다."

조건 반사처럼 대답하던 바론은 뜨끔하며 입을 다물었다.

"죄송합니다. 성에서 질문 받으면 그렇게 대답할 생각이었는데 그만 사제님께 하고 말았군요."

쑥스러운 듯 얼굴을 붉히던 바론은 이내 성에서 그 질문을 받지 않았다는 것을 깨달았다. 어쩌면 성에 있는 자들은 상회의 사정에 대해서 거의 모르고 있기 때문인지도 몰랐다. 바론과 고리스 정도만 족쳐도 충분하다고 판단했기에 소나임처럼 상품 호위를 하는 자들은 그다지 주목하지 않았는지도 모른다.

혹시 지레짐작으로 소나임을 내보낸 것이 아닐까 하는 의구심이 들었다. 그런 거라면 자신으로선 굉장한 손해가 아닐 수 없었다. 비록 재주라고는 용병 생활부터 익혀온 하잘것없는 검술이 전부라고 해도 입이 무거워 비밀리에 일을 시킬 수 있는, 믿을 수 있는 자였다.

그런 생각에 혼자 입맛을 다시는 동안 애리오트는 여전히 바론을 바라보고 있었다. 질문을 받아놓고 딴생각을 하다니, 이만저만한 결례를 저질렀다는 생각에 바론은 정중히 사과했다.

"죄송합니다. 잠시 딴생각을……."

"괜찮네."

고개를 끄덕이며 애리오트는 다시 물었다.

"소나임이 어디로 갔는지 말해 줄 수 없는가?"

"…꼭 대답해야 합니까?"

"자네가 걱정하고 있듯이 나 역시 내 애들을 걱정하고 있네. 혹시 소나임은 알을 찾으러 간 것인가?"

바론은 애리오트가 묻고자 하는 것을 파악했다. 그는 고개를 저으며 대답했다.

"알과 레온은 페로즈로 떠났습니다. 물론 근위대가 몰려오기 전이었으니 현재로썬 어디에 있는지 저도 모릅니다. 그리고 소나임은……."

바론은 잠시 뜸을 들이며 망설였다.

"근위대가 도착하기 전날… 포란 성으로 보냈습니다."

"그 말은……."

애리오트는 잠시 생각한 끝에 속삭이듯 물었다.

"프란츠 백작을 따라간 것인가?"

근위대가 몰려오기 전에 포란 성의 기사들은 모두 어딘가 사라졌다. 사라진 사람들의 명단엔 프란츠 백작을 위시하여 부관인 애바스와 기사단의 중요한 자들이 포함되었다. 지금 바론의 말은 그 명단에 소나임도 포함되었다는 것을 뜻했다.

그리고 확인하듯 바론은 살짝 고개를 끄덕였다.

"그렇군……."

사실을 확인한 후 애리오트는 한참을 앉아 있었다. 그로선 묻고 싶은 것들이 많았지만 바론은 휴식이 필요했기에 망설였다. 후우, 하고 한숨을 쉬며 애리오트는 자리에서 일어났다.

"이만 가봐야겠네. 고리스의 상태도 봐야 하고 말이야. 나중에 또 오지."

"일어나지 못해 죄송합니다. 살펴가십시오."

"괜찮네."

미소와 함께 손을 들어 흔든 후 애리오트는 곧 방을 나갔다.

바론은 혼자 남은 방에서 천장을 향해 눈길을 돌렸다. 잠시 멍하니 있다가 불현듯 몸을 일으켜 벽에 걸린 액자 뒤로 손을 넣었다. 그의 손을 따라 작은 서류가 하나 딸려 나왔다.

바론은 서류를 바라보며 중얼거렸다.

"네 녀석의 예측대로 전란이 일어날 것 같긴 한데… 넌 레스터 가문이 몰락할 것도 염두에 두고 있었던 거냐? 아니면 예측밖의 일인 거냐?"

바론의 허탈한 웃음이 뒤이어 흘렀다.

온몸이 으깨어질 것 같은 충격에서 깨어난 직후, 자네트의 눈에 제일 먼저 들어온 것은 싱글거리는 다니엘의 얼굴이었다.

"야, 계단 밑에 처박혀 있었다며?"

순간 침대에 누워 있다는 것도 잊을 정도로 발칵 화가 솟구쳤다.

"너, 죽고 싶어?"

"야야, 왜 그래? 동료랍시고 문병 온 사람에게 말야."

"문병을 온 거야, 약 올리러 온 거야?"

"당연히 문병 온 거지~!"

그러나 대답과는 달리 얼굴 가득 '잔소리만 해대더니 아주 고소해 죽겠어' 라는 미소를 활짝 피우고 있는 다니엘이었다. 그 속뜻을 자네트라고 모를 리 없었다. 하지만 퍼뜩 생각난 어떤 사실에 그녀의 얼굴이 발갛게 달아올랐다.

봉 끝으로 슬금슬금 허벅지와 엉덩이를 더듬던…….

'으윽! 생각만으로도 화가 치솟는구나! 그 녀석, 눈에 띄는 날엔 그 손목을 잘라 버릴 테다!'

그녀의 생각을 알 리 없는 다니엘은 곧 주춤 물러섰다. 자네트가 자신 때문에 화를 내고 있는 것으로 착각했던 것이다.

"야야, 일 때문에 이만 가봐야 할 것 같아."

그의 말에 자네트도 정신을 차리며 빤히 쳐다봤다. 평소에도 어떻게 하면 놀 수 있을까 궁리하던 다니엘이 일하러 간다는 데 놀라지 않을 수 없었다.

"무슨 일?"

"어, 그게 말이지…….."

말하기 창피한 일이었지만 고작 이십여 명의 습격에 근위대 최강이란 칭호를 받던 제4근위대의 천기장들이 속수무책으로 당했다는 얘기를 다니엘은 전해야만 했다. 자네트의 눈이 동그랗게 떠졌다.

"전부?"

"아니, 현재 제대로 움직일 수 있는 사람은 찰스 경과 나, 그리고 데니스뿐이야."

"그럼 나머진 전부 당했단 말야? 마크 경도? 노커도?"

"그래. 덕분에 내가 부관 일을 떠맡게 되었어."

머리를 긁적인 후에 다니엘은 생각났다는 듯 손바닥을 마주쳤다.

"아참, 그때 성문으로 들어왔던 녀석 기억해?"

"아… 그 병사들을 한 번에 뛰어넘었던?"

"그래. 그 녀석, 마스터였어!"

한참 후 자네트는 반문했다.

"뭐?"

"마스터였다니까."

"뭐?"

조금 더 커진 언성이었지만 다니엘은 세 번씩이나 대답해 주고 싶은 맘이 없었다.

"잠이나 퍼 자라."

"야야, 기다려 봐. 마스터였다고? 정말? 진짜?"

막 방을 나가려는 다니엘의 뒤에 대고 자네트가 소리쳤다.

"그렇다니까!"

약간 짜증을 내는 다니엘이었지만 자네트는 신경 쓰지 않고 연거푸 외쳤다.

"그럼 넌 왜 살아 있는 거야?"

“…….”

자네트의 질문이 황당했던지 다니엘은 잠시 석상처럼 굳어졌다.

“그렇잖아? 마스터랑 상대했는데 너 같은 얼빵한 기사가 어떻게 살았냐고?”

게다가 확인 사살까지!

다니엘은 매섭게 노려봤다.

“잠이나 자라.”

쾅! 하고 소리나게 문을 닫으며 다니엘은 바깥으로 나왔다.

자네트의 깔깔대는 웃음소리를 들으며 다니엘은 화를 참지 못하고 씩씩댔다. 순수한 의도의 문병이 아닌, 약 올리러 왔던 거지만 되려 완벽하게 당한 꼴이었다.

쳇, 하고 혀를 차며 다니엘은 공작부를 향해 걸음을 옮겼다. 오늘 하루에만도 할 일이 어마어마하게 쌓여 있었다. 게다가 부관인 마크가 군단 최고 부상자가 되면서 졸지에 부관의 책무를 맡은 다니엘은 매일같이 찰스와 얼굴을 맞대야만 했다.

‘아아, 고지식한 면모만 없으면 진짜 좋은 아저씬데 말야…….’

툴툴거리며 공작부로 들어선 다니엘은 곧 여기저기서 내미는 서류를 살피며 재빠르게 분류하기 시작했다. 놀기 좋아해서 그렇지, 다니엘 소프는 머리 좋고 명석하기로 유명한 기사였다. 까짓 맘만 먹으면 서류 정도는 정리, 분석, 분류에 이르기까지 일사천리로 금세 해치울 수 있었다.

…어느새 저녁이 되었다.

잠시 창밖의 노을을 바라본 후에 다니엘은 허망한 미소를 지었다.

‘이, 이럴 수가! 서, 서류 정리에 무려 하루가 들었어!’

지금쯤이면 여자를 몇이나 꼬실 수 있었을지 계산해 보곤 더욱 깊이 한숨을 몰아쉬었다. 허탈한 마음으로 자리에서 일어선 다니엘은 서류를 챙겼다. 오늘 중으로 찰스에게 보고할 것들이었다. 이중 대부분은 별로 중요할 것도 없었고 아마 보고받는 찰스 역시 대충 훑어보고 말 그런 것들이었다.

'쓸데없는 인력 낭비야.'

라고 투덜대면서 이런 일을 늘 해왔던 마크를 떠올렸다. 다니엘 자신이 이 일을 빨리 벗어나기 위해서라도 마크는 빨리 회복되어야 했다. 그런 이유로 간절한 마음을 담아 마크를 위해 기도하는 다니엘이었다.

다니엘이 찰스를 찾았을 때, 그는 공작부의 어느 집무실에 있었다. 책상에 앉아 무언가를 심각하게 보고 있던 그는 다니엘이 몇 번이나 노크를 한 후에야 깨어나듯 서류에서 눈을 떼었다.

책상 앞으로 다가오는 다니엘을 쳐다보며 찰스는 물었다.

"무슨 일인가?"

"네, 방금 서류 정리가 끝나서 보고를 드리러 왔습니다."

"놓고 가게."

"네!"

대답과 함께 다니엘은 서류를 놓고 재빨리 돌아섰다. 대개의 경우 부관의 입장에선 상관의 기분 상태를 체크하여 근심을 덜어주려고 노력하곤 한다. 하지만 다니엘에게 있어선 저녁 시간이라도 자유를 만끽해야겠다는 뜻 모를 신념에 서둘러 자리를 벗어나는 것이 최대 목적이었다.

그리고 그 편에 있어선 찰스 채프맨 역시 마찬가지였다.

지금 그는 아무도 방해하지 않을 자신만의 시간이 필요했다. 마크였다면 벌써 무슨 일이냐고 물어왔겠지만 다니엘은 두말없이 도망치듯 방을 나서고 있었다. 부관으로선 실격의 자세였지만 지금의 찰스에겐 최고의 부관인 셈이다.

그가 방을 나설 때까지 물끄러미 뒷모습을 바라본 후, 문이 닫히는 것과 동시에 찰스는 읽고 있던 서류로 눈을 돌렸다. 다니엘이 눈치 챘는지 모르겠지만 그에게 들키지 않기 위해서 읽던 서류를 덮고 슬쩍 손으로 제목을 가리기까지 했었다. 그 행동을 취할 때 다니엘은 문을 열어놓은 채 노크를 하던 중이었으니 못 봤을 거라고 찰스는 생각했다.

봤어도 할 수 없지 하며 찰스는 손을 치웠다. 그는 멍한 눈으로 손 밑으로 나타난 서류의 제목을 뚫어져라 쳐다봤다.

알 베자스의 페나인 서부 상권 겸 여행 보고서

첫 장을 넘겼다.

콘버드의 상품과 시세.

그 밑으로 엄청난 숫자의 상품과 가격이 빼곡이 적혀 있었다. 어떤 상품은 특정 마을에서만 나는지 괄호를 쳐놓고 마을 이름이 적혀 있다. 시세만 해도 가장 싼 곳과 비싸게 팔고 있는 마을이 나뉘어 적혀 있고 평균 가격도 있다.

그렇게 몇 장을 넘겨서야 콘버드에 대한 상권 자료가 끝나고 다시 별표와 함께 비고가 적혀 있었다.

상권 조사 시 콘버드는 축제 기간이라 호황을 누리고 있었음. 대체로 가격이 비쌌지만 신전 방문자가 많은 콘버드의 특성상 조사 가격을 기준으로 삼아도 무방하리라 판단됨.

　뒤이어 '위클리프의 상품과 시세'라고 적혀 있었고, 또 몇 페이지를 넘기자 '윈저의 상품과 시세'라고 적혀 있었다. 윈저에 대한 조사는 훨씬 많아서 앞에 것들을 다 합친 페이지만큼 되었다.
　그리고 정작 중요한 것은 그 다음 페이지부터였다.
　알과 레온의 여행 경로와 있었던 이야기들이 하나도 빠짐없이 기록되어 있었다. 어느 마을을 지났고 누구를 만났고 무엇을 얘기했으면 어떤 일이 있었는지에 대한 빼곡한 기록.
　벌써 두 번에 걸쳐 서류를 살펴보던 찰스는 한숨을 쉬었다. 잠시 고개를 들어 창가를 바라보니 성벽 위에서 화로에 불을 밝히는 모습이 보였다.
　마크에 이어 다니엘이 정리하던 자료들은 모두 하이렌의 집무실에 있던 것들이었다. 레스터의 영주 대리인 하이렌 백작의 집무실을 털어 보면 뭔가 반란에 대한 증거를 확보할 수 있지 않을까 해서 특별 지시를 내렸던 것이다. 그리고 찰스 본인은 레스터 경영의 이인자, 아벤의 집무실에서 아직 보고되지 않은 서류를 살폈다. 그리고 발견했다. 아벤의 책상 서랍에 보기 좋게 놓여져 있던 미보고 서류 하나를.
　그것이 지금까지 찰스가 읽고 있던 바로 이 서류였다.
　"이 두 사람은 정말……."
　어처구니없다는 목소리로 찰스는 중얼거렸다.
　"상인이었던 건가?"
　찰스는 잠시 생각에 잠겼다. 지금 눈앞의 이 서류는 밝혀져서는 안 되는 극비의 자료인 셈이었다.

하이렌이 만든 통행증은 반란의 증거로 안성맞춤이었다. 실제 사용자의 숫자가 두 명밖에 안 되어도 그중에 한 명이 마스터인, 그것도 공작의 숨겨진 아들이라는 점도 유용한 증거였다. 최소한 기리안 콘버드 대공이라면 이 점을 잘 이용하려고 할 것이다.

한데 레온이 진짜로 상인이라면 문제가 있다. 통행증을 증거로 디밀어도 사용자를 캐내다 보면 결국 증거로써의 의미가 퇴색되고 말기 때문이다.

또 한 가지, 기리안 대공은 모르고 있겠지만 자료에 의하면 이 두 사람은 콘버드 일가를 한 번씩은 다 만난 셈이었다. 콘버드 축제에 나타났다는 십대 소드 마스터는 공작의 아들인 레온이었다. 그리고 찰스가 알고 있는 맥클리스의 성격이라면 레온에게 호감을 보일 것이 분명했다. 대공의 영애, 마리오네를 수도로 데려온 이 또한 레온과 알이었다.

중간 과정이 어떻게 이루어졌는지는 모르지만 맥클리스는 칼버딘과 정략결혼을 계획했었다. 이것을 막음으로 인해 기리안의 호감을 얻은 자들 또한 알과 레온이다. 물론 마리오네 공녀 역시 두 사람에게 호의를 보였기에 수도까지 안내를 부탁했을 것이다.

어떻게 생각해도 자료가 밝혀짐으로 인해서 기리안 콘버드 대공에게 좋을 건 하나도 없다. 오히려 윌리엄 공작의 누명을 뒤집을, 그런 자료인 것이다.

깍지 낀 손을 책상 위에 올려놓으며 찰스는 고민에 빠졌다.

공작을 돕는다는 것은 대공에게 정면으로 반하는 것이기 때문이다. 게다가 도와야 할 공작은 본인은 물론, 그 아들들 모두 자취를 감춘 이후였다. 비록 버나드 후작이 찰스의 최고 상관이었다는 인연이 있다고

해도 지금에 와서 목숨까지 걸며 그의 누명을 벗겨줄 의리는 없는 것
이다.

　한참 동안 생각을 굴린 후 찰스는 결론을 내렸다.

　버나드에게 미안하긴 하지만 이 서류는 공개되어서는 안 되었다. 설
사 공개된다고 하더라도 굳이 자신이 직접 할 필요는 없었다.

　알의 보고서를 접으며 찰스는 아예 없애 버릴까 생각했다. 하지만
차마 그렇게까지 할 용기가 나지 않았던 찰스는 원래 있던 자리, 아벤
의 책상 서랍 깊숙이 서류를 감췄다.

아주 먼 옛날에 아름다운 나라가 있었습니다.

국왕은 인자했고 왕비는 자상했으며 기사는 용감했고 백성은 풍요를 노래했습니다.

그야말로 행복하고 아름다운 나라였지요.

그런데 어느 사악한 무리가 있어 평화로운 나라를 시기했답니다.

이유? 글쎄요.

그들은 욕심이 많아 모든 것을 갖고 싶어했기 때문이겠지요.

왜 있잖아요?

자신이 가진 것보다 남이 가진 것을 시기하는 그런 자들 말입니다.

특히 그들 중에 뛰어난 마법사가 있어 국왕을 찾아갔답니다.

그는 비를 부르고 바람을 일으키는 재주를 선보여 국왕의 눈에 들었답니다.

놀라운 능력을 보인 마법사를 인자한 국왕은 궁정 마법사로 취임시켰답니다.

오랜 시일을 지내며 마법사는 조금씩 힘을 키웠답니다.

아름답고 평화로운 나라를 빼앗으려는 계획을 말이지요.

정말 사악한 마법사였답니다.

은밀히.

조심스럽게.

아무도 눈치 채지 못하는 동안.

부하들을 모으고 배덕한 신하를 찾아 구슬렸습니다.

그리하여…….

"시끄러워!"

마법사는 모든 준비가 갖추어졌다고 생각했습니다.

그동안 키웠던 힘을 모아 나라를 가로채고 모든 것을 빼앗으려고 했지요.

"시끄럽다니까!"

"…시끄럽다는데 그만 할까요?"

머쓱한 표정으로 스레이는 류트를 내려놓았다.

그의 주위로 아무렇게나 자리를 잡고 있던 사람들은 방금 소리친 자를 향해 의아한 눈길을 돌렸다. 그들의 시선을 한 몸에 받으며 자리에서 벌떡 일어나 화난 기색을 숨기지 않는 이는 바로 수요였다.

"로맨스에서까지 간악한 마법사가 나올 필요는 없잖아!"

대뜸 소리를 지른 후 수요는 몸을 돌려 마을 쪽으로 걸어갔다. 영문도 모른 채 쉬고 있던 사람들은 멍하니 그의 뒷모습을 쳐다볼 뿐이었다. 등 뒤에조차 화난 기색을 물씬 풍기는, 그런 발걸음이었다.

수요가 향한 마을은 유쾌한 사람들의 실질적인 본채에 해당하는 곳이었다. 카네비스 산 동쪽 산마루에 위치한 이 마을은 캐러디안 숲과 칸트 숲의 중간에 위치해 있었다. 그러면서도 고지대인 탓에 숲의 영향이 적어 마을을 이루는 데 무리는 없었다.

처음 여기에 올라온 후에 하이렌을 비롯한 레스터 일가는 놀라고 말았다. 산 중턱에 마을이 있다길래 광산촌 정도의 소규모 마을로 생각했는데 정작 도착해 보니 그게 아니었다. 백오십여 가구의 오두막이 비스듬하게 지어져 있었고 여자들과 아이들도 있었다. 돌아온 사람들을 반기는 마을 여자들의 모습에서 이들이 가정을 이루고 있음을 알 수 있었고 꼭대기에 지어진 두 채의 오두막 중엔 신전이라는 표시까지 있었다. 대장간도 있었고 푸줏간에 방앗간도 있었다. 놀랍게도 이곳은 하나의 작은 마을이 통째로 옮겨온 듯했다.

로딘은 하이렌 일가를 맨 꼭대기에 지어진 오두막으로 안내했다. 그곳은 로딘의 집으로 평소에는 스레이와 함께 거주한다고 했다. 그 옆의 신전은 대지 모신을 섬기는 신전이라는 설명에 하이렌은 입을 쩍 벌린 채 고개만 끄덕였다.

가정을 이루고 있는 사람들은 자신의 가정으로 돌아갔지만 많은 수의 장정들은 아직 가정이 없었다. 그들은 삼삼오오 맘에 맞는 사람들끼리 집을 지어 살았다. 그들이 돌아간 후에 로딘은 자신의 커다란 오두막을 하이렌 일가에게 내주었고 하이렌과 아벤을 포함한 몇몇 사람은 그 오두막에서 며칠째 묵고 있는 중이었다.

오두막 앞에는 넓은 공터가 있었는데 그날도 공터에 화로를 올려 불을 지핀 후 사람들은 둘러앉아 이야기를 펼쳤다. 그러던 중에 누군가 스레이를 향해 로맨스를 연주해 달라고 신청했고 스레이는 즉시 류트를 꺼내 노래를 부르던 중이었다.

그때까지 구석에 앉아 얌전히 있던 수요는 노래가 나오자 곧바로 성을 내며 마을로 내려간 것이다. 대부분 그와 처음 안면을 접하는 것이어서 왜 그가 화를 냈는지에 대해선 몰랐다. 문득 하이렌이 아벤을 향해 물었다.

"아벤 경께서는 일전에 저 청년을 봤었지요? 왜 저렇게 화를 내는 겁니까?"

"그게… 보고서 작성으로 잠시 보긴 했지만 저도 잘 모르겠군요. 듣기엔 알과 레온이 위클리프에 들어서면서 고용한 청년이라고 하던데요."

"내 노래가 맘에 들지 않았던 모양이지요……."

약간 풀이 죽은 목소리로 스레이가 대꾸했다.

"무슨 소리야, 스레이! 네 목소리는 정말 맘에 든다니까! 설마 그걸로 화를 낸 것은 아닐 거야."

느킹먼의 대꾸에 다들 고개를 끄덕여 수긍했다.

문득 하이렌은 수요가 내려간 길을 바라보며 생각에 잠겼다.

'목소리가 아니라 내용 때문에 화가 난 것은 아닐까……?

로맨스에 나왔던 이야기를 떠올렸지만 딱히 이거다 하고 생각되는 부분은 없었다. 그렇게 한참 머리를 굴리는 하이렌의 곁에서 도드리안이 옆구리를 쿡 찔렀다.

"음? 왜 그래요?"

"로딘이 불러요."

하이렌이 앞으로 고개를 돌리자 어느새 로딘이 공터에 나와 하이렌을 바라보고 있었다. 그는 미소를 지은 채 봉을 들어 앞으로 내밀었다.

"무슨 생각을 그리 깊게 하십니까?"

"아, 그냥… 미안하네. 무슨 일인가?"

"올라와서 며칠 쉬시긴 했지만… 얼마나 나았는지 걱정되어서요."

하이렌은 로딘의 뜻을 알아채고 얼른 일어섰다. 공터로 나가는 동안 케브가 봉을 내밀었고 하이렌은 그것을 쥔 채 로딘 앞에 섰다.

"대련을 해보자는 뜻이겠지?"

"뭐, 그런 셈이지요."

로딘은 빙그레 미소를 지었다.

하이렌은 몇 번 봉을 휘둘러 대충 무게를 가늠했다.

"듣기엔 상당한 실력이라고 하던데?"

"과찬이십니다."

두 사람은 알 듯 말 듯한 미소를 지으며 서로를 바라봤다.

로딘은 레스터의 오형제들 중에 카슨과 레온을 제외하고 누구와도 검을 마주한 적이 없었다. 하지만 카슨을 통해 충분히 그 실력은 알고 있었다. 여기 있는 하이렌은 오형제 중에 두 번째로 마스터가 되었지만 실력은 네 번째였다. 작년에 마스터가 된 키렌보다 조금 나은 수준으로 성격적으로 단호함이 결여되어 있어 다른 형제보다 실력이 낮다고 전해 들었다. 하지만 가문의 검법이 공격적인 것에 비해 견실한 성격을 바탕으로 수비가 막강하다는 평가를 카슨은 내렸었다.

얼마나 회복되었는지 보고 싶다는 것은 어차피 핑계, 결국 로딘은 카슨이 내린 평가, 최강의 수비력이 어느 정도인지 알아보고 싶을 뿐이었다.

하이렌은 로딘에 대해서 잘 몰랐다. 카슨이 돌격기병단에 들어가 대장이 되었던 해에 그는 이미 영지로 돌아와 있었다. 수도에서 있었던 사고, 로딘이 상관을 죽이고 도주했던 것 또한 서신으로 들었을 뿐 관심도 없었고 알 필요도 없던 일이었다. 다만 도드리안과 결혼한 후에 카슨이 와서 전했던, 물론 도드리안에게 전한 것이었지만 말을 통해 전후 사정을 알고 있는 몇 안 되는 사람이 되었을 뿐이다. 레온이 추측했던, 하이렌이 캐러디안 숲의 산적들을 토벌하지 않는 이유 역시 카슨의 친구라는 얘기를 들었기 때문이다. 그리고 로딘이 마스터가 되었다는 것 역시 도드리안을 통해서 잘 알고 있었다.

하이렌이 전해 듣기로 캐러디안 숲의 로딘은 카슨과 쌍벽을 이루는 마스터의 실력을 갖췄다고 했다.

카슨과 쌍벽……!

엄청난 실력이었다. 검을 배운 지 8년 만에 카슨과 쌍벽이라니! 하이렌으로서도 이 믿을 수 없는 소식에 감탄과 더불어 겨뤄보고 싶다는 충동이 일 정도였다. 자신조차 놀랄 정도로 강한 승부욕에 불탔었다.

그리고 지금 그 기회가 찾아온 것이다. 대련이라는 형식으로.

하이렌도 로딘도 마다하지 않은 채 서로를 노려봤다. 그것은 서로에 대한 적개심이 아니라 서로의 실력을 존중하며 가늠하는 눈빛이었다.

봉을 들어 앞을 방어하듯 하며 하이렌이 먼저 물었다.

"레스터의 검법은 발검부터인데… 봉으론 힘들지 않겠나?"

"전 발검보다 선에 치중을 했습니다. 여기에선 세이버를 구하기가 쉽지 않아서요. 게다가 검신을 봉 속에 감춰야 하기 때문에 휘어진 검을 쓸 수 없었습니다."

"과연, 그렇군. 그래……."

하이렌은 희미한 미소를 지었다.

같은 검법을 배우고도 정통이 아닌 다른 것을 추구하는 이가 또 있다는 것은 기쁜 일이었다. 자신이 그렇고, 키렌이 그랬으며, 또 여기 있는 로딘이 그런 자였다. 자신의 성격에 맞추거나 몸체에 맞추거나 상황에 맞추어 자연스럽게 검법을 바꾸는 이들, 어떻게 보면 이단아였지만 그만큼 자유로운 발상을 지녔다고도 볼 수 있기 때문이었다. 소식은 여러 번 접했지만 처음 보는 로딘이 어색하지 않은 것은 그런 이유일 것이다, 라고 하이렌은 생각했다.

"먼저 공격하게."

하이렌이 말했고 로딘이 고개를 끄덕였다.

어차피 하이렌은 수비에 치중한 자였고 로딘은 선을 이용한 공격에 치중한 자였다. 두 사람의 검술 대련에 출신 따위가 개입할 여지는 없는 것이다.

로딘의 몸이 먼저 움직였고 순간 그가 쥐고 있는 봉이 하얗게 빛났다. 그의 봉이 막 하이렌의 빈 옆구리를 베어 들어갔고 하이렌 역시 봉을 휘어 옆구리를 막았다. 그의 봉 또한 은빛을 뿜어내고 있었다.

달려들던 로딘의 몸이 멈추고 어깨가 멈추고 팔이 멈추고 손과 봉이 멈추었다. 아직 두 사람의 봉이 마주치지 않은 채 근소한 차이로 멈춘 것이다. 그리고 멈추자마자 로딘의 몸이 빙글 회전을 하며 반대편 빈틈을 찾아 봉도 회전했다. 눈 깜짝할 사이에 공격 루트를 바꾸는 로딘도 대단했지만 하이렌도 한 걸음 물러서는 것만으로 여유를 만들며 방어했다.

다시 로딘의 몸이 흔들거리며 하이렌의 아래를 찔러 들어갔다. 하이렌의 봉도 따라서 아래로 막아섰다. 그 순간 로딘의 봉이 뱀이 머리를 들 듯 위를 향해 바짝 치켜졌다. 짐작했다는 듯 하이렌의 봉도 긴 장막을 펼치며 로딘의 봉을 막았다.

막 부딪치려는 순간 로딘의 봉이 또 한 번 꿈틀거렸다. 어느새 그의 봉은 다시 하이렌의 아래를 향해 쇄도했다. 아직 하이렌의 봉은 위쪽에서 검막을 펼치고 있는 중이라 미처 따라가지 못했다.

파앗!

사방에서 환호성이 일었고 두 사람 사이에 뿌연 먼지가 휘날렸다. 짧은 순간에 하이렌은 펄쩍 뛰어 다리를 벌렸고 봉으로 로딘의 머리를 찔렀다. 로딘은 상대의 공격에 침착하게 뒤로 물러섰고 하이렌도 다시 방어 자세를 구축했다.

공격에 치중하면서도 수비를 게을리 하지 않고 방어를 위주로 하면서도 기습을 놓치지 않았다. 그러면서 아직 두 사람은 검을 마주치지 않았다. 봉이라는 약점 때문에 맞닿는 순간 부서질 가능성이 컸기 때문이었다. 특히 마나가 주입되어 있다면 더 더욱.

물론 두 사람의 봉에 마나가 주입되었다는 것은 주변의 누구도 알지 못했다. 그저 로딘의 화려한 공격과 하이렌의 견실한 수비에 매료되어 환호를 지를 뿐이었다.

하지만 공터에 모여 있던 자들 뒤로 두 사람의 검기를 볼 수 있었던 자들이 있었다. 그들은 방금 페나즈 숲에서 돌아온 레온과 버나드였다.

"훌륭한 솜씨로군……."

레온의 부축을 받으며 산을 오르던 버나드가 중얼거렸다. 얼른 이해하지 못한 레온이 고개를 갸웃거렸다. 두 사람의 봉은 아직 마주치지도 않았는데 대체 뭐가 훌륭하다는 것인지 알 수 없었다. 깨질 때 깨지더라도 일단 부딪쳐 봐야 누가 우세한지 판가름 날 것이라고 레온은 생각했다.

다만 이 대련은 로딘이 처음에 얘기했듯 '하이렌의 몸이 얼마나 회복되었는지'를 보는 것이었다. 레온은 그것을 몰랐으니 의아할 수밖에 없었다.

다만 마나를 잃었다는 버나드가 두 사람의 검기를 봤는지에 대해서 의문이 생겼다.

"형, 저 검기가 보여요?"

"그래."

짧게 대답하며 버나드는 등을 꼿꼿이 세웠다.

"마나를 잃었을 뿐, 마스터로서의 능력을 잃은 것은 아니니까. 마나란 건 다시 회복할 수 있다고 하지 않았냐?"

"헤에, 그런 거구나."

레온이 고개를 끄덕이는 동안 이쪽을 알아본 몇몇 사내들이 자리에서 일어섰다. 물론 누구보다 먼저 레온이 도착한 것을 알아챈 것은 로딘과 하이렌이었다. 레온의 도착을 지켜보며 두 사람은 봉을 거뒀다.

"하이렌 백작께선 거의 몸이 회복된 것 같습니다."

"자네 덕분이지. 그렇다 해도 날카로운 공격이었네."

"별말씀을… 그럼 버나드 경께 가보도록 하죠."

"음……."

옆에 있는 사람에게 봉을 건넨 후 하이렌은 얼른 버나드에게 다가갔다. 문득 그의 곁에 있어야 할 또 한 사람, 윌리엄이 없다는 것에 하이렌은 왈칵 눈시울이 뜨거워졌다. 수요를 통해 듣기는 했지만 언뜻 보기에도 레온의 부축을 받고 있는 버나드는 정상적인 것 같지 않았다.

"형님, 몸은 괜찮습니까?"

"그래, 난 괜찮다."

그렇게 대답한 후 버나드는 로딘을 바라봤다.

"도중에 오면서 얘기는 들었소. 하이렌을 구해주어 고맙소."

"아닙니다."

짤막한 대답과 함께 로딘은 빙그레 웃었다.

다만 버나드는 여전히 근심 어린 표정으로 하이렌과 레온을 번갈아 쳐다봤다.

"이곳에 키렌이 없다는 것이… 못내 불안하구나."

"키렌이라면 걱정없을 겁니다."

"맞아요, 형. 키렌 형이라면……."

버나드는 묵묵히 고개를 끄덕여 레온의 말문을 막은 후 주변을 훑어봤다. 그리고 한쪽에 서 있던 로딘을 향해 입을 열었다.

"괜찮다면 잠시 얘기를 할 수 있었으면 좋겠네만……."

이미 준비하고 있었다는 듯 로딘은 쾌히 승낙했다. 그는 자신의 오두막으로 버나드를 안내했다.

"저곳이라면 편하게 얘기할 수 있을 것입니다."

버나드는 따라오려는 하이렌과 레온을 제지하며 로딘을 따라 오두막으로 걸어갔다.

"단도직입적으로 묻겠네."

병자라고는 생각할 수 없을 정도로 날카로운 눈빛의 버나드였다.

"어느 정도로 도움을 줄 생각인가?"

예의가 아님을 알면서도 그렇게 물을 수밖에 없다고 버나드는 자조했다.

사실 하이렌을 구해준 것만으로도 충분히 도움을 얻은 셈이었다. 더이상 폐를 끼치지 않는 게 도리라는 생각은 했지만 반대로 자신들을 도왔다는 것은 반역죄로 죽임을 당할 수 있다는 얘기이기도 했다. 그럴 바에야 서로 힘을 합쳐 대비를 하는 것이 나을 거란 생각에 버나드는 예의가 아님을 알면서도 로딘에게 묻는 것이다.

그리고 로딘 역시 그 속뜻을 짐작하며 태연하게 대답했다.

"저와 스레이, 제프와 키리모아는 분명히 도울 것입니다. 하지만 그 이상은 안 됩니다."

단호한 말에 흠칫 버나드의 얼굴이 굳었다.

물론 사람이 많으면 좋을 수도 있겠지만 평범한 사람 백 명보다 마스터에 크루세이더, 정령사인 이들 넷이 더 낫긴 했다. 그렇다 해도 이렇게 단호하게 말한다면 듣는 버나드로선 유쾌하지 않았다.

뭔가 사연이 있음을 짐작하며 버나드는 다시 물었다.

"다른 산적들은 도울 수 없다는 말인가?"

"그렇습니다."

"어째서 말인가? 그들 역시 하이랜을 구하기 위해 모습을 드러냈던 만큼 토벌 대상에 들어갈 텐데?"

"그렇다 해도 카네비스 산에 숨어 있는 우리를 잡아낼 수는 없을 겁니다. 그들은 이곳에 있는 것이 안전하지요."

그의 말에 버나드는 잠시 궁리했다. 해석하자면 로딘이 말한 네 사람은 자신을 따라 어디라도 갈 수 있다는 뜻인 것 같았다. 그 이외의 다른 사람은 데려갈 수 없다는 뜻이라 짐작한 버나드는 이내 고개를 끄덕였다.

어차피 움직일 거라면 소수의 인원이 적당하다. 소수의 인원이라면 남들보다 뛰어나야 하는 것도 정론이니 굳이 반박할 여지는 없었다.

"한데 왜 그 네 사람만인가?"

"우리 넷은 모두 카슨에게 도움을 받았습니다. 비록 카슨이 없다 해도 그의 가족을 돕는 것에 목숨을 걸 수 있겠지요. 하지만 다른 이들은 아닙니다."

설명을 들으며 묵묵히 입을 다물고 있던 버나드는 잠시 옛 기억을 떠올렸다. 제1돌격기병단에서 있었던 사건, 상관을 죽이고 도주했던 로딘의 이야기들을 말이다. 그의 도주를 도운 이는 카슨이 분명했고 사건에 연루되어 있던 세 사람도 덩달아 사라졌다. 이들 넷이 도움을 받았다는 것은 그때를 말하는 것이 틀림없었다.

그리고 카슨이 이들을 도왔다면 지금까지 연락을 했을 가능성이 높다고 버나드는 판단했다. 산을 올랐을 때 하이렌과 로딘의 결투를 지켜봤기 때문에 로딘이 마스터라는 것을 알게 된 버나드는 문득 오래전에 카슨이 했던 말이 떠올랐다.

언젠가 레온의 천재성에 대해 얘기했을 때 카슨은 '페나인 제일의 천재 검사는 형도 나도 아닐 겁니다. 전혀 다른 사람이죠. 레온도 천재이긴 하지만 그 사람과 비교하자면 조금 떨어지는 면도 있어요. 형도 알잖아요? 나이가 들어서 수련하는 것은 도움이 되지 않는다는 것을 말입니다. 마나를 쌓는 속도가 남보다 더디니까요. 한데 스물에 검을 배워 7년 만에 마스터가 된 사람이 있습니다. 그가 진정한 천재입니다. 검성(劍成)이란 아마 그를 가리킨 말일 겁니다' 라고 말했었다.

그때 카슨이 말했던 그 사람이 바로 로딘임을 버나드는 깨달았다. 당시엔 반신반의했던 것을 조금 전 하이렌이 확인까지 시켜줬으니 버나드는 다소 착잡해졌다. 정말 그런 사람이 있을 거란 생각은 못했는데…….

버나드는 곧 머리를 저어 생각을 떨쳤다. 지금 필요한 것은 로딘의 도움이지, 그가 어떻게 마스터가 되었는지가 아니기 때문이었다. 그는 팔짱을 끼며 로딘을 바라봤다.

그때 사라졌던 이들 넷이 아직 같이 다니고 있다는 점은 이상하지 않았지만, 왜 카네비스 산의 산적들과 같이 있는 것일까? 이들 산적들은 어디에서 왔으며 어떻게 생겨났는가? 버나드로선 그런 의문이 생겨났다. 어쩌면 산적들을 휘말리지 않게 하려는 로딘의 의도도 거기에 연유할 것이라 짐작했다.

그리고 그가 생각하는 의문점을 로딘은 답하기 시작했다.

"수도를 탈출한 후 우리들은 페나즈 숲을 통해 카네비스 산을 넘었습니다. 칸트 숲을 관통하면 칼버딘 영지가 나오고 국경이 나옵니다. 우린 국경을 넘어 다른 나라로 숨어들 생각이었지요. 물론 카슨이 그렇게 하라고 일러주기도 했고 말입니다.

우리 네 사람이 그들을 만난 것은 칸트 숲을 한참 통과한 후였습니다. 이들은 원래 산적이 아니라 느킹먼을 촌장으로 하여 칼버딘에서 작은 마을을 이루고 있던 사람들입니다."

"칼버딘?"

뜻밖의 말에 버나드의 눈이 휘둥그레졌다.

"그렇습니다. 이들은 가혹한 세금을 못 견뎌 마을을 버리고 칸트 숲으로 도주하고 있던 중이었죠. 물론 그 마을의 영주는 본성에 연락해 기병을 이끌고 추격을 가해왔고요. 마을 사람들 반 수 이상이 병사들의 창검에 희생되었고 포위당하여 전멸을 금치 못했을 때 우리가 도착했던 겁니다. 우리 넷은 즉시 병사들을 물리치고 이들을 이끌어 칸트 숲으로 다시 돌아갔지요. 카네비스 산 중턱 산마루에 이들의 마을을 꾸미는 것을 도왔고 지금에 이르게 된 겁니다. 즉, 이들은 레스터 가문과 전혀 연관이 없는 사람들입니다. 그저 평범하게 마을을 이루고 살다가 가혹한 세금을 피해 영지를 탈출한 자들일 뿐이죠. 그런 이들을 전란으로 이끄는 것은 옳지 못하다고 생각합니다."

"그래도 이들은 자네를 따르는 것 같은데?"

레스터 성에서 있었던 그들의 활약상을 전해 들은 것은 아니었지만 버나드는 대충 상황을 유추했다. 레온이 '성이 불타 올랐다'라고 했을 때 그 규모를 짐작했다. 결코 몇 사람만의 힘이 아니었고 아마 마을 사람 전체가 총력을 기울였음이 틀림없었다.

"죄송합니다. 제가 허락할 수 없습니다."

여전히 미소를 짓고 있었지만 단호한 말이었다. 어떻게 구슬려도, 설사 그들 모두가 가담하겠다고 해도 허락할 수 없다는 의지가 엿보였다.

그리고 로딘의 그런 점에 버나드는 만족했다. 그는 슬쩍 미소를 지었다.

"알겠네. 혹시 마을 사람 이외에 다른 사람들은 없는가? 영지를 탈주한 자들치고는 제법 다양한 사람들이 있어서 말이야……."

사제가 사람들을 따라 이동해 왔을 리는 만무하니 중간에 합류한 사람일 것이라고 버나드는 추측했다. 만약 그 추측이 맞는다면 그런 자들이 몇 명은 더 있을 것이 분명하고 그들 중엔 로딘처럼 중죄를 범한 자들도 있을 가능성이 컸다. 그들을 잘 구슬리면 힘을 보태줄 수도 있겠다 싶어 버나드는 물었다.

묵묵히 앉아 있던 로딘은 천천히 고개를 저었다.

"마을 사람 이외에 저희 같이 타지에서 합류한 사람은… 총 세 명입니다. 타스틴 사제는 스고우 출신입니다만 칸트 숲에서 만난 후에 우리와 행동을 같이 했습니다. 매우 특이한 분이죠."

타스틴에 대해서 얘기하며 로딘은 살짝 미소를 머금었다.

"이외에 위클리프 출신의 케브와 케사 형제가 있습니다만……."

두 사람을 언급하자 버나드는 귀를 곤추세웠다. 오면서 케사의 산행을 지켜봤기 때문이다. 잘만 수련시키면 일 년 안에 나이트 급을 상회하는 자질을 갖출 수 있는 청년이라고 판단했기에 탐이 났던 것이다. 그러나 로딘의 대답은 그의 기대를 완전히 부쉈다.

"우리 중에 유일하게 죄를 범하지 않은 녀석들입니다. 페나즈 숲 근처의 대장간 아들들입니다만, 언젠가 우리 중에 위클리프를 돌아보러 갔던 녀석들과 마음이 맞아 합류했거든요."

로딘은 잠시 말을 끊고 어깨를 으쓱했다.

"뭐, 이젠 백작을 탈주시킨 죄가 생겼지만 말입니다."

"허허……."

버나드는 허탈하게 웃었다.

로딘이 말한 죄목은 지금 이 마을에 있는 모든 사람이 지은 것과 같았다. 그리고 그 죄를 저지르고도 로딘은 이들을 데려갈 수 없다고 얘기했다. 케브 형제를 데려갈 수 없다는 것을 버나드는 충분히 깨달았다.

"한데……."

로딘은 조심스럽게 버나드를 바라봤다.

"앞으로 어쩔 생각이십니까?"

돕기로 작정한 이상 버나드가 어떤 일을 하더라도 반대할 생각은 없었다. 게다가 근위대장으로서 이름 높은 버나드의 능력을 로딘은 높이 평가했다. 적어도 근무 태만의 카슨과는 정반대의 인물로 어쩌면 마스

터로서의 능력보다 탁월한 통솔력이 버나드의 진면목일 것이라고 로딘
은 생각했다.

그가 생각하고 판단한 일이 무엇인지는 몰라도 결코 허술하지는 않
을 터였지만, 그것만으로는 안심이 되지 않았다. 또한 버나드의 생각
을 알고 있으면 상황을 타개하는 데 도움이 될 것이라고 생각했다.

그러므로 로딘은 실례를 무릅쓰고 묻고 있는 것이다.

버나드는 그런 로딘을 물끄러미 쳐다보더니 피식 웃었다. 그리고 바
깥으로 나가는 문을 바라봤다.

"나가서 모두들 불러주게. 앞으로 내가 어떻게 할 것인지 모두들 알
아두면 좋을 테니까."

"알겠습니다."

로딘은 힘차게 대답한 후에 곧장 밖으로 나갔다.

로딘이 모두를 불러 모을 필요도 없이 모두들 오두막 앞에 진을 치
고 있었다. 앞으로 버나드가 어떻게 할 것인지에 대해서 주목하고 있
는 것은 로딘만이 아니었기 때문이다. 영지를 다스리던 하이렌도, 아
벤도, 레온과 알도 버나드의 생각을 알고 싶어했다.

흠칫.

문을 열다가 모두의 시선에 당황한 모습을 보이던 로딘은 곧 옆으로
비켜섰다.

"버나드 후작께서 모두들 들어오시랍니다."

그 말에 얼른 하이렌이 앞장을 섰다. 그 뒤로 아벤이 따랐고 타스틴
과 레온이 뒤이었다. 대충 중요한 사람들이 모두 오두막으로 들어갔다
고 생각한 로딘이 마지막으로 들어가며 문을 닫았다. 아니, 닫으려다
가 문득 버나드의 시선이 아직도 문 쪽으로 향하고 있는 것에 의아해

멈췄다.

"알 베자스도 불러주게."

"네?"

반문한 이는 하이렌이었다. 물론 그 옆의 아벤 역시 무적 포커 페이스를 흩트리며 의아한 얼굴을 했다. 레스터 가문에서 알에게 호의를 보인 이는 하이렌이 유일했다. 물론 카슨 역시 호의적이었지만 생전에 단 한 번도 알과 마주한 적이 없었고 이외의 사람은 매우 적대적이었다.

레온을 장사로 이끌었던 장본인, 알 베자스를 적대하는 것은 레스터 가문으로선 당연했기 때문이다. 한데 레스터 가문의 수장이라고 할 수 있는 버나드가 직접 알을 호명하다니! 하이렌과 아벤이 놀라는 것도 무리는 아니었다.

"형님, 뭐라고 하셨습니까?"

"알을 불러오라고 했다."

그는 다시 로딘을 돌아보며 단호하게 말했다.

"그는 매우 필요한 사람이다. 들어오라고 해라."

오두막 안에 잠시 어색한 침묵이 흘렀다.

단 며칠 동안 같이 있었다고 해도 버나드가 알을 이렇게까지 신임할 거라곤 생각지 못했다. 그 침묵을 깨고 레온이 쾌활하게 웃었다.

"형도 이제야 알의 진가를 알아보는군요!"

"알에 대해서 제대로 알고나 하는 소리냐, 레온?"

하이렌도 애써 농담을 건네며 어색함을 깨려고 했다.

"하긴, 알의 통찰력은 확실히 뛰어나긴 합니다만……."

아벤도 나지막하게 중얼거렸다. 다만 여전히 이해 가지 않는 듯 그는 고개를 갸웃거렸다.

"하지만 이 상황에서 알이 필요할까요?"

"필요하지."

가운데 앉아 팔짱을 낀 채 자르듯 말하는 버나드였다. 그리고 그의 단호한 태도에 로딘은 빙긋 미소를 지으며 뒤를 향해 목소리를 높였다.

"알 베자스, 들어오시기 바랍니다."

오두막 안에 있던 사람들이 놀랐던 것처럼 밖에 있던 이들 역시 알의 호명에 대해 놀라는 반응이었다. 하지만 표정 하나 변하지 않고 알은 앞으로 나섰다.

"네!"

알의 모습이 오두막으로 사라지며 천천히 문이 닫혔다.

"아무것도 하지 않겠다니?! 그게 무슨 말씀이십니까?"

분개한 어조로 아벤이 외쳤다.

그의 포커 페이스는 오두막에 들어선 순간부터 시시각각 변하고 있었다. 매우 다혈질적인 모습이 마치 프란츠를 대하고 있는 것 같다고 다들 생각할 정도였다. 그리고 그가 이렇게 분개하는 이유는 알이 자리에 앉은 후에 버나드가 제일 먼저 꺼낸 말 때문이었다. 목숨을 걸고라도 돕겠다는 의지를 활활 태우던 로딘은 물론, 온건한 성격의 하이렌마저도 놀랐다.

버나드는 이렇게 말했다.

'아무것도 하지 않은 채 이곳에 있겠다' 라고.

그리고 그 말에 모두를 대표해서 아벤은 얼굴을 붉히며 소리친 것이다.

그는 숨을 몰아쉬며 흥분을 가라앉히고 다음 말을 이었다.

"다시 생각해 보십시오, 버나드 후작! 지금 경의 발언은 매우 심각한 것입니다. 지금 상황은 결코 레스터 가문의 몰락만이 아니란 말입니다. 대영주의 몰락에 따른 여파로 레스터에 소속된 수많은 소영주들, 귀족들이 대거 몰락하게 된단 말입니다. 어쩌면 그들은 우리를 버리고 돌아설지도 모릅니다. 이런 때야말로 레스터의 결속을 다져 앞으로의 일에 대처해야 하지 않겠습니까?"

"하지만 아벤 경, 지금 같은 상황에서 삼엄한 경비를 뚫고 소영주들과 소통을 한다는 것은 무리가 있습니다. 우선 저희에겐 마법사가 없고, 또한 소영주들 중에 마법사가 있는 자 역시 없습니다. 그들을 규합한다는 자체가 무리 아닐까요?"

"레스터의 깃발이 휘날리는 것만으로도 충분하지 않겠습니까? 저는 자신합니다! 레스터의 백성들은 절대 우리를 배신하지 않을 것입니다. 우리를 지지할 것이 틀림없습니다. 백성의 지지가 이어지고 우리를 따르는 귀족들이 복귀한다면 충분히 단결할 수 있습니다."

아벤은 언성을 높이며 자신의 의견을 피력했다.

"또한 수도에 있는 레스터 출신의 귀족들과 기사들도 우리가 봉기한 사실을 알면 합류할 것입니다. 레스터가 어떤 곳입니까? 뛰어난 검사들을 수도 없이 배출한 페나인 제일의 영지 아닙니까?"

아벤의 말에 우선적으로 얼굴을 찌푸린 이는 하이렌과 로딘이었다. 그의 말이 끝나기 무섭게 하이렌이 먼저 입을 열었다.

"저는 영주 대리인으로서 백성들의 고통을 묵과할 수 없습니다. 형님의 의견에 전적으로 동감하는 것은 아니지만 아벤 경의 의견도 따를 수는 없군요. 레스터의 깃발을 내걸고 봉기를 하자는 것은 극단적인 방법이 아닌가 합니다. 일이 잘 풀린다 해도 백성들의 고통이 따르는 일이지 않습니까?"

로딘 역시 입술을 달싹이며 뭔가 말하려 했으나 버나드의 눈빛과 마주친 후에 입을 다물었다. 그가 말하고자 하는 것을 이미 버나드에게 얘기했기 때문이다. 지금 버나드에게 힘을 줄 수 있는 사람은 여기 오두막에 모인 사람이 전부였다. 아니, 타스틴은 제외될 것이니 사실은 그보다 못한 것이다.

아벤의 의견에 결여되어 있는 점이 그것이었다. 레스터의 깃발을 걸기 위해선 유쾌한 사람들이 대거 필요할 텐데 로딘은 이미 그 부분에 대해서 버나드에게 확고하게 말해 뒀다. 그리고 버나드와 눈빛을 마주친 순간 로딘은 버나드 역시 그 점을 잘 알고 있음을 확인할 수 있었다. 굳이 자신이 나서서 말할 필요는 없다고 생각했기에 입을 다문 것이다.

눈빛으로 로딘의 입을 다물게 한 후에 버나드는 다시 주위를 살폈다. 하이렌과 아벤을 바라본 후에 레온과 알을 쳐다보고 로딘과 타스틴에게도 시선을 돌렸다. 모두의 불안한 듯한 눈빛을 살핀 후에 버나드는 슬쩍 미소를 지었다.

적어도 버나드는 폼으로 근위대장을 지냈던 것은 아니었다. 그의 카리스마는 모두의 불안함을 그저 미소를 짓는 것만으로 떨쳐 버릴 수 있게 했다. 그리고 모두의 의심을 없앨 수 있도록 준비하고 있던 말을 꺼냈다.

"나는 가만히 있겠다. 그대들이 뭐라고 한들 말이다. 하지만!"

잠시 말을 끊고 버나드는 신념에 불타는 눈빛으로 다시 한 번 주변을 훑었다.

"곧 이 나라엔 전란이 닥칠 것이다. 지금 당장은 어떻게 손쓸 수 없겠지만 그때가 되면 내가 나설 수 있을 것이다. 아무것도 하지 않겠다는 것은 그때가 될 때까지 기다린다는 뜻이다."

버나드의 시선이 어느새 로딘에게서 멈췄다. 버나드의 굳은 얼굴에 로딘은 저절로 긴장을 했다.

"그동안 여기 있는 사람들을 훈련시켰으면 한다."

"네? 하, 하지만……."

당황한 로딘이 말을 더듬자 버나드는 손을 뻗어 그를 제지했다.

"자네의 뜻은 알겠네. 하지만 한 가지 확실히 해두지."

버나드의 입가에 미소가 어렸다. 그 미소는 보는 이를 섬뜩하게 할 정도로 냉랭했다.

"난 지는 싸움은 안 해. 이길 수 있는 싸움을 하고자 하는 것이다. 그대와 그대의 부하들에게 결코 해를 끼치지 않을 것이네. 지금은 나를 믿고 따라주기 바라네."

잠시 침묵이 이어진 후에 그는 무겁게 고개를 끄덕였다.

약간의 조건이 붙는 셈이지만, 이로써 로딘에 이어 다른 사람들을 휘하에 넣었다고 생각한 버나드는 만족한 듯 고개를 끄덕였다. 그는 다시 말했다.

"그들의 훈련은 로딘, 자네가 직접 맡도록 하게. 아무래도 지금까지 자네가 통솔해 온 만큼 그 편이 좋을 테지."

"알겠습니다."

버나드는 하이렌과 아벤을 돌아본 후 걱정스럽게 말했다.

"아벤 경의 의견에 대해선 충분히 알겠습니다. 하지만 지금 당장은 실현 불가능한 일, 조만간에 확실한 군세가 될 때까지는 접어두도록 하겠습니다.”

‘확실한 군세’란 말에 아벤은 고개를 갸웃했다. 그러나 버나드는 더 설명하지 않은 채 다음 말을 이었다.

“무엇보다 지금 가장 중요한 것은 프란츠 백작과 그 휘하에 있는 레스터 기사단이 어떻게 되었는지에 대한 것입니다. 이 점에 대해선, 하이렌.”

자신의 이름이 불리자 하이렌이 긴장하며 버나드를 쳐다봤다.

“노집사, 토톰의 도움을 받는 게 좋을 것 같다. 그는 원래 도적 출신이니 포란에 잠입하여 상황을 알아내는 데 어려움이 없을 것이다.”

“그렇게 하겠습니다.”

하이렌이 대답하자 버나드는 고개를 끄덕이며 생각에 잠겼다. 잠시 후 그는 깊은 한숨과 함께 중얼거렸다.

“우선적으로 키렌을 찾아 합류시켜야 할 텐데… 녀석이 성질을 이기지 못하고 괜한 짓을 하진 않을지 걱정이다.”

키렌을 아는 자들도 모르는 자들도 침묵으로 답변을 대신했다.

하얀 종이 위에 그려진 도면을 뚫어져라 쳐다보던 칼브는 인상을 구겼다. 설계한 대로 지어지지 않는 성의 모습에 조금씩 화가 치밀고 있는 중이었다. 잠시 눈을 떼어 정면을 응시했다. 확실히 계산보다 30센티 정도 기둥 받침이 잘못 놓여졌다.

칼브는 얼른 앞으로 달려가 일꾼들에게 소리쳤다.

"어이, 이봐! 거기가 아니라고! 조금 더 오른쪽으로 놓아야 해!"

그의 닦달에 일꾼 몇이 달려들어 받침을 옮겼다. 그들 옆에서 칼브는 잔소리를 늘어놓기 시작했다.

"이곳이 성에서 외진 곳이라고 해서 소홀히 할 순 없단 말야! 이 기둥을 따라 이쪽 복도가 세워질 텐데, 이걸 삐뚤게 놓으면 어떻게 해?"

다소 툴툴거리던 칼브는 조금 미안하다는 생각에 언성을 낮추었다.

"모두들 조금씩만 정신을 차리자고. 이제 성이 지어지는 것도 얼마

남지 않았잖아? 내부 공사가 조금 남긴 했지만 그 정도는 몇 개월이면 충분하지. 그 다음엔 이 성이 우리들의 새로운 윈저 성이 되는 거야. 앞으로 몇백 년을 지내야 할 곳이라고. 자자, 기운 내자고. 알았지?"

받침대가 놓여진 위치를 확인한 후 칼브는 일장 연설과 함께 일꾼들을 다시 일터로 내몰았다. 다시 도면이 있는 중앙 지휘소로 돌아오던 칼브는 다른 사람이 있는 것을 발견했다. 그는 같은 브리튼 대학 출신이자 교수인 미크였다.

"여어~"

칼브가 손짓을 하자 미크도 손으로 답례를 했다. 칼브가 다가오길 기다리며 도면을 바라보던 미크는 곧 입을 열었다.

"기중기는 어때?"

"괜찮아. 확실히 개량한 것이 낫더라."

"예전보다 더 높이 들어올릴 수 있다는 것은 강점이니까. 높은 건물을 짓는 데 도움이 될 거라고 생각해."

미크는 잠시 관자놀이를 짚었다.

"더 무게가 나가는 것을 들 수 있었으면 좋았을 텐데 말이야."

약간 불만 어린 표정을 짓던 미크는 곧 두 손을 활짝 펴 어쩔 수 없다는 몸짓을 했다.

"아무리 좋은 걸 발명해서 설계해도 말이야⋯ 그걸 만들 수 있는 능력이 없다면 말짱 꽝이거든."

"그거야 그렇지. 나 역시 너의 기중기가 없었다면 설계도를 대폭 수정해야 했을 거야."

잠시 성 지붕을 쳐다보며 칼브가 맞장구쳤다.

"한데 무슨 일이야?"

칼브의 물음에 미크는 생각났다는 듯 브리튼 도시를 가리켰다.

"행크 경이 부르네."

"행크 경이? 무슨 일로?"

"뭐, 이번 레스터 사건에 대해서 답답하시니까 불렀겠지."

"그 문제라면 난 별로 할 말 없어. 차라리 노만이나 케이스를 마주하고 얘기하는 게 나으실 텐데?"

"아무렴 어때? 하소연하는 상대가 필요할 뿐일 텐데, 상대가 누군들 말야."

미크는 말을 끝내며 어서 따라나서길 기다렸다.

칼브는 머리를 긁적이며 잠시 도면을 보다가 성을 보다가 하며 안절부절못했다. 공사의 진척 상황은 만족스러웠다. 다만 사소한 실수 하나에도 피해가 심한 일이니만큼 자리를 비우고 싶지 않은 것이다. 봄이 되면 대학 일을 겸해야 하기 때문에 겨울철에 좀 더 많은 공사를 하고 싶은 마음도 있었다.

하지만 이내 손을 털며 미크를 따라나섰다. 한시가 급한 칼브였지만, 어쨌든 귀족인 행크 경의 부름이 아닌가! 모른 척 거절할 수는 없는 입장인 것이다. 게다가 아직 겨울은 시작도 하지 않았다. 벌써부터 조급해할 필요는 없었다.

두 사람은 브리튼 도시를 향해 발걸음을 옮겼다.

도시를 가로질러 브리튼 대학의 정문에 들어설 때 막 행크의 모습이 나타났다.

"아, 이제들 오는가?"

"네, 부르셨다는 말씀을 듣고……."

"나도 방금 왔네."

대답하는 행크의 얼굴은 확실히 밝지 않았다. 그는 대학을 쳐다본 후에 미크를 향해 물었다.

"노만과 케이스는?"

"교수실에 있을 겁니다."

미크는 조심스럽게 덧붙였다.

"일전에 레온이 말했던 백화점에 대한 연구 때문에 케이스가 바쁘거든요. 아마 그는 교수실에 있지 않을까 싶습니다만……."

"아아, 그래."

레온의 이름이 나오자 금세 레스터 가문이 연상되는지 행크는 잔뜩 인상을 구겼다.

저스틴 윈저 대공의 심복이면서 정보를 총괄하는 행크 베이머 백작은 요즘 꽤나 골머리를 앓고 있었다. 페나인 왕국 일대를 소란스럽게 하고 있는 모종의 사건, 윌리엄 레스터 공작의 반란 소식 때문이었다. 뜨거운 감자마냥 이 사건이 벌어진 후에 행크는 눈코 뜰 새 없이 바빴다. 수도에서 올라오는 각종 정보와 상인들이 얻어오는 정보, 레스터 각지에서 벌어지는 일련의 소문들에 대해서도 촉각을 곤두세우고 있기 때문이었다. 그리고 그 모든 정보를 분석하여 분류하고 있는 이유는 혹시라도 있을 저스틴 대공의 움직임에 즉각적으로 대비하기 위한 것이었다.

하지만 정작 저스틴은 처음 윌리엄의 반란 소문을 접한 후 다소 의외라는 표정과 함께 '어, 그래?' 정도의 반응이 전부였다. 행크의 분석에 의해 소문이 사실과 다를 수 있다는, 어쩌면 기리안 대공의 정치적 계략일 가능성이 크다는 것을 알면서도 그는 여전히 어떠한 움직임도 보이지 않았다. 지난 이십 년 간 신념처럼 품어온 생각을 접지 못했기 때문이라고 행크는 짐작했다.

그리고 바로 그 점이 행크로선 불만스러웠다. 레스터 가문에 대해 적대적이지 않은, 오히려 레온의 경우를 봐선 호의적이라고 할 수 있는 저스틴이 이쯤에서 나서줘야 한다는 것이 행크의 생각이었다. 레스터 가문을 신흥 대영주라는 입장에서 옹호하고 있는 건 다른 누구도 아닌 저스틴이었다. 그런데 여전한 침묵이라니! 분통이 터지는 일이었다.

행크에게 있어서 또 한 가지 골칫거리는 수도에서 들어온 정보 중에 몇 가지 의심스런 점이 있다는 것이었다. 윌리엄 공작의 반란 소식을 접한 후에 촉각을 곤두세우던 와중에 들어온 일련의 정보들 중 윌리엄과 버나드가 콘버드 저택에 감금되어 있다가 누군가에게 구출되었다는 점이었다. 키렌이 윈저에서 레스터로 빠져나간 것이 분명한 상황에서 그 누군가가 레온임을 유추하는 것은 그다지 어렵지 않았다. 더욱이 상인들에게서 들어온 정보에 의하면 알과 레온으로 추정되는 두 사람이 그 전날 대형 포도주 통을 구입했다고 알려졌다. 이것으로 윌리엄과 버나드가 어떻게 수도를 탈출했는지도 유추할 수 있었다.

문제는 그 모든 것을 레온과 알, 둘이서 단독으로 계획하고 실행에 옮긴다는 것엔 문제가 있다는 점이었다. 대체 그 두 사람이 무슨 수로 윌리엄과 버나드의 위치를 알았겠는가? 누군가 또다른 인물이 그들을 도왔을 가능성이 높았고, 수도에서 그들을 도울 수 있는 사람이 누굴까 하고 추리하던 행크는 뜻밖의 이름을 떠올렸다.

콘버드에서부터 친분을 쌓아온 렌베토 파스난 백작이라는 이름을!

수도에 아는 사람이 없는 알과 레온을 도울 수 있는 유일한 인물일지도 모른다고 행크는 생각했다. 그리고 그 문제로 지금 골머리를 앓고 있는 것이다. 저스틴에게 이 점을 지적했을 때 저스틴은 전과 다름없이 뚱한 표정으로 '어, 그래?' 하는 반응으로 끝냈다.

'어, 그래! 하고 끝낼 문제가 아닙니다!' 하고 반박하고 싶은 것을 억지로 참고 물러선 행크였다. 만약 기리안 대공이 이 사실을 알게 된다면 저스틴 역시 화를 당할 수 있었다. 그런 점을 모를 리 없는 저스틴이 이렇게 잠잠한 것에 대해 행크는 답답함과 분통을 넘어 돌아버릴 지경이었다.

현재 이 분석된 정보를 알고 있는 인물은 행크의 수족이나 다름없는 브리튼 대학 출신의 자유민 교수 사인방뿐이었다. 그렇기에 행크는 시간이 나면 네 사람을 붙잡고 하소연을 하고 있는 중이었다.

칼브와 미크를 데리고 케이스의 연구실 문을 열었을 때 케이스는 책상에 앉아 머리를 싸맨 채 서류를 훑어보고 있었다. 문득 고개를 들어 이쪽을 바라본 순간 그는 '이크, 오늘도?' 하는 표정을 지어냈다.

새로운 윈저 성을 짓고 있는 칼브도 그렇지만 백화점이란 대명제에 빠져 있는 케이스 역시 시간이 빠듯했다. 사실 행크의 넋두리를 들어줄 만큼 한가한 사람은 아무도 없었다. 그렇기에 매일같이 이어지는 이 지겨운 오후 시간은 대학 교수 모두에게 고통의 시간이 되었다.

그들이 어떻게 생각하고 있든 알 바 아닌 행크는 소파 위에 쓰러지듯 앉으며 한숨을 쉬었다.

"아아, 새로운 소식이 들어왔다네."

"아, 그렇습니까?"

"레스터 성을 점거한 제4근위대가 하이렌 경을 놓쳤다는군."

"네?"

억지로 불려진 만큼 그다지 관심없는 얼굴을 하고 있던 세 사람은 동시에 반문했다. 세 사람 모두 기사와는 전혀 관련이 없지만 근위대

최강의 부대에 대한 소문 정도는 알고 있었다. 특히 그들을 따라간 제니퍼 오크너는 윈저에서도 제법 유망한 귀족 가문이었고 마법사 학회를 수석으로 졸업한 인재 중의 인재였다. 그런 초일류의 엘리트들이 있는 곳에서 사람을 구해낸다는 것은 웬만한 실력이 아니면 불가능할 것이다.

한데 지금 행크는 그렇다고 얘기하고 있는 중이었고 세 사람 모두 놀라는 것은 당연했다.

"사실이라네. 하이렌 백작을 구한 자들은 캐러디안 숲으로 도주했다고 하더군."

"캐러디안 숲이라면……? 산적들이 있는 곳이로군요."

경제학을 전공한 만큼 지리에 밝은 케이스의 말이었다.

"남부가 아니라 북부로 도망갔다는 것이 이상하군요. 혹시 산적들과 힘을 합칠 생각일까요?"

"그보단 산적들이 구한 것이 아닐까, 케이스? 그 편이 더 타당할 것 같은데?"

그렇게 말한 후 칼브는 모두의 동의를 구하기 위해 주위를 둘러봤다.

그 말이 옳다고 여겼는지 모두들 잠자코 고개만 끄덕였다. 잠시 후 행크는 머리를 긁적이며 중얼거렸다.

"그쪽에 대한 정보는 거의 없어서 그러는데, 혹시 캐러디안 숲의 산적들의 두목이 누구인지 알 수 있을까?"

"글쎄요, 저희가 그걸 알 리가 없지 않습니까?"

"후우, 대체 그들은 왜 백작을 구한 것일까?"

"…혹시."

케이스는 심각한 얼굴로 턱을 매만졌다.

"정말로 윌리엄 공작은 반란을 획책했던 것이 아닐까요? 캐러디안 숲에서 비밀리에 사병을 키웠다면……?"

"하—!"

말도 안 된다고 생각했는지 행크는 낮게 코웃음을 쳤다.

"그 숲에서 사병을 키운다 쳐도 얼마나 키웠겠나?"

자신이 생각해도 어리석다고 생각했는지 케이스는 얼굴을 붉히며 입을 닫았다. 그런 케이스를 슬쩍 쳐다본 후에 행크는 진지하게 말했다.

"그런데… 시간상으로 따져 보니까 수도에서 출발하여 밤낮을 달리면… 도착이 가능하더란 말이네."

잠시 행크의 말이 무슨 뜻인지 헤아리던 세 사람은 다소 의외라는 표정을 지었다.

"그렇다면……."

"레온?"

"설마!"

"하지만 마스터가 아니고서야 그 병력을 뚫는다는 것은 무리가 아니겠나?"

행크의 의견에 미크가 고개를 저었다.

"그곳엔 제니퍼 오크너 경도 있다고 들었습니다. 아무리 마스터 검사라도 5써클 마법사의 지원을 받는 크루세이더 열 명을 이길 순 없을 겁니다. 되려 잡혔을 텐데요?"

"그거야 붙어봐야 알지."

칼브의 대답이 이어진 후에 케이스가 피식 미소를 지었다.

“제니퍼 경은…….”

케이스는 채 말을 잇지 않은 채 행크를 돌아봤다. 행크 역시 머리를 긁적이며 슬쩍 웃음을 지었다. 그 미소는 칼브로 이어진 후에 미크에게도 전이되었다. 네 사람이 얼굴에 미소를 짓고는 동시에 고개를 저었다. 그리고 네 사람을 대표해 행크가 중얼거렸다.

“젊은 나이에 5써클에 이르긴 했지만… 좀 정직한 성격이라서 말이야.”

“경험 부족일 뿐입니다. 그래도 지원에 있어선 제법 뛰어난 능력을 보이지 않나요?”

막 문을 들어선 노만이 대뜸 한마디 했다.

가장 늦게 도착한 노만에게 손 인사를 건네며 행크는 의아했다.

“대체 누구에 대한 평가인가?”

“제니퍼 오크너 아닙니까?”

눈을 동그랗게 뜨며 노만이 되물었다. 그의 넘겨짚는 실력에 이번엔 행크가 놀랐다.

“그걸 어떻게 알았지?”

“젊은 나이에 5써클의 마법사… 윈저에선 제니퍼 오크너뿐입니다만?”

“아하!”

행크를 비롯한 세 사람이 고개를 끄덕였다. 인재에 대해 비상한 관심을 보이는 노만이기에 가능한 추리였다. 윈저에 속한 사람들에 대해선 거의 전부를 알고 있다고 해도 과언이 아니었으며 타 영지, 특히 위클리프에 대해서도 상세하게 알고 있는 자였다.

노만은 방에 모여 있는 네 사람을 쓱 훑어본 후 가볍게 웃었다.

“아마 페나인에서 가장 한가한 곳은 이곳뿐일 겁니다.”

그의 농담 아닌 농담에 케이스도 인상을 찡그리며 중얼거렸다.

“그리고 아마 페나인에서 가장 바쁜 곳은 기리안 대공의 저택이겠
지.”

“물 다 데웠어요.”

“감사합니다. 도련님, 머리 대세요.”

“하지만… 그런 걸로 빠질 리 없어요.”

투덜대면서도 레온은 순순히 고개를 숙였다. 뒤로 묶었던 머리카락
은 이미 오래전에 풀어진 채 촉촉하게 젖어 있었다. 다만 다른 점이라
면 예전의 금발이 아니라 청색이라는 점이었다.

더운물과 찬물을 섞은 후 손으로 온도를 재어 적당한지 가늠하며 바
가지 가득 물을 퍼 레온의 머리에 붓는 이는 바로 도드리안이었다. 그
리고 비누를 풀어 머리를 감기고 다시 물을 부어 비눗물을 빼는 일이
벌써 세 번째였다.

도드리안이 으슬한 가을 날씨에도 불구하고 손에 물을 묻히고 있는
이유는 간단했다. 오랜만에 본 레온의 변한 모습 때문이었다. 레온의
아름답고 풍성하던 금빛 머리칼은 파랗게, 그것도 엄청나게 새파랗게
변해 있었다. 페로즈 성에 잠입하기 위해 바꾼 머리에도 불구하고 렌
베토와 마리오네는 잘도 알아봤다.

하지만 도드리안은 그것을 봐줄 수가 없었다. 어떻게든 예전의 금발
을 되찾기 위해 지금 그의 머리를 감기는 작업에 열중하고 있는 것이
다.

그 옆에서 불을 피우며 물을 데우고 있는 이는 수요였다. 그는 낄낄

웃으며 두 사람의 모습을 유심히 살폈다.

"형수님, 이제 그만 해요. 이 염색약은 옷감에 쓰는 것이기 때문에 절대 빠지지 않는다고요."

"도련님……."

도드리안은 한숨을 쉬며 손을 멈췄다.

얼른 수요가 바가지를 내밀자 그녀는 손을 닦은 후 레온의 머리에 붓기 시작했다. 비눗물이 흘러내리며 여전히 파란 머리카락이 찬연히 빛나고 있었다.

도드리안의 한숨이 보다 커졌다. 레온의 말대로 원래대로 돌아올 수 없다는 것을 확실히 깨닫는 순간이었다.

"그러게 왜 염색약 따위를 쓰신 거예요?"

"알이… 그렇게 해야 사람들이 알아보지 못할 거라고 했거든요. 완벽한 변장이라고……."

대답하던 레온은 곧 수도에서 있었던 일을 떠올렸다.

"하지만 다들 알아보던데."

"그야 당연하지. 널 단번에 알아보지 못하더라도 알이 곁에 있는 한 눈에 띄게 된단 말이야. 어쨌든 알 역시 독특한 인상을 가지고 있으니까."

"아?!"

수요의 대답에 레온의 입이 쩍 벌어졌다.

생각해 보니 렌베토도 마리오네도 알의 터번을 먼저 알아보고 말을 걸어왔었다. 결국 자신이 변장을 해도 알이 있는 한 들킬 수밖에 없었다는…….

"뭐야, 알! 결국 염색약 따위는 쓸 필요가 없었던 거잖아?!"

레온이 약간 화난 어조로 중얼거리자 어느새 뒤에서 알이 불쑥 나타나 대꾸했다.

"그건 아니지. 염색약을 썼던 가장 큰 이유는 레스터 가문의 금발 막내를 감추기 위해서였지 레온을 감추려던 건 아니었으니까. 결국 목적은 달성했으니 불만없잖아?"

"불만 많아! 이 머리 어떻게 할 거야?"

레온은 물방울이 뚝뚝 떨어지는 채 고개를 들어 불만을 토로했다.

"놔두면 정상으로 될 텐데 뭐가 걱정이야?"

너무나도 당연한 것을 너무나도 당연하게 말하자 너무나도 당연하게 레온은 수긍했다. 그러자 곁에 있던 도드리안이 대신 화를 냈다.

"그냥 '놔두면' 이란 말이 나와요? 이 정도 길이로 만드는 데 몇 년은 걸릴 거예요. 그걸 이렇게 망쳐 놓고서 전혀 반성하는 기미가 없군요?"

찔끔하며 알은 머리를 긁적였다.

막상 도드리안이 나서서 화를 내자 할 말을 잃고는 머쓱한 표정으로 슬금슬금 뒤로 물러섰다. 곁눈질로 도드리안의 눈치를 살피던 알은 매서운 그녀의 눈빛에 또 한 번 찔끔하곤 멀리 사라졌다.

사태를 진정시킨 것은 곁에서 배꼽 잡고 웃던 수요였다. 그는 수건을 건네며 짐짓 진지한 표정을 지었다.

"그래도 넌 다들 알아보잖아?"

"무슨 뜻이야?"

"글쎄다… 어떤 사람은 모습이 완전히 바뀌어서 전혀 알아볼 수도 없단 말야. 그것보다는 훨씬 나은 상황이니 그다지 불만을 갖지 말란 뜻이지."

　그렇게 대답하는 수요의 얼굴은 어두웠다. 그는 뭔가 괴로운 표정으로 고개를 돌렸고 곁에 있던 레온과 도드리안은 영문을 모른 채 갸웃거렸다. 하지만 수요에게 묻기엔 분위기가 심상치 않다는 것만은 알 것 같았다.

　조금 전까지 웃어대던 수요는 허탈한 얼굴로 멍하니 하늘을 바라보고 있었다.

　앞으로 벌어질 사건들을 기다리고 있는 자, 앞으로 벌어질 사건들을 유추하는 자, 앞으로 벌어질 사건들을 모른 채 자신들의 할 일에 최선을 다하는 자. 그들 모두 앞으로 벌어질 사건이 무엇이 될지 모르는 채 시간의 흐름 속에 몸을 맡기고 있을 뿐이었다.

　카네비스 산의 버나드와 로딘, 레온들도. 윈저 성의 저스틴 대공과 행크, 교수 사인방도. 또한 친위대의 케리드윈이나 로버트, 레스터 성에서 직무를 다하고 있는 찰스도. 그리고 종적을 감춰 버린 키렌과 프란츠 역시 마찬가지였다.

　그러나 시간을 쪼개어 바삐 보내는 자들도 있었으니, 그들은 바로 앞으로 벌어질 사건들을 주도하는 자들이었다.

　어둠 속에 두 개의 수정구가 빛을 뿜었다. 각각의 수정구 안에는 사람의 형상이 있었지만 꽤 먼 곳과 연결된 탓인지 겨우 형체만 알아볼 정도로 흐렸다.

　제일 먼저 소리가 난 곳은 오른쪽 수정구였다.

　―이것 참… 어둠 속에서 속닥거리고 있으려니 마치 나쁜 짓이라도 하려는 것 같군요.

　"그렇군요."

대답과 함께 낮은 웃음소리가 들렸다. 그 웃음은 바로 할튼 리저드 후작의 것이었다.

그 앞에 검은 망토를 뒤집어쓴 나지드가 수정구에 마력을 집중하고 있었다. 그는 지금 원거리 통신 마법을 위해 정신을 집중하고 있었다. 이 통신 마법에 의해 세 명의 동맹자들이 회의를 하고 있는 중이기 때문이다.

이 마법을 사용하기 위해서는 최소 6써클 이상의 마법사가 서로에게 있어야만 가능했다. 나지드는 힐끔 양쪽 수정구를 살폈다. 왼쪽의 수정구는 수도와 연결된 것, 동맹자이면서 동시에 7써클 마법사이기도 한 히드리크가 직접 펼치고 있을 테니 그렇다 쳐도, 오른쪽의 동맹자에게도 그 정도의 마법사가 있었다는 것은 나지드로서도 다소 의외였다.

어쩌면 상대방도 할튼에게 6써클 이상의 마법사가 있다는 것에 놀라고 있을지도 모르지만.

그리고 확실하게 히드리크는 동요하고 있었다. 한 사람도 아니고 동맹자 양측 모두에게 '원거리 통신 마법'이 가능한 마법사가 있다는 것은 그만큼 자신의 입지가 좁아지기 때문이었다. 그가 내세울 것이라곤 오로지 마법뿐이었는데 이젠 그나마도 없어지는 셈이었다.

"하지만 실제로 우린 나쁜 짓을 하고 있는 셈이지요."

할튼은 조금 쾌활하게 대꾸했다.

곧 이어 오른쪽 수정구에서 웃음이 터졌고 별로 개의치 않는 듯 상대방은 말문을 열었다.

—그렇다 해도 이미 멈출 수 없는 지경에 왔다고 생각됩니다만?

"물론입니다."

단호한 어조로 할튼도 동의했다.

　그리고 두 사람은 약간의 시간을 두어 침묵함으로써 히드리크의 대답을 재촉했다.

　─저 역시 그렇게 생각합니다.

　"히드리크께서 그리 말씀하시니……."

　할튼은 침착하게 입을 열었다.

　"다음 준비를 갖춰야 하지 않겠습니까?"

　─물론입니다. 그전에 저의 탈출 준비는?

　"걱정없습니다. 6돌격기병단이 페로즈 성 남동쪽에 주둔하고 있으니까요. 일을 마친 후 그쪽으로 워프하면 될 겁니다."

　─그거 안심이 되는군요.

　그러나 대답하는 히드리크의 목소리는 그다지 밝지 못했다. 아무래도 동맹자 양측에게 있는 마법사의 존재가 거슬리는 모양이었다.

　─병력 문제입니다만…….

　문득 오른쪽 수정구에서 목소리가 흘러나왔다.

　─할튼 경은 걱정없다고 했습니다만, 오만의 돌격기병단을 제대로 포섭한 것인지 의심스러워서 말입니다.

　"걱정없다고 했을 텐데요. 그들은 이미 나의 충실한 사병이 되어 있으니 두 분은 전혀 걱정할 필요가 없습니다."

　할튼의 자신만만한 대답에 양쪽 수정구는 침묵으로 응대했다.

　채 몇 달이 되지 않아 출신이 다른 돌격기병단 오만 명을 모두 포섭했다는 말이 믿어지지 않았던 것이다. 하지만 직접 찾아가 확인할 방도가 없는 이상, 그가 그렇다면 믿을 수밖에 없었다.

　세 동맹자는 앞으로 자신들이 해야 할 것들에 대해 서로 확인을 한 후, 원거리 통신을 끊었다.

　후우, 하고 한숨을 몰아쉬며 나지드가 고개를 들었다. 그의 이마로 땀이 송골송골 맺혔다. 잠깐이었다 해도 나지드로선 꽤나 마나를 소비하는 일이었다. 특히 익숙지 않은 마법을 펼치는 것은 말이다. 같은 7써클의 마나 운용 능력을 지녔다고 해도 히드리크와 나지드는 엄연히 다른 마법을 구사하는 자였다. 생소한 마법에 히드리크보다 더 지치는 것은 당연한 결과다.

　"눈치 채이진 않았겠지?"

　나지드의 지친 모습을 빤히 보면서도 할튼은 확인을 위해 물었다.

　"아마 모를 겁니다."

　"그래?"

　두 사람의 대화에서 가리키는 상대는 바로 히드리크였다.

　"가능하다면 이쪽 카드는 끝까지 숨기는 게 좋지."

　할튼은 히드리크를 어떻게 하겠다는 생각은 없었다. 처음의 약속대로 히드리크가 욕심을 부리지 않고 자신의 몫만 챙긴다면 충분히 줄 아량도 있었다. 다만, 같은 동맹자라고 해도 믿을 수 없기는 매한가지였으니 만일의 사태에 대비하기 위함이었다.

　"아마 히드리크의 수정구는 우리 쪽보다 밝게 나왔을 겁니다. 저의 지친 모습을 확연히 느낄 수 있었을 테니… 자신보다 못한 상대라고 생각하겠지요."

　대답을 하면서도 나지드는 불쾌한 기색이었다.

　그의 마음을 꿰뚫은 할튼이 그의 어깨를 다독였다.

　"수고했네. 익숙한 것과 그렇지 못한 것의 차이일 뿐이니 너무 괘념치 말게."

　"물론입니다, 전하."

할튼은 나지드를 데리고 문을 나섰다. 복도는 불이 밝혀져 있었지만 어둡고 음산한 분위기였다. 그런 것에 개의치 않으며 할튼은 걷기 시작했다.

"이쪽 준비는 어떤가?"

"선박은 이미 준비되었습니다. 단번에 삼만 이상의 병력을 상륙시킬 수 있습니다. 방수 처리도 완벽하고… 다만 상륙한 즉시 배를 빠져나가는 것은 약간 무리가 아닐까 합니다."

"하긴 포구가 크지 못하니 어쩔 수 없겠지."

그러나 할튼은 그다지 걱정하지 않았다. 이미 그 점에 대해서도 생각해 둔 바가 있기 때문이다. 그리고 충분히 대비도 해놓았다.

할튼이 정작 걱정하고 있는 것은 자신의 일 때문이 아니었다. 수도에서 있을, 히드리크가 맡은 역할에 대해서 걱정하고 있었다. 지금까지 전례로 보아 히드리크는 자신의 일을 거의 성공하지 못했었다. 성밖으로 왕자를 내보내는 것을 제외하고, 죽일 수 있었던 두 번의 기회를 깨끗이 무산시킨 바보 같은 마법사였다.

하지만 이제부터 해야 할 일은 전체 국면에 지대한 영향을 미친다. 무슨 일이 있어도 성공해 줘야만 했다. 그렇기에 걱정이 되는 것이다.

성벽 위에서 도시를 굽어보던 케리드윈은 뒤에서 들려오는 발소리에 고개를 돌렸다. 바삐 걸음을 놀려 다가오는 이는 로버트였다.

로버트임을 알아본 후 케리드윈은 다시 성 밖으로 고개를 돌렸다. 중앙의 대로, 그리고 건물 사이마다 병사들이 가득했다. 그의 곁으로 다가온 로버트도 밑을 바라보며 얼굴을 찡그렸다.

"근위대가 너무 설치는군."

"예상했던 일이지."

"버나드도 이 정도로 설치진 않았어."

"지금은 전시니까."

그렇게 대답했지만 케리드윈은 '대체 적은 어디?' 하고 생각했다.

실제로 근위대 이만 병력이 레스터로 달려갔고 이외의 병력도 수도를 에워싸듯 삼엄한 경비를 펼치고 있지만 어디에서도 전투가 있었다는 얘기는 없었다. 그리고 그 점이 케리드윈의 신경을 자극했다. 어떻게 보면 지금의 이 거센 움직임은 기리안 대공의 '근위대 장악하기' 같았다.

내성을 경비하는 친위대의 임무상 경비를 강화하긴 했지만 케리드윈은 입이 씁쓸했다. 아무리 생각해도 지금 상황에서 적으로 간주할 수 있는 이는 기리안 대공이 이끄는 근위대일 뿐이었다. 가상의 적, 케리드윈은 오래전에 레스터 가문의 반란에 대해 회의적인 입장으로 돌아섰다. 레스터 가문은 전혀 보이지 않는 상태에서 목청을 돋워 병사를 이끄는 기리안의 모습이 눈에 거슬리는 것은 당연하지 않은가!

그런 이유로 이미 내성 근처로 근위대조차 들어올 수 없도록 삼엄한 경비를 펴라는 명령을 내렸다. 권력이 어떻든, 정치가 어떻든 그런 건 알 바 아니었다. 케리드윈의 가장 중요한 목적은 국왕과 왕권을 수호하는 것이지 편 가르기를 하는 것이 아니니까.

자신의 결정이 기리안의 뜻과 맞지 않더라도 별로 신경 쓰지 않았다. 설사 기리안이 분개를 하더라도 친위대장인 케리드윈을 어쩔 수는 없다. 누가 뭐래도 친위대는 국왕의 직속 부대, 누가 뭐라 할 수 있는 것이 아니니까.

"맥클리스 경이 왔다던가?"

고개도 돌리지 않은 채 무심히 물었다.

"뭐, 대공 저택 쪽의 반응으로 봐선… 적어도 그 정도의 인물은 도착한 것 같더군."

"예정보다 한참은 늦은 것 같은데?"

"콘버드의 마법사는 실력이 떨어지니까. 육로로 온 것 같아."

"그나마도 서두르지 않았을 테고?"

콘버드의 영주 대리인 맥클리스를 수도로 불렀던 이유는 윌리엄과 버나드를 미끼로 키렌을 잡아들이기 위해서였다. 하지만 출발 직전에 두 사람이 탈출했다는 보고를 받은 맥클리스는 김이 빠져 그냥 콘버드에 남았다.

하지만 기리안은 마스터인 아들의 힘이 절대적으로 필요했다. 근위대를 이끌 사람이 없었기 때문이다.

그리고 또 한 가지,

"아마… 우리를 견제하기 위해서겠지."

케리드원의 자조적인 말에 로버트는 대꾸하지 않았다. 그의 말을 부정하고 싶어도 그럴 수 없었던 탓이다. 기리안 대공이라면 충분히 그럴 수 있었다. 친위대의 마스터를 견제하기 위해서 같은 마스터인 맥클리스를 불러들였다는 것은 상당히 타당한 근거였다.

하지만 로버트는 냉소를 지었다.

"이제 갓 마스터가 된 애송이 따위를 불러 우릴 견제하겠다? 어리석은 대공이로군."

"갓 마스터가 된 애송이와 겨뤄보려고 자청했던 인물은 어디의 누구였지?"

케리드원의 비아냥거림에 로버트의 얼굴이 일순 해쓱해졌다. 그가 말한 것이 키렌과 겨뤄보려고 대공의 제안을 받아들여 저택 수비에 가담했던 그때임이 분명했기 때문이다. 로버트는 헛기침을 하며 변명했다.

"같은 초짜라도 키렌과 맥클리스는 다르지. 아무래도 천재적인 검사가 둘이나 있는 레스터 가문 출신이지 않은가?"

"뭐, 그렇다고 해두지……."

쿡, 하고 웃으며 케리드윈은 입을 다물었다.

그리고 지그시 아래를 보던 눈을 거둬 로버트를 향했다.

"우리도 정신 바짝 차려야겠어. 대공의 움직임이 심상치 않아."

로버트도 굳은 얼굴로 고개를 끄덕였다.

수도에서 기리안 대공이 근위대를 장악하는 데 힘을 쏟고, 친위대의 케리드윈과 로버트가 이를 견제하는 움직임을 보이는 동안 리저드 령, 모스 섬의 서쪽 항구에서도 바쁜 일정을 보내고 있었다.

항구에 정박하고 있는 삼십여 척의 배는 수백 명 가까이 탈 수 있는 대형 범선이었다. 선체 위로 세 개의 마스트에 삼각 돛이 커다랗게 달렸고 선수상 밑으론 충각이 튼튼하게 박혔다. 선미에는 작은 삼각 돛이 달려 있고 좌우로 포대가 있는, 야론 인들의 범선 지벡이었다.

지벡은 항구 쪽에 꼬리를 대었고, 그 뒤로 나무로 급조한 승강장이 준비되었다. 특이하게도 승강장의 바닥 뒤편은 방수 처리가 되어 있어 바닷물이 튀지 않는 구조였다.

그리고 그 승강장 위로 길다란 줄이 형성되어 배에 탑승하고 있는 무리가 있었다. 그것들은 사람이 아니라 초록의 표피에 거구, 돼지 머리를 얹어놓은 오크였다. 다소 흐리멍덩한 눈빛으로 오크들은 순서대로 승강장 위를 걸어 올라갔다.

막 항구에 나와 상황을 살피던 할튼은 나지드를 발견했다.

"상황은 어떤가?"

"순조롭습니다."

"음……."

할튼은 눈길을 돌려 오크들을 살폈다. 이제 자신의 부하가 되어 선봉 부대가 되었다지만 그동안 저 녀석들에게 당한 고통이 떠올라 절로 눈살이 찌푸려졌다.

'저 녀석들에게… 너무 많은 것을 잃었어…….'

속으로 혼잣말을 중얼거리던 할튼의 시야에 항구 한쪽에 모여 있는 마을 사람들이 들어왔다. 이십여 년 전에 이곳을 개척하던 할튼이 수도에 지원 병력을 요청했을 때 왔던 사람들이었다. 그들 대부분은 죄인이거나 부랑자들이었다. 왕국에서 쓰레기로 취급받던 그들은 이 모스 섬으로 강제로 쫓겨와 몬스터와 싸워야만 했다. 하지만 그들의 출신이 어떻든 할튼에겐 소중한 영지 주민이었다.

물론 처음엔 모스 섬을 탈출하거나 반란을 서슴지 않던 그들이었다. 하지만 시간이 지나며 계속 몰려드는 몬스터와의 싸움에서 묘한 연대 감이 생겨나 이젠 할튼을 대영주 이상으로 받들게 되었다.

그는 천천히 걸음을 옮겨 그들에게 다가갔다. 그를 알아본 사람들이 허리를 숙여 인사를 하는 동안 할튼은 그들을 둘러보며 진지한 표정을 지었다.

"여러분! 이제 우리가 대륙으로 돌아갈 때가 되었다. 그동안 이곳에서 나와 함께 고생하느라 수고했다. 이제 우리는!"

주먹을 불끈 쥐어 모두에게 흔들며 할튼은 연설했다.

"더 이상 가족과 동료를, 그리고 부하들을! 사랑하는 사람들을 잃지 않아도 된다. 이 저주받은 섬에서 떠날 수 있게 되었다. 우리들을 괴롭히던 저 녀석들을 앞세워 본토를 정복하는 것이다!"

뒤이어 사람들로부터 커다란 함성이 쏟아졌다. 환호와 열광을 한 몸에 받으며 할튼은 감회 어린 표정을 지었다.

'그래, 처음부터 와선 안 되는 곳이었어. 그러니까 돌아가는 거야, 우리들은.'

할튼은 고개를 들어 항구를 바라봤다. 지벡 꼭대기에 달린 삼각 돛, 그 너머 북서쪽 하늘을 뚫어져라 응시했다. 이제 오랜 시간 준비했던 모든 것을 터뜨리는 일만 남았다.

분노와 공포, 슬픔을 가득 담아

복수라는 이름으로!

나는 틀리지 않았다.

누가 뭐래도 나는 옳았다.

위클리프, 윈저, 레스터 남부 해안은 몬스터 출몰과 야론 인들의 해적들이 자주 침입하는 위험 지역이었다. 그들을 막기 위해서 해안에 방책을 세우고 순시선을 띄우고 각 영주들은 수비에 치중하는 무력을 쌓았다.

윈저의 궁병이 제일이라고 불리는 이유는 바로 그런 이유가 아닌가?

레스터의 검사가 제일이라고 불리는 이유 역시 그런 이유가 아닌가!

나는 주장했다.

모스 섬의 몬스터를 퇴치해야 한다고!

모스 섬을 개척하여 그곳에 군대를 주둔시켜야 한다! 그러면 페나인의 남부 해안은 자동적으로 안정을 취할 수 있을 것이다.

모두가 비웃었을 때 나는 가산을 털어 준비를 갖췄다.

용병을 모으고 무기를 구입하고 배를 준비하여 모스 섬으로 나아갔다. 일천의 용사들이 모스 섬에 도착하여 싸우고, 싸우고, 싸우고, 또 싸우는 나날을 보냈다. 그 힘겨운 일 년 동안 그대들은 무엇을 했는가!

그저 술에 취해 비웃기밖에 더 했는가!

나와 나의 가신들과 나의 병사들이 사선을 넘는 전투를 벌여 얻은 남부 해안의 평화가 어째서 저스틴 대공의 정치 때문이란 말인가!

어째서 레스터 가문의 치안이 훌륭했기 때문이란 말인가!

고작 후작이란 직위에 연연하여 모스 섬에 온 것이 아니란 말이다! 새로운 영지를 개척한다는 그런 이유가 아니었단 말이다. 모두의 평화를 위해 싸운 내가 뭐가 잘못이란 말인가!

왜 우리들이 이곳에서 죽어가야 했는가?

그대들, 그대 위정자들!

고작 몇 만의 부랑자들을 보내주고 생색을 내던 귀족 나부랭이들!

그대들의 가슴에 창을 꽂아주겠다.

복수라는 이름 하에!

그래…

그때 만약 버나드가 있었다면…

그랬다면 지금처럼 오만의 기병을 보내주었을지도 모르는데…….

…하지만 이제 늦었어.

시종과 친위 기사들을 대동한 브라이튼이 막 궁정 마법사에게 배정된 연구실로 들어섰다. 바로 히드리크의 방이었다. 한쪽에서 무언가를 주시하던 히드리크가 일어서며 예를 취하려 하자 브라이튼은 손을 들어 제지했다.

"됐네. 뭔가 중요한 얘기가 있다고 하던데, 무슨 일인가?"

대답 대신 히드리크는 국왕의 뒤를 살폈다. 그의 눈치를 살피던 브라이튼은 뒤쪽을 향해 손을 들었다.

"나가 보라."

"네!"

친위 기사들과 시종들이 밖으로 나가는 동안 히드리크는 연구실 옆의 자신의 방으로 안내했다.

"이쪽으로."

"굉장히 중요한 얘기인 것 같군."

브라이튼은 앞장서서 방으로 들어갔다. 작은 서실 같은 분위기의 그 방은 깨끗하게 치워져 있었다.

히드리크의 연구실은 왕립 마법사 학회 출신의 마법사들이 같이 사용하기 때문에 직위가 낮은 수련 마법사들이 청소를 담당한다. 하지만 히드리크의 전용 서실만은 출입이 금지된 곳이기 때문에 청소하는 이가 없었다. 하지만 지금 브라이튼이 들어선 방은 평소의 서실치곤 깨끗하게 정돈되어 있어 먼지 하나 없었고 한쪽 구석엔 그리다 만 것 같은 마법진도 있었다.

평소와 다른 모습에 의아함을 감추지 못하며 브라이튼은 탁자 앞에 놓인 의자에 앉았다. 그는 주변을 훑어보며 한마디 했다.

"깨끗하군?"

"정리를 좀 했습니다, 폐하."

"그런가?"

히드리크는 그의 앞에 차를 놓으며 맞은편에 앉았다.

그의 표정을 살피며 하려는 얘기가 무엇인지 짐작하려던 브라이튼은 곧 포기했다. 히드리크는 포커 페이스는 아니었지만 지금처럼 미소만 짓고 있는 상태에서는 무슨 일인지 짐작할 수 없었다.

"그래, 무슨 일인가?"

브라이튼의 질문에 히드리크는 더욱 화사한 미소를 지었다.

"바로 왕자 전하에 대한 얘기입니다, 폐하."

"리처드에 대한?"

브라이튼의 얼굴이 굳어졌다.

"찾아냈는가?"

불꽃이 잦아들듯 히드리크의 얼굴에서 미소가 잦아들었다. 그는 뭔가 옛일을 회상하는 표정을 지으며 잠시 천장을 응시했다. 그리고 천천히 고개를 숙여 브라이튼을 향해 속삭이듯 물었다.

"그전에… 혹시 대륙 제일의 마법사에 대한 소문을 들어보신 적이 있습니까?"

"대륙 제일의? 그런 소문은 들어본 적이 없네만?"

"제 나이 백하고도 둘입니다. 참 오래도 살았고, 징하게도 살았지요?"

"정말 그렇군. 더럽게 오래도 살았네그려."

히드리크의 이마에 새파란 힘줄이 불끈 솟았다가 쏙 들어갔다. 여전히 미소를 지으며 히드리크는 다음 말을 이었다.

"대륙 제일의 마법사가 페나인에 살고 있다면 믿으시겠습니까?"

"설마!"

브라이튼은 말도 안 된다는 얼굴로 히드리크를 쏘아봤다.

"자네, 지금……."

의심스러운 눈길로 히드리크를 바라보며 브라이튼은 조심스럽게 물었다.

"대륙 제일의 마법사가 자네라고 얘기하고 싶은 건가? 응?"

또 한 번 히드리크의 이마에 붉은 힘줄이 솟구쳤다. 이번엔 쉽게 가시지 않는 것이 히드리크도 꽤나 열받은 것 같았다. 그러나 여전히 웃는 얼굴의 히드리크는 태연함을 가장하며 설명을 계속했다.

"불행하게도 제가 대륙 제일의 마법사는 아니랍니다."

"그거 다행이군!"

쾅!

더 이상 참지 못하고 히드리크는 주먹을 불끈 쥐어 탁자를 내려쳤다. 얼른 찻잔을 든 브라이튼은 히드리크를 쏘아봤다.

"난 국왕이다!"

"헛! 죄송합니다."

얼른 꼬리를 내린 히드리크는 불만스런 표정으로 중얼거렸다.

"제가 하는 말에 너무 토를 달진 말아주십시오."

"알겠네. 하지만 본론만 간단히 해주게. 내가 듣고 싶은 것은 대륙 제일의 마법사에 대한 소문이 아니라 리처드를 찾을 수 있는가에 대한 것이네."

"알고 있사옵니다. 하지만 중요한 얘기이오니……."

히드리크는 말을 끊고 잠시 차를 마셨다.

그를 주시하며 다음 말을 기다리던 브라이튼도 목이 마른지 차를 한 모금 마셨다. 순간 찻잔 너머 히드리크의 눈빛이 강렬하게 빛을 내는 것이 보였다. 그는 의구심이 치밀어 얼른 차를 내려놓았다.

"차에 독이라도 탔는가?"

"헉! 어떻게 그런 생각을?"

"뭐, 통상적인 일이지 않나? 상대가 마실 차에 독을 탄 후에 그것을 마실 때 눈빛을 빛내는 것은."

브라이튼은 어깨를 으쓱했다.

"리처드에게 한두 번 당했어야 말이지."

"한 모금만 마셔도 온몸이 마비되는 맹독을 탔사옵니다, 폐하."

"오오~ 그런가? 훌륭하이. 그래서 다음 얘기는?"

별로 신경 쓰지 않는 듯한 브라이튼의 말투에 히드리크는 잠시 침묵했다. 그러자 브라이튼이 다시 재촉했다.

"그래서 대륙 제일의 마법사를 얘기한 이유는 뭔가?"

"아, 네."

히드리크는 정신을 차리며 다시 기억을 더듬었다.

"에에, 그러니까 제가 이런 일을 하는 것은……."

"무슨 일 말인가?"

"토 달지 말아주십시오, 폐하. 시간이 얼마 없사옵니다."

"그런가? 알았네."

뭔가 이해할 수 없었지만 브라이튼은 입을 다물고 경청하기로 마음먹었다.

"대륙 제일의 마법사 어쩌고 하는 얘기는 제가 지어낸 것이 아니옵니다. 믿지 못하시더라도 어쩔 수 없지만 왕립 마법사 학회 출신으로 착실히 수련을 한 끝에 오십의 나이에 페나인 제일이란 칭호를 받아낼 수 있었지요. 그 후에 궁정 마법사가 되어 오십 년. 지금까지 저를 능가하는 마법사는 없단 정평을 받았고 타국의 마법사와 견주어도 능력이 떨어지지 않는다고들 하지요."

잠시 말을 끊고 동의를 구하는 눈빛으로 바라보자 브라이튼은 헛기침과 함께 대꾸했다.

"그 말은 나도 인정하네."

슬쩍 미소를 지은 후 다시 진지하고 엄숙한 표정으로 히드리크는 말했다.

"한데 이런 제가 패배를 한 적이 있다면 믿으시겠습니까?"

"응."

순간 히드리크의 얼굴이 황당함으로 굳어졌다.

"믿으… 시겠습니까?!"

다시 한 번 재촉하는 어조로 매섭게 노려봤다.

"마스터 검사라면 승부가 안 되지 않겠는가?"

브라이튼의 얼굴에 슬쩍 장난스러운 미소가 어렸다.

크아악, 하고 두 손을 머리 위로 흔들며 광분한 히드리크는 더욱 거칠게 탁자를 내려쳤다.

"전 마법에 의한 승부를 말하는 겁니다, 폐하!"

"아, 그런 것이었나? 음, 그런데 난 국왕이라네. 내 앞에서 이런 추태를 두 번씩이나 보이다니, 혹시 미친 거 아닌가?"

"이제는 중요하지 않지요. 그런 것 따위는."

정말 미쳤는지 히드리크는 자신의 행동에 대해 전혀 반성하는 얼굴이 아니었다. 오히려 자신만만한 표정으로 찻잔을 가리켰다.

"폐하께서는 차를 마셨으니까요."

잠시 그의 말뜻을 생각해 보던 브라이튼은 다소 놀란 표정을 지었다.

"설마? 정말 독이 있는 것인가?"

"…아까 제 말을 어떻게 들으신 겁니까?"

"아… 그러니까 정말 사람이 죽는 독을 탄 건가? 배탈약이라던가, 설사약 같은 것이 아니고?"

"저는 리처드 전하가 아닙니다, 폐하."

"아, 그렇군."

대답과 함께 브라이튼의 얼굴빛이 어두워졌다.

"왜 이런 짓을……?"

"……"

히드리크의 얼굴에서 미소가 사라졌다. 마지막 인내를 짜낸 후 더 이상 아량을 베풀 생각은 없었던 것이다.

"지금까지 뭘 들은 겁니까?"

그는 팔짱을 낀 채 서서 브라이튼을 내려다봤다.

"내가 왜 이런 짓을 하는지 설명하고 있지 않았던가요?"

"몰랐네… 난 리처드를 찾을 수 있는 방법을……."

대답하던 브라이튼의 얼굴이 놀람으로 바뀌었다. 그리고 눈을 들어 히드리크를 쏘아봤다.

"그렇다면 리처드를 성 밖으로 내보낸 것은 자네였나?"

"그렇습니다, 폐하."

슬쩍 미소를 짓고 있었지만 브라이튼에게는 그 표정이 매우 잔혹하게 느껴졌다. 그는 손걸이에 놓인 두 손을 부르르 떨었다. 떨리는 음성으로, 그러나 분명한 분노를 담아서 그는 말했다.

"계속해 보게, 히드리크."

"그러지요."

히드리크는 팔짱을 풀어 뒷짐을 졌다. 그리고 방 안을 좌우로 걷기 시작했다. 여전히 시선은 브라이튼에게 주며 그는 읊조렸다.

"무슨 일 때문이었는지는 기억나지 않습니다. 아마 선대왕께서 명령하셨거나 아니면 개인적인 용무였겠지요. 그건 그다지 중요하지 않습니다. 뜻대로 일도 처리되었고 전 성으로 복귀하던 중이었으니까요. 하지만 그게 언제였는지, 그리고 어디서 있었던 일인지는 지금도 기억하고 있습니다. 정확하게 지금으로부터 오십 년 전, 스고우의 산맥이었습니다. 워프를 하던 중 전 마법 결계를 발견하게 되었고 호기심으로 그곳을 탐방했답니다."

그때를 회상하는지 히드리크는 잠시 멈춰 서 천장을 응시했다. 그리고 깊은 한숨과 함께 고개를 저었다.

"안타깝군요. 일일이 설명할 시간이 없다는 것이 말입니다. 가슴 깊이 숨겨두었던 복수이고 또한 아무에게도 말하지 않았던 것이라 누군가에게 꼭 털어놓고 싶었는데 말입니다."

"시간이 없다니, 무슨 뜻이지, 히드리크?"

히드리크는 그 질문에 대해 미소와 함께 손을 들어 브라이튼의 팔찌를 가리켰다.

"그거… 제가 만들어 드린 겁니다. 잊으셨습니까?"

신음과 함께 브라이튼은 오른팔을 들었다. 그의 팔목에 달려 있는 팔찌에 약한 불빛이 깜박였다.

"대비하고 있었나?"

"대비할 것까지도 없지요. 어차피 그 신호를 받고 출발한다 해도 이미 폐하를 구할 순 없을 테니까요."

히드리크는 나머지 한 손을 올려 캐스팅을 하기 시작했다.

그의 행동에 브라이튼이 다급한 얼굴로 외쳤다.

"그래서 어떻게 되었지? 그곳에서 마법사라도 만났는가?"

히드리크의 손동작이 멈췄다.

불안한 눈길로 그 손을 바라보며 브라이튼은 천천히 팔을 내렸다. 차에 있었던 독은 사람을 죽일 뿐만 아니라 마비시키는 기능도 있는 모양이었다. 단 한 모금을 마셨을 뿐인데 브라이튼은 꼼짝도 할 수 없을 지경이었다. 어쩌면 정신도 점차 흐려지는 것이 죽음에 이르는 과정인지도 모르지만 브라이튼은 애써 정신을 집중하여 히드리크를 노려봤다.

"만났습니다. 그리고 패했습니다. 그 후에 다신 그를 보지 못했습니다. 하지만 나오게 하는 방법이 떠올랐지요.”

브라이튼의 의식이 흐려지며 상대의 말이 점차 먼 곳에서 들려오는 느낌이었다. 그리고 그의 눈에 히드리크가 천천히 손을 뻗는 모습이 보였다.

“안… 돼…….”

자신의 목소리도 겨우 분간할 수 있었다.

히드리크가 뭐라고 중얼거린 것 같다고 느끼는 순간 발끝에서부터 저릿한 느낌이 감돌았다. 히드리크는 살짝 미소를 짓고는 마법진 위로 올라섰다. 마법진이 빛을 뿜었고 히드리크가 빛 속에 모습을 감췄다.

그리고 브라이튼의 의식도 끊겼다.

윈저 남부 항구.

멀리 항구가 보이는 바다에 정박해 있는 낡은 어선 위에서 그물을 손질하고 있던 어부는 문득 고개를 들었다. 얼핏 푸른 바다 위로 보이는 하얀 깃발에 의아함을 띠며 주시하던 그는 이내 놀라 입을 쩍 벌렸다. 곧 곁에 있는 동료에게 손짓을 하며 그는 다급하게 외쳤다.

“저, 저게 뭐지?”

동료의 호들갑에 의아해하며 바다를 살피던 그 역시 놀라 엉덩방아를 찧었다.

“지, 지벡이다!”

페나인 제일의 항구, 포아스트 항구는 바다 건너 무역을 하는 항구로 유명하다. 특히 야론 인들이 바다를 건너와 장사를 하기 때문에 그들의 대형 범선 지벡의 출몰이 잦은 편이다.

하지만 지금 두 사람의 시야에 수평선을 따라 일직선으로 보이는 지벽의 규모는 결코 상선이라고 짐작되지 않았다.

처음에 나타난 지벽의 메인 마스트에 꽂혀 있는 깃발을 선두로 그 뒤로 수십 척의 지벽이 삼각 돛을 휘날리며 줄지어 나타났기 때문이다. 최근 몇 년 사이에 나타난 지벽을 다 합해야 이 정도 규모일 것이다.

게다가 윈저의 사람들은, 아니, 페나인 남부에 살고 있는 사람들이라면 잊을 수 없는 공포가 잠재되어 있다. 그것은 수십 년 전에 지벽을 타고 온 야론 인 해적들이 남부를 유린한 것이다. 그렇기 때문에 이 정도 규모의 지벽이 출현하자 두 사람의 머리 속에 떠오른 공통된 생각은 단 하나였다.

"해, 해적이다!"

"마, 맙소사!"

두 사람이 놀라 주춤거리는 동안 바다 위에 나타난 수십 척의 지벽은 조용히 항구를 향해 전진했다.

항구 근해에 떠 있던 수 척의 어선들이 지벽을 발견하곤 놀라 당황하고 있는 동안 포아스트 항구도 발칵 뒤집혔다. 이미 지벽은 경비대의 시야에도 잡힐 정도로 접근했다.

그러나 포아스트 항구의 경비대장은 위급한 순간에 제법 침착함을 유지하며 지벽을 면밀히 관찰하고 있었다.

"이 정도 접근한 후에는 대포를 발사하지 않았었나?"

"그리고 보니 이상할 정도로 고요합니다만……."

경비대장이 부하와 대화를 나누며 이상하게 여기고 있을 때 부관이 서둘러 달려왔다.

"윈저 성에 보고했습니다. 조금만 참으면 윈저 기사단이 도착할 것

입니다. 마법사 학회에서도 지원을 해줄 것이니 우선은 주민들을 안전
한 곳으로 대피시켜야 할 것 같습니다."

부관은 잠시 지벽을 응시한 후에 포기하듯 중얼거렸다.

"아무래도 항구는 포기해야 할 것 같습니다. 저희만으로 막을 수 있
는 규모가 아닌 것 같습니다."

"아니, 잠깐!"

경비대장은 부관의 말을 묵살하곤 지벽 선단을 계속 주시했다. 조금
후에 그중 한 척의 배가 항구를 향해 들어오기 시작했다. 곁에 있던 부
관이 침을 삼키며 중얼거렸다.

"선봉일까요?"

"이상해. 야론의 해적들은 먼저 대포를 갈긴 후에 혼란을 틈타 약탈
을 한다고 알려져 있지 않나? 저 한 척만 항구로 진입한다는 것은 이상
해."

"그건 그렇습니다만……."

고개를 갸웃거리던 부관이 뭔가를 발견한 듯 손을 치켜들어 외쳤다.

"앗! 저것은?!"

부관이 가리킨 것은 메인 마스트에 걸려 있는 깃발이었다. 그리고
경비대장 역시 그가 가리키는 것과 동시에 그 깃발을 발견했다. 마스
트에서 나부끼고 있는 깃발은 검은색 십자 무늬였다.

"철십자?! 그, 그렇다면 저것은 리저드 후작의 선단이란 말인가?!"

경악과 함께 경비대장은 안도의 한숨을 쉬었다.

그리고 곧 이어 의아한 생각이 들었다. 할튼 리저드 후작이 모스 섬
을 개척한 후에 해적들이 줄어들었고 그 영향으로 상선들이 대거 들어
오기 시작했다. 그에 따라 페나인에서도 지벽이라는 대형 범선을 소유

할 수 있었고 당연히 할튼에게도 지벡이 있을 수는 있었다. 하지만 이런 대규모 선단을 가지고 있을 필요가 있을까?! 게다가 지금 그 선단을 이끌고 포아스트 항구에 나타날 필요가 있을까?!

그 의문은 비단 경비대장뿐 아니라 곁에 있는 부관과 경비병들의 공통된 생각이기도 했다. 그리고 그 의문을 풀어주기 위해서 친절히 선두의 지벡에서 한 척의 작은 배가 내려와 항구를 향해 쏜살같이 다가왔다.

작은 배 한 척이 노를 저으며 부두로 들어오자 경비대장도 병사들을 이끌고 서둘러 달려갔다.

배에서 내린 이는 바로 할튼 리저드 후작이었다. 그는 미소를 지으며 말했다.

"혹시 항구 사람들을 놀라게 한 것은 아닌지 모르겠군."

"그, 그렇진 않습니다만… 한데 저 배는 다 뭡니까, 후작?"

"모스 섬에 출동한 돌격 기병대의 병력을 수송하기 위한 것이네."

"네?"

반문을 하던 경비대장은 놀라 입을 쩍 벌렸다.

"그럼 몬스터 퇴치 작전이 벌써 종료되었다는 겁니까?"

"그렇네. 이십 년 간 죽어라 해도 안 되던 일인데 한순간에 끝나니까 나 역시 상당히 허망할 정도라네."

할튼은 미소를 머금은 얼굴로 경비대장을 바라봤다.

"한데 윈저 성엔 뭐라고 연락했는가?"

"아, 아차!"

그제야 경비대장은 윈저 성에 올린 보고를 수정하지 않았다는 생각이 들었다.

"지금 즉시 윈저 성에 재보고를 해야겠습니다. 실례를."

"그전에 지벽에 타고 있는 병사들을 내릴 수 있게 해줬으면 좋겠는데?"

"네, 알겠습니다."

경비대장은 부관에게 몇 가지를 지시한 후에 곧바로 경비대 본부를 향해 달려갔다. 그의 뒷모습을 바라보며 할튼은 입가에 은은한 미소를 지었다.

"모스 섬에 갔던 병사들이 탄 배였다고?"

두 눈을 깜박였지만 행크는 이내 수긍했다.

행크에게 보고를 마친 후 마법사는 곧 자신의 원래 위치로 돌아갔다. 그의 뒷모습을 보고 있던 행크는 옆에 있던 병사에게 명령했다.

"기사단에 떨어진 출동 명령을 취소한다. 그리고 학회에 지원 요청을 했던 것도 즉시 취소하도록."

"예."

대답과 함께 병사가 물러가자 행크는 다소 맥이 빠진 듯 안도의 한숨을 쉬었다.

"큰일이라도 난 줄 알았는데 다행이군."

들고 있던 투구를 부하에게 넘기며 행크는 기지개를 켰다.

"자자, 그럼 대공께 보고라도 하러 가볼까~"

중무장의 갑옷을 덜걱거리며 행크는 저택을 향해 걸음을 옮겼다.

행크가 찾아갔을 때 저스틴도 싸움 준비를 마친 상태였다. 물론 출전 준비라고 해도 그에겐 두툼한 가죽 갑옷을 챙겨 입는 것이 전부였다. 저스틴은 풍채가 좋긴 하지만 기본적으로 검술을 배운 적이 거의 없는 학자에 가까웠기 때문이다. 전투에 참가한다기보다는 '대공도 전투에 참가했다' 라는 것을 과시하여 병사들의 사기를 올릴 뿐이었다. 그렇기 때문에 중무장의 갑옷이 아닌 화려하게 치장되어 한눈에 알아볼 수 있으며 무겁지 않은 가죽 갑옷을 입었다.

그래도 전투가 시작될지도 모른다는 긴박감에 저스틴의 얼굴은 굳어 있었다. 그는 다소 긴장된 얼굴로 들어오는 행크를 바라봤다.

"기사단은 출발했는가? 포아스트에서 별다른 소식은 없나?"

"해적이 아니랍니다, 대공 전하."

저스틴의 육중한 몸 위에 올려져 있는 머리가 살짝 기울어졌다. 그리고 의아한 얼굴로 저스틴은 되물었다.

"해적이 아니라니? 무슨 소린가?"

"그게……."

별 거 아닌 일에 호들갑을 떨었으니 다소 멋쩍은 행크는 보고받았던 내용을 다시 설명했다.

"경비대의 오판이었다고 합니다. 해적으로 보였던 지벡 선단은 사실은 리저드 가문의 것이랍니다. 메인 마스트에 리저드의 깃발이 휘날렸으며 할튼 경이 배에서 내려 자초지종을 설명했다고 합니다."

"그런가……?"

여전히 미심쩍은 표정을 지으며 그의 얼굴은 기울어져 있었다.

"하면, 그렇게 많은 수의 배가 왜 포아스트에 도착한 것인가?"

"모스 섬으로 출동했던 돌격기병단이 돌아온 것이라고 합니다. 현재 병사들이 항구를 통해 내리고 있는 것 같습니다."

"으음……."

신음을 토하며 저스틴은 고개를 숙였다. 아무리 생각해도 개운치 않은 구석이 그의 마음을 눌렀다.

"아무리 오만 명의 병사를 투입했다고 해도 모스 섬의 오크 떼를 이렇게 빠른 시일 안에 진압할 수 있단 말인가? 겨우… 한 달이 조금 지났을 뿐인데?"

"처음 출발을 했을 때로부터 오 개월은 흘렀으니까요… 아?!"

대답하던 행크도 불현듯 떠오른 생각에 입을 다물었다.

생각해 보니 할튼 경은 돌격기병단 전원의 병사가 도착할 때까지 작전을 시행하지 않았다고 했다. 그의 늦장에 열받은 카슨이 혼자 정찰을 나갔다가 전사했다는 것 때문에 레스터 가문과 리저드 가문이 충돌을 했을 정도였다.

수도에 없어도 웬만한 정보는 다 알고 있는 행크도 그 점에 주목했다. 만약 그렇다면 실질적인 작전권을 가진 할튼이 수도에 왔을 때에도 토벌은 없었을 것이다. 그리고 할튼이 수도에서 다시 모스 섬으로 돌아간 것은 겨우 보름이 조금 되었을 뿐이다. 하면 실제로 토벌은 보름이 채 되지 않았다는 것!

제아무리 날고 기는 병사들이라고 해도 보름 동안 섬이라곤 해도 그 넓은 모스 섬을, 그 많은 몬스터를 몽땅 토벌했다는 것은 말이 안 된다.

"게다가 어째서 리저드 후작에게 지벡이 있는가 말이다."

"지벡이라면 저희에게도 몇 척 정도는 있습니다, 대공 전하."

"그야 그렇지. 우린 부자니까."

"에……?"

행크는 다소 황당한 얼굴을 했다.

그리고 곧 이어,

“아?!”

라고 뭔가 깨달은 듯한 얼굴로 바뀌었다.

상업을 장려한 덕분에 윈저는 유례없는 호황을 누렸다. 그런 윈저에서도, 그런 대공임에도 겨우 몇 척의 지벡을 가질 수 있을 뿐이었다. 물론 그중엔 대형 범선을 윈저의 손으로 건조하려는 저스틴 대공의 숨은 뜻도 있었다. 지벡의 구조를 파악해 새로운 범선을 만들려는 것이다. 그런 이유로 분해용으로 몇 척만 가지고 있었다.

한데 리저드 같은, 이제 막 개척된 땅에서 무슨 돈이 있어 저런 선단을 장만할 수 있단 말인가?!

“그리고 우연처럼 보이지만…….”

저스틴의 얼굴이 살짝 일그러졌다.

“레스터 가문에 일이 생기자마자 나타났다는 것도 이상해.”

“네?”

행크는 대공의 마지막 말을 이해할 수 없었다. 다만 ‘어 그래?’ 하고 대꾸하긴 했지만 뭔가 생각은 하고 있었다는 것을 확인할 수 있을 뿐이었다. 하지만 아직 상황에 대해서 제대로 파악하지 못했기 때문이 아닐까 의심이 들었다.

행크는 곧 저스틴의 말을 정정했다.

“레스터 공작 가문은 일이 생긴 정도가 아니라 몰락했습니다, 대공 전하.”

저스틴의 눈빛이 날카롭게 빛나며 행크를 쏘아봤다.

“자넨…….”

저스틴의 입가에 살짝 냉소가 걸렸다.

“레스터 가문이 이 정도로 쓰러질 거라 생각하나? 아니, 이 정도로 몰락했다고 할 수 있겠느냔 말일세."

"네?"

더 더욱 알 수 없는 말에 행크는 아연했다. 하지만 굳이 설명하지 않겠다는 듯 저스틴은 눈길을 돌렸다. 잠시 후 저스틴은 갑옷의 끈을 풀며 명령했다.

"다시 한 번 포아스트 항구로 연락해 보게. 가능하다면 학회에 연락해서 워프 가능한 마법사의 도움을 받아 다녀오는 것도 좋겠지. 아무래도 뭔가 개운치가 않아서 하는 말이네."

"알겠습니다, 대공 전하."

평소의 어벙한 표정과 달리 빠릿빠릿하게 긴장감 넘치는 모습으로 행크는 대답과 함께 서둘러 방을 나섰다.

차곡차곡 책을 쌓던 손길을 멈추고 케이스는 분통을 터뜨렸다.

"노만! 노만!"

"그 녀석 여기 없을걸?"

"그럼, 그럼. 벌써 튀고도 남았지."

"그 녀석 교수 맞아?!"

케이스는 들고 있던 '정치학 개론' 이란 노만의 저서를 바닥에 내팽개치며 고함을 쳤다.

브리튼 대학은 방학 시즌을 앞두고 대부분의 학과들이 수업을 마친 상태였다. 당연히 대학 내에 교수도, 학생들도 없었기 때문에 도서관을 정리하는 이는 케이스를 비롯한 미크와 칼브가 전부였다.

세 사람은 항구에 지벽 선단이 출몰했다는 소식과 함께 급히 대학 내에 있는 중요 서적들과 자료들을 안전 지대로 옮기는 임무를 맡았다.

물론 그 임무엔 노만도 포함되었다. 하지만 현재 이 지하실에 노만은 없었다.

"어디로 샜을지는 뻔하지."

뚱한 표정의 칼브 역시 그다지 좋은 상태는 아니었다. 그에겐 지하실을 각종 서적으로 빼곡이 채우는 것보다 도시 외곽에 짓고 있던 성이 더 중요했다. 만약 성이 완공된 상태라면 해적의 침입에 대해서 굳건히 방비할 수 있지만, 이곳엔 미크가 개발 중인 대포를 설치할 예정이었다, 아직 미완공 상태인 지금은 여지없이 깨질 가능성이 높았다.

이 년이란 세월 동안 갖은 고초를 겪으며 세운 성이 부숴질지도 모르는 상황에 얌전히 책이나 정리하고 있어야 하니, 칼브로선 답답함이 가슴 깊은 곳에서부터 치밀어 올랐다.

반면에 미크는 흥겹게 노래를 부르며 서적 정리에 여념이 없었다. 대부분의 개발 작업을 도면으로만 처리하는 미크로선 지하실을 정리하는 것이 그다지 나쁘지만은 않았다. 오히려 자신의 연구실에 있던 각종 도면까지 몽땅 쓸어와 지하실 한쪽을 채우기까지 했다.

그는 부르던 노래를 멈추며 두 사람을 향해 싱긋 미소를 지었다.

"어쩔 수 없잖아? 원래 노만은 제멋대로 사는 녀석인걸. 뭐, 조금 있으면 현재 상황에 대해서 상세하게 알아올 테니 기다려 보자고."

"그래, 그래. 그동안 우린 죽도록 일하면서 말이야."

케이스의 푸념에 이어 칼브도 퉁명스럽게 대꾸했다.

"이런 때에 웬 해적이난 말야. 뭐가 어떻게 돌아가는지 통 알 수가 없어."

"그러니까 곧 노만이……."

미크의 말이 끝나기 무섭게 지하실로 누군가 뛰어 들어왔다. 세 사람이 동시에 쳐다보니 그는 바로 노만이었다. 그의 얼굴은 매우 당황하여 벌겋게 상기되었다.

그의 얼굴에서 지금 상황이 그다지 좋지 않다고 느꼈는지 세 사람은 하던 일을 멈춘 채 그의 말을 기다렸다.

"너, 너희들… 항구에 아는 사람 있냐?"

뜬금없는 말에 세 사람이 의아한 표정을 지었다. 그들을 대표하여 미크가 대답했다.

"아니, 없어."

미크는 케이스와 칼브를 돌아봤다. 그의 짐작으로 대답한 것이었지만, 만약 이 두 사람 중에 항구에 아는 사람이 있다면 일전에 지벡을 분석하기 위하여 항구로 갔을 때 분명 언질을 줬을 것이라 생각한 탓이다. 그리고 그의 추측대로 두 사람도 고개를 가로저었다.

다행이란 얼굴로 노만은 계단 위에 주저앉았다. 잠시 숨을 고른 후 그는 심각하게 말했다.

"항구가 점령당한 것 같아."

"뭐?"

"항구에는 상당한 수의 궁병이 있을 텐데?"

미크의 목소리가 다소 커졌다.

"어떻게 된 것인지는 모르겠지만 지금 연락 두절 상태야. 지금 성의 공작부는 난리가 났어."

"뭐야, 대체 어떻게 된 거야? 무슨 일이지?"

"나도 모르겠어. 내가 달려갔을 때 경비대장이 새로운 소식을 전해왔어. 대략적인 내용은 '지벡 선단은 리저드 후작이 이끄는 것으로 모스 섬에 출동했던 병사들을 회군시키기 위한 것이다' 라는 거였어. 그 소식이 도착한 후에 공작부는 안도를 했고 행크 경 역시 대공께 보고를 위해 저택으로 갔거든. 근데 저택에서 무슨 얘기가 오갔는지, 행크 경이 다급하게 돌아와서 다시 항구와 연락을 해보란 지시를 했어. 그 다음부터 항구와 연락 두절 상태야.”

노만의 설명만으론 도무지 사태를 짐작할 수 없다고 세 사람은 생각했다.

“이상하군. 그만한 배가 있었다면 왜 처음부터 사용하지 않았던 거지?”

“무슨 말이야, 미크?”

“그렇잖아? 처음에 돌격기병단이 모스 섬에 출발했던 때를 기억해봐. 무려 석 달이나 걸렸잖아? 그런 배가 있었다면 며칠 간으로 단축될 수도 있었잖아?”

“그땐 없었던 모양이지.”

“그래, 만들지 못했거나.”

미크는 칼브의 대답에 한심하다는 표정을 지었다. 천천히 고개를 저으며 그는 설명했다.

“내가 몇 척의 지벡을 뜯어봤는지 알아? 그러고도 아직 지벡을 설계해서 건조하라고 하면 자신없어. 그런데 할튼 후작이 어떻게 그 많은 지벡을 만들었겠어? 즉, 처음부터 돈을 주고 샀다는 결론밖에 없잖아?”

“흐음……..”

노만이 잠시 궁리를 하더니 다른 대답을 내놨다.

“원래 선단을 준비하기로 했던 것은 할튼이었어. 이건 내 추측인데 할튼은 처음부터 지벡을 구입할 생각이었던 거 아닐까? 한데 출발 때까지 준비되지 못했던 거지. 아무래도 그만한 수량의 배를 건조한다는 것도, 그리고 이쪽으로 가져오는 것도 시간이 많이 들 테니까 말야."

이번엔 케이스가 손을 저으며 반문했다.

"그럼 그 지벡을 무슨 수로 샀지? 내가 알기론 모스 섬에선 특산이 거의 없어. 작년인가 재작년에 광산을 개발한다는 얘기가 있긴 했지만 지금까지 이렇다 할 소식이 없는 것으로 미루어 그 개발도 틀린 것 같고, 그 이외에 큰돈이 될 건 하나도 없어."

네 사람은 동시에 침묵을 했다.

뭔가 이상하게 돌아가고 있다는 것을 직감한 것이다. 슬며시 자리에서 일어서는 노만을 향해 케이스가 눈을 부라렸다.

"잠깐, 노만! 지하실 정리부터 하고 가!"

"그래, 노만. 궁금한 것은 너만이 아니라고!"

칼브와 미크도 거들자 노만은 할 수 없다는 듯 바닥으로 내려왔다. 그는 한숨을 쉰 후에 우렁찬 비명을 질렀다.

"우악! 누구야? 내 책을 이렇게 내팽개친 녀석은!!"

“이건 대체……?”

포아스트 항구가 훤히 보이는 언덕 위로 마법사의 도움을 받아 워프한 행크는 미처 말을 잇지 못했다. 그 아래 펼쳐진 풍경을, 그는 살아오면서 지금껏 단 한 번도 상상해 본 적이 없었다.

믿어지지 않았지만 항구 가득히 초록 몬스터가 넘실거렸다.

저 밑에 병사의 머리통을 휘갈기는 것은 오크, 저 밑에 어부의 다리를 분지르는 것도 오크, 저 밑에 건물을 뒤집는 것도 오크, 오크, 오크. 오크의 떼. 초록 오크의 물결이 항구를 뒤덮었다. 오크에게 이리저리 몰리며 사람들은 사정없이 사냥당했다.

항구 전체에 오크가 넘쳤고 부두에 정박해 있는 지벡에서는 끊임없이 오크가 쏟아져 나왔다. 이쪽 배에서도 오크가, 저쪽 배에서도 오크가, 그리고 그 뒤로 돛을 내린 채 정박해 있는 지벡에도 분명히 오크들이 차례를 기다리고 있을 것이다.

"어, 어째서 이곳에 오크가……?"

행크를 따라온 마법사 역시 아래의 풍경에 벌어진 입을 다물지 못했다. 그러나 지금 같은 상황에 서둘러 본성으로 돌아가야 한다는 것만은 알 수 있었다. 마법사는 서둘러 행크의 팔을 잡았다.

"돌아가야 합니다, 행크 경."

"하, 하지만……."

"우리 둘만으론 아무것도 할 수 없습니다. 어서 돌아가 채비를 해야 합니다."

마법사는 더욱 힘주어 다음 말을 이었다.

"이곳 다음엔 윈저 성입니다!"

그의 말이 아니더라도 행크 역시 그 사실을 잘 알고 있었다. 어떻게, 할튼이 상륙했다는 보고에 이어 오크가 항구를 점령한 것인지는 모르지만, 지금 중요한 것은 이 항구의 상황을 본성에 알려 대비하는 것이었다.

행크는 굳어진 얼굴로 마법사를 돌아봤다.

"돌아가자."

마법사의 주문이 끝나고 두 사람은 서둘러 그 자리를 벗어났다.

윈저 성.

포아스트 항구에서 지벡이 출현했다는 보고가 들어왔던 오후부터 윈저 성은 부산스런 움직임을 보였다. 현재 항구로 정찰을 나갔던 행크의 보고를 듣고, 저스틴은 윈저 성 전체에 긴급 명령을 내렸다.

어렵게 입었던 갑옷을 벗었다가 다시 차려 입은 저스틴은 굳은 얼굴로 성벽을 순시한 후에 공작부로 돌아왔다. 그의 곁으로 서둘러 행크가 다가왔다.

"상황은?"

"현재 수도와 연락을 취하고 있습니다만……."

행크의 주저하는 모습에 저스틴은 뭔가 이상하다는 생각이 들었다.

"뭔가?"

"그게 수도에서 어쩐지 미적지근한 태도를 보이고 있어서……."

"기리안 대공이 손이라도 쓰고 있단 말인가?"

"기리안 대공도 바보는 아닐 겁니다, 대공 전하."

"그렇겠지. 아니, 그래야만 해."

입술이 바짝 타 들어가는 느낌에 저스틴은 혀로 핥았다. 그럼에도 쉽게 긴장이 사라지진 않았다.

지금은 밤을 지나서 새벽을 향해 치닫고 있는 시간이었다. 행크가 항구 상태를 확인한 때는 오후였다. 한데 아직도 오크는 윈저 성에 나타나지 않고 있다. 밤에 움직이는 몬스터의 습성을 생각할 때 이상할 정도의 움직임이었다.

저스틴은 한숨을 쉬었다.

"수도의 움직임이 미온적이란 건 무슨 뜻인가?"

"잘은 모르겠습니다만… 현재 병력을 움직일 여력이 없는 것 같았습니다."

"무슨 뜻인가? 수도에 변고라도 있는 것인가?"

그 질문은 행크뿐만 아니라 자신에게 묻는 것이기도 했다.

"하지만 그런 정보는 없었는데?"

자문자답을 하며 저스틴은 머리를 굴렸다. 최근에 있었던 수도의 움직임에 대해서 보고된 자료들을 곰곰이 떠올려 봤지만 딱히 '이거다' 하는 것은 없었다.

저스틴은 세차게 고개를 저었다.

"미칠 지경이군. 상황을 보아하니 리저드 후작은 오크를 앞세워 반란을 하는 것 같은데! 윈저 성이 무너지면 곧바로 수도로 진군할 길이 열리는 것이 아닌가? 대체 수도에선 왜 태도가 불분명하다는 말인가!"

자신에게 화를 내는 것도 아닌데 행크는 고개를 움츠리며 한 걸음 물러섰다. 잠시 화를 삭인 후 저스틴은 멍하니 북쪽 하늘, 아니, 천장을 응시하며 중얼거렸다.

"그 녀석들은 잘하고 있는지 모르겠군."

"걱정없을 겁니다."

행크의 대답이 이어졌다. 저스틴이 걱정하는 이들이 누구인지 알고 있기 때문이었다. 두 사람이 말한 이는 노만과 케이스들이었다.

윈저 성은 페로즈 성이나 콘버드 성에 비해 작았다. 두 성 모두 내성과 외성, 두 개의 성벽을 가지고 있어 성과 마을을 한번에 방어할 수 있었다. 콘버드 성의 경우엔 성 주위에 있는 육대 신전을 지키기 위해 오래전부터 그렇게 지어져 있었던 것이고 페로즈 성의 경우엔 콘버드 성의 효용성을 실감한 후에 지어진 것이라 같은 방법으로 건축되어졌다.

반면에 윈저 성을 포함한 대부분의 페나인 성들은 성과 마을이 따로 떨어져 있다. 전란을 맞이할 경우엔 마을 사람들이 성으로 들어와 외적을 방어하는 방식인데 지금 윈저 성은 그와 같은 일을 할 수 없었다.

당연했다.

최근 몇 년 간의 호황 덕에 윈저의 마을, 브리튼은 도시로 성장했을 정도였다. 당연히 사람도 수십 만으로 증가했으니 그들 모두를 성에 수용한다는 것은 불가능했다. 사실은 이 점을 대비해 2년 전에 저스틴 대공의 제안에 의해 제2의 윈저 성을 칼브가 건축하고 있던 것이기도 했다.

하지만 아직 완공되지 않은 성에 시민들을 수용할 수는 없는 일. 하여 저스틴은 브리튼 대학의 교수인 그들 네 사람에게 시민들을 인도해 대피하라고 지시했던 것이다. 그리고 그들은 지금도 밤을 낮 삼아 북쪽을 향해 나아가고 있을 것이다.

"병사 하나 없이 보낸 것이 마음에 걸리는군."

미안한 듯 말하는 저스틴이었지만 그 점에 있어선 행크의 입장은 달랐다. 그는 저스틴의 마음을 다잡아주려는 듯 단호한 어조로 말했다.

"지금 이 성에 있는 윈저 기사단의 총병력은 거우 오천입니다. 그것으론 도저히 적을 막을 수 없을 것입니다. 병력을 나눈다는 것이 얼마나 위험한지 아시지 않습니까? 아마 시민들도 그 점을 잘 알고 있을 것입니다."

'우리가 오래 버틸수록 그들이 도망갈 시간을 번다는 것을 말입니다.'

행크는 마지막 말을 꿀걱 삼켰다. 그 말은 이미 패배를 시인하는 것이기에, 비록 대공도 염두에 두고 있다 해도 자신으로선 도저히 말할 수 없었다.

두 사람이 지금 상황에 대해서 고민하고 있을 때 병사 하나가 안으로 뛰어 들어왔다. 저스틴과 행크, 그리고 공작부에 있던 각 부대 지휘관들과 마법사들, 윈저 성 근처에 있던 귀족들의 시선이 동시에 쏠렸다.

그런 엄청난 주목을 받고도 병사는 전혀 위축됨없는, 아니, 처음부터 사색이 된 얼굴이라 더 위축될 필요도 없는 표정으로 홀을 쩌렁하게 울리는 고함을 질렀다.

"왔습니다!"

이미 예상하고 있던 일이라 저스틴을 포함한 모두의 얼굴은 크게 바뀌지 않았다. 다만 지금까지 팽배해 있던 긴장이 일순 무겁게 가라앉으며 저스틴에게 시선이 모아졌다.

저스틴은 굳은 얼굴로 짤막하게 입을 열었다.

"그럼, 가지."

두 사람을 선두로 일단의 귀족들이 앞다투어 공작부를 나섰다. 그들이 가는 곳은 바로 성벽. 항구에서 브리튼 도시로 들어오기 위해선 언덕을 지나야 했다. 그리고 그 언덕은 성벽에서 정면으로 보인다.

어둠이 깔리기 시작한 저녁 무렵부터 저스틴과 행크가 걱정해 오던 일이 하나 있었다. 리저드 군의 전력이 어느 정도인지 전혀 알 수 없다는 점이었다. 그저 수십 척의 지벡과 항구를 뒤덮던 오크 무리를 유추해 짐작할 뿐이다.

최소한 며칠의 시간을 두어 적의 행군을 유심히 살피며 정찰을 해야 전력 파악이 되겠지만 지금은 그럴 시간이 없다는 것이 저스틴의 가장 큰 걱정이었다. 그리고 그것은 윈저 성에 있는 모두의 걱정이기도 했다.

적의 정보가 완전 차단된 상태에서 어둠 속의 첫 번째 전투……!

결코 쉬울 리가 없었다. 그러나 싸워야만 했다. 비록 저스틴의 뜻이 아닐지라도.

그런 마음가짐으로 서둘러 올라간 성벽 위에서 저스틴은 다시 한 번

경악하고 말았다. 잠시 언덕을 주시하던 저스틴은 주변을 향해 어이없다는 어투로 물었다.

"혹시 몬스터를 제어할 수 있는 방법이라도 생긴 것인가?"

그러나 그 질문에 대해 아무도 대답하지 못했다.

다만 언덕 위에 펼쳐진 풍경이 대공의 질문과 무관하지 않다는 것만은 실감하고 있었다.

질서 정연한 모습으로, 친절히 횃불까지 밝혀든 오크들은 고요한 침묵을 담아 윈저 성을 노려보고 있었다. 그건 결코 몬스터의 태도가 아니었다. 마치 잘 훈련된 병사들이 야간 공격을 감행하기 전의 모습과 같았다.

"오크라는 건 일단 적을 마주하면 '꺽꺽' 대면서 돌진하는 것이 정상 아니었나? 아니면 내가 잘못 알고 있기라도 한 건가, 행크?"

"거기에 불을 싫어한다는 것도 덧붙여 주십시오, 대공 전하."

사이 좋게 질문과 답변을 주고받으며 두 사람은 어이없는 시선으로 언덕을 바라봤다.

"게다가 엄청난 수로군. 거의⋯ 일만은 될 것 같아."

예상보다 훨씬 많은 수에 저스틴은 신음을 토했다. 삼십여 척이라고 해도 지벡에 수용할 수 있는 인원은 한정적이었다. 많아야 삼백을 넘을까? 그렇다면 줄잡아 계산해도 일만이 안 되어야 한다는 결론이 나오는데 지금 언덕 위로 나타난 불빛은 충분히 그 수를 육박해 넘어갈 태세였다.

행크도 얼굴을 일그러뜨리며 처음에 자신이 계산해 보고했던 것을 정정해야 했다.

"만약 지벡에 식량을 싣지 않고 왔다면 천 가까이 태우는 것도 가능할 것입니다. 그렇게 되면……."

"삼만… 인가."

만약 그것이 제대로 된 계산이라면 저 오크 뒤로도 두 배에 가까운 오크가 배를 쓰다듬으며 대기하고 있다는 얘기였다.

"미치겠군."

저스틴은 허탈한 웃음을 지으며 허공을 응시했다.

"항구를 점령한 후에 시간을 지체한 것은 오크를 전부 내릴 때까지 기다렸던 것인지도……."

중얼거림을 끝내며 저스틴은 뒤를 돌아봤다. 그의 뒤에 붙어 있던 기사단장과 학회장을 쳐다보며 저스틴은 명령을 내렸다.

"지금부터 적의 공격에 대비해야 할 것 같다. 불행히도 난 군을 통솔할 능력이 없으니 모든 일은 그대에게 맡기도록 하지. 학회장, 확실한 지원을 부탁하네."

"걱정 마십시오, 대공 전하."

한 사람은 씩씩한, 또 한 사람은 침착한 목소리로 동시에 대답했다. 그리고 곧바로 두 사람은 성문 위를 향해 걸음을 옮겼다.

저스틴의 말도 있었지만 어차피 전투는 처음부터 기사단장이 담당했다. 그렇기에 두 사람은 이미 상의했던 것들을 실행에 옮기기 시작했다.

성벽 위로 궁병들이 화살을 재었고 사이사이에 기사들과 마법사가 포진하여 전투 준비를 갖추었다. 그리고 성문에서 신호의 불꽃이 오르자 일제히 마법사들이 주문을 외우기 시작했다.

성벽 여기저기에서 크고 작은 불꽃이 환하게 사방을 밝혔다. 금세 윈저 성의 밤하늘은 대낮처럼 밝아졌고, 그 불빛에 질서있게 진군해 오던 오크들도 동요를 보였다.

"장관이군."

저스틴은 불꽃을 바라보며 감탄사를 발했다.

"이런 상황만 아니라면 정말 그렇군요."

약간 비꼬는 행크의 어조였지만 저스틴은 개의치 않았다. 그저 오크들이 어떻게 움직일지 유심히 바라보았다.

"아직은 사정 거리에 들어오지 않았으니 이쪽에서 공격할 수는 없습니다, 대공 전하."

그래도 저스틴보다는 군에 대해 잘 알고 있는 행크가 설명을 덧붙였다.

"우선은 빛을 싫어하는 오크의 습성을 이용해 불을 밝혀 두는 것이지요. 물론 환한 상태에서는 성벽에 있는 우리가 더 유리한 전투를 벌일 수 있는 이점도 있습니다."

"행크."

"네, 대공 전하."

"나도 알아, 그 정도는."

"……"

행크는 머쓱해져 머리를 긁적였다.

잠시 후 저스틴의 눈에 오크의 무리가 움직이는 것이 보였다. 강물이 갈라지듯 일정한 간격으로 오크들이 흩어지기 시작했다. 그러나 그 움직임은 결코 무분별하게 분산되는 것이 아니었다.

군대에 대해 전혀 모르는 저스틴의 눈에도 확연히 깨달을 수 있도록 오크들은 삼삼오오 질서있게 줄을 섰고 손에는 몽둥이가 아닌 창과 검을 들었다. 그리고 흩어진 오크 사이로 검은 물체가 모습을 드러냈다.

저스틴의 눈이 커지는 것과 동시에 행크도 놀라 비명을 질렀다.

"저, 저건! 대포가 아닙니까?"

행크의 설명이 아니더라도 저스틴 역시 그 물체를 잘 알고 있었다. 파괴력과 사정 거리에 있어선 지상 최강! 5~6써클의 마법사와 버금갈 정도의 위력을 지닌, 물론 대포가 주문을 외우는 마법사보다 뛰어난 것은 아니지만 야론 인들만의 신무기 대포라는 것을.

자신 역시 대포 제작에 대해서 열심히 머리를 굴렸던 관계로 누구보다 잘 알고 있는 편이었다. 미크에 의해서 대포 제작에 몇 가지 필요한 기술이 있다는 것만 알았을 뿐 아직까지 저스틴은 대포를 만들지 못했다. 그저 앞으로 만들 계획이었을 뿐이다.

그런데 지금 윈저 성 앞에 수십 대의 대포가 버젓이 이쪽을 겨누었다.

윈저 성이 건설된 이후에, 윈저 가문이 이 땅에 들어선 이후에 가장 큰 위기를 맞은 것이다. 그리고 그 종말을 고하듯 굉음과 함께 대포는 일제히 불을 토했다.

콰쾅! 콰직! 콰콰콰콰르르!

집중 포화라도 하는 듯 성문 좌우, 딱 두 군데를 향해 포탄이 날아들었다.

첫 번째 굉음은 대포에서부터 시작되어 수십 발의 포탄이 성벽을 향해 날아오며 생겨났다. 두 번째 굉음은 성벽으로부터 돌이 철덩어리와 부딪쳐 으깨어지며 생겨났다. 그리고 세 번째 굉음은 으깨어진 돌덩어리가 조각을 내며 무너지면서 생겨났다.

그리고 네 번째 굉음은 저스틴의 가슴 깊은 곳에서 무너지는 억장과 함께 생겨났다.

"안 돼—!!"

그의 비명이 채 끝나기 전에 또 한 번의 굉음이 대포로부터 시작되었다. 그리고 똑같은 반복을 거쳐 성문 좌우의 성벽은 이제 완전히 함몰되었다.

"맙소사!"

행크도 이성을 잃고 비명을 질렀다.

두 사람뿐이 아니라 기사도 병사도 마법사도 예외없이 경악의 비명을 질렀다.

그리고,

선두에 포진하고 있던 일만의 오크가 움직였다.

말과 마차도 다수 보였지만, 대부분의 사람들은 걷고 있었다. 등짐을 진 사내의 모습도 있었고 보따리를 안고 있는 여자의 모습도 있었다. 그늘지고 어두운 얼굴로 조용히 북쪽을 향해 걷고 있는 그들은 바로 브리튼 시민의 피난 행렬이었다.

노만을 선두로 케이스, 미크, 칼브가 이끄는 피난민들은 오후부터 출발을 시작해 저녁 무렵엔 브리튼 시에 한 사람도 남지 않고 모두 빠져나왔다. 그리고 달빛을 받으며 북쪽을 향해 부지런히 걸었다.

맨 뒤에서 뒤지는 시민들이 있는 건 아닌지, 눈빛을 빛내며 걷고 있던 케이스와 두 사람은 걱정과 근심으로 떨어지지 않는 발걸음을 재촉했다.

문득 북쪽 하늘을 쳐다보며 칼브가 중얼거렸다.

"그래도 노만이 있어서 다행이다. 그렇지 않아?"

"무슨 뜻이야, 칼브?"

"노만이 선두에서 모두를 이끌고 있잖아. 우리였다면 어림도 없었을 거야. 녀석이니까 시민들의 혼란을 잠재울 수 있지 않았나 싶어."

"나서기 좋아하는 녀석이니까 그 정도는 해줘야지."

약간 퉁명스러운 어조였지만 케이스 역시 믿을 수 있는 녀석이라는 것엔 동감했다. 확실히 노만 덕분에 피난 행렬은 순조로운 상태였다. 크게 혼란스럽지도 않았고 속도가 떨어지는 것도 아니었다. 잘은 모르지만 아마 그 원인은 저 앞에서 노만이 고래고래 소리를 지르는 것에서 기인하고 있을 것이다.

그리고 그 덕분에 나머지 세 사람은 후위를 맡는다는 명목 하에 지금처럼 담소를 나누며 걸을 수 있었다.

그리고 그 순간 저 뒤에서 굉장한 굉음이 터졌다.

가까운 곳 같으면서도 굉장히 먼 곳 같은, 어쩌면 윈저 성이 아닐까 하는 예감이 스칠 정도로 굉음은 섬칫했다. 굉음이 터지는 순간 땅이 주저앉는 것 같았고 하늘이 무너지는 것 같기도 했다. 찰나의 놀라움과 알 수 없는 불안감이 선두의 노만에서부터 맨 뒤의 세 사람에 이르기까지 한순간에 훑고 지나갔다. 대다수의 사람들이 뒤를 돌아보며 지금 일어난 굉음이 무엇 때문인지 호기심을 보였다. 하지만 아무것도 알 수 없었다.

그리고 피난 행렬은 다시 움직였다.

자신의 책무를 다하듯 노만이 이끌었고, 갑작스럽게 미크가 고함을 질렀기 때문이었다.

"멈추지 말고 걸으세요! 어서요!"

굉음과 함께 잠깐 멈췄던 행렬은 다시 천천히 이동을 하기 시작했다. 그리고 그 움직임에 약간의 안도를 하며 미크는 목을 가다듬었다.

갑자기 목청을 돋운 탓에 약간 쉰 소리가 났다.

곁에 있던 칼브가 굳은 얼굴로 물었다.

"미크! 알고 있는 거지? 지금 이 굉음이 어떤 것인지?"

잠시 칼브를 바라본 후에 미크는 짧게 고개를 끄덕였다. 그리고 어두운 표정으로 사람들이 들을세라 목소리를 낮췄다. 약간의 떨림이 쉰 소리와 함께 그의 입에서 흘러나왔다.

"그래… 내 짐작이 맞는다면… 이건 대포 소리야."

"대… 포……."

먼저 대답을 한 이는 케이스였다. 관련된 것은 아니라 해도 대포의 위력과 효용성에 관해선 케이스도 잘 알고 있었다. 지금 미크의 말에 의하면 그 대포가 적의 손에 있다는 얘기였고, 그 대포를 지금 사용했다는 얘기였다. 그렇다면 어디에 사용했겠는가.

"그럼, 지금 이 소리는 윈저 성을……?!"

놀란 케이스가 돌아보려는 순간 미크는 손을 뻗어 그의 어깨를 짚었다.

"돌아보지 마라. 우리가 돌아보면 다른 사람들도 동요한다."

그의 말에 케이스의 몸이 움찔하고 떨렸지만 이내 평정을 찾아 정면을 응시했다. 미크는 두건을 깊게 눌러쓰며 울먹이는 목소리로 다음 말을 이었다.

"지금은 앞으로 걸어야만 해."

인간 대 오크. 누구라도 오크의 승리를 점친다.

오천 대 일만. 누구라도 일만의 승리를 점친다.

인간 오천 대 오크 일만. 누구라도 '어머, 세상에!' 를 연발한다.

누가 봐도 상대가 되지 않는 전투였지만 윈저 군에겐 그 차이를 메울 단 하나의 묘수가 있었다. 극히 고대로부터 전해져 온 '수가 적고 위세가 약하면 높은 성을 쌓아 그 안에서 싸워라' 는 가르침에 따라 윈저 성에서 결전을 준비하고 있었던 것이다. 맞붙어 싸우지 않는 한 오크 역시 조금 덩치 크고 체력 좋고 힘 좋고 멍청한 몬스터에 불과했다.

성벽을 기어오를 수 없는 오크 따위, 성벽에서 사격 연습용으로 써먹기 딱 좋은 걸어다니는 과녁이었다. 게다가 윈저에는 중장거리 파괴력에 있어서 최강의, 군단 아닌 군단이 있었다. 바로 마법사 학회에서 출동한 마법사들이 그들이었다.

최고의 궁병들과 마법사들, 그리고 간혹 성벽을 기어오르느라 힘을 소진한 오크들에게 인사를 건네줄 기사들이 포진한 윈저 성은 난공불락은 아니더라도 쉽게 점령할 수 없는 성임은 분명했다.

그리고 그 점을 감안하여 작전을 구상한 상태였다.

일단 적의 예기를 꺾어 힘을 소진하는 것과 동시에 시민들이 안전하게 피난할 수 있도록 한다. 다음으로 성이 포위되어 퇴로가 막히기 전에―물론 퇴로가 막힌다 해도 윈저 성에는 몇 개월 치의 식량과 전투 준비가 되어 있다―성을 버리고 북서쪽으로 도주, 구원을 나온 근위대와 합류하여 적의 중진을 상대한다.

이런 작전이었지만 리저드 군의 대포 세례에 완전히 그 허를 찔리고 말았다.

저스틴을 비롯하여 각 지휘관들과 기사들, 마법사들이 당황하여 비명을 지른 것은 당연했다. 대포에 의한 성벽 공격으로 이제 윈저 군을 지켜줄 방패는 사라졌다. 그 틈바구니로 초록 물결이 넘실거리고 병사들은 두려움에 빠져 패닉 상태로 치달았다.

성문 양쪽으로 구멍이—물론 오크 다섯이 어깨동무를 하며 지나갈 수 있을 정도의 보통 구멍은 아니지만—커다란 구멍이 났다고 하지만 윈저 군은 너무 쉽게 무너지고 있었다. 영지 자체가 학문에 편중되어 있기 때문에 뛰어난 기사나 지휘관이 없었던 탓도 있지만 확실히 방금 전에 적진에서 발사된 대포의 위력은 엄청났다.

인명 적인 피해는 거의 없었지만 병사들 전체에 팽배해 있던 불안감을 순식간에 공포로 물들였고 혼란 상태에 이끌었다. 그 영향은 각 급 지휘관 역시 마찬가지여서 혼란을 잠재워 전투 준비에 들어가기보다 두 손 놓고 멀거니 초록 물결을 지켜보게 만들었다. 그리고 그 모든 이유는 리저드 군이 발사한 대포의 위력이었다.

다만 6써클의 마법사, 학회장은 위기를 맞아 더욱 침착한 모습으로 주변에 소리쳤다.

"파이어 볼을 발사하라!"

그리고 자신도 친히 주문을 외우며 맨 앞에 다가오는 오크 무리에 첫 번째 공격을 가했다. 학회장의 손끝에서 푸른 구체가 뻗어 나갔고 정면으로 그것을 맞은 오크 한 마리의 몸이 꽁꽁 얼었다. 그것을 지켜보고 있던 4써클의 수련 마법사가 고개를 갸웃거리며 물었다.

"그건 '프리즈 애로우' 같은데요, 학회장님?"

침착한 모습을 보이고 있지만 학회장 역시 당황하긴 마찬가지였다. 그렇지만 주문을 잘못 외웠다는 것을 들키지 않으려는 듯 그는 벌겋게 변한 얼굴로 고함쳤다.

"아, 아무거나 일단 쏴라! 적을 막아야 하지 않겠느냐?!"

파랗게 질려 있던 수련 마법사도 학회장의 말에 정신을 차리며 주문을 외우기 시작했다.

우연에 가까웠지만 학회장의 첫 번째 공격은 확실히 윈저 군에 큰 도움이 되었다. 비록 성벽이 무너졌다고 해도 아직 오크는 성 밖에 있었다. 그들이 성으로 들어오기까지 중장거리 공격은 여전히 유효한 방법이었고 윈저 군이 성벽이라는 높은 곳에 위치하고 있다는 것도 여전했다. 그리고 학회장의 첫 번째 공격은 그 사실을 확실하게 깨우치게 했다.

곧 사방에서 고함이 뒤이었고 화살과 각종 공격계 마법들이 하늘을 수놓았다. 하지만 그 고함이 비명으로 바뀌는 데는 그리 오랜 시간이 걸리지 않았다.

누군가 외쳤다.

"아악! 저 자식, 화살 네 개가 몸에 꽂혔는데도 돌진하고 있어."

또 누군가 외쳤다.

"저 자식은 가슴팍에 두 개의 화살이 꽂혔는데도 움직여!"

그 다음 누군가 외쳤다.

"저 새카만 자식은 뭔데 돌진해 오는 거야?"

그 옆에 마법사가 대답했다.

"내가 방금 불로 지진 녀석이야."

마법사들의 지원을 받아 윈저 군은 열심히 공격하고 있었지만 더 더욱 공포에 물들었다. 그 공격에 의해 정면에 있는 오크 중 멀쩡한 녀석은 하나도 없었다. 그러나 눈앞의 초록 물결은 전혀 멈추지 않았다. 믿을 수 없을 정도의 체력과 방어력을 갖춘 녀석들이었다. 화살 서너 개를 훈장처럼 달고 있었고, 어떤 녀석은 까맣게 불타 있었으며 어떤 녀석은 번개라도 맞은 듯 갈색 머리털이 쭈뼛쭈뼛 일어서 있기도 했다. 또 어떤 녀석은 돌덩어리에 배를 맞아 큼직한 구멍이 난 채 달려오기도 했다.

인간이라면 그런 공격을 받고 멀쩡하게 돌진할 순 없었다. 아니, 몬스터라도 그런 건 불가능하다. 이건 체력이나 방어력 따위로 설명할 수 없는, 뭔가 다른 이유가 있는 거다. 그리고 그 무차별적인 장거리 공격이 전혀 소용이 없다는 것을 윈저 군은 서서히 깨달아가고 있었다.

전기에 맞아 머리가 일어서고 화염에 새카맣게 그슬렸으며 다섯 개의 화살, 그중에 두 개가 목덜미에 버젓이 꽂혀 있는 오크가 드디어 무너진 성벽을 통과했다. 그리고 그 뒤로 거의 비슷한 몰골의 오크들이 돌진해 들어왔다. 그 뒤로는 창을 곧추 세운 멀쩡한 오크들이 빼곡이 줄을 서서 자신의 차례를 기다리고 있었다.

뚫린 성벽 바로 밑으로 오크 군대가 들이닥쳤다. 하지만 이제 윈저 군에서 공격하고 있는 이는 아무도 없었다.

성루에서 윈저 군의 공격을 응원하던 저스틴도 망연한 표정을 짓고 있었다.

"이게 대체 뭐지? 어째서 죽지 않는 거지?"

그러나 그의 곁에서 질문에 답할 수 있는 사람은 하나도 없었다. 대부분의 사람들이 이 황당한 사실을 맞이하여 자신들이 알고 있던 진리를 바꾸기에 여념이 없었으니까.

'모든 생명체는 가슴에 활을 맞거나 파이어 볼 같은 공격 마법에 맞았을 경우, 방어할 수 없을 시에, 심한 부상이나 혹은 죽음에 이를 수 있다'란 기본적인 진리는 지금 이 순간 '어떤 생명체는 가슴에 활을 맞거나 파이어 볼 같은 공격 마법에 맞았을 경우, 방어와 상관없이, 움직이는 데 아무런 지장이 없을 수도 있다'로 바뀌었다.

그리고 그렇게 진리 수정에 성공한 대다수의 사람들은 비명과 함께 계단으로 달려갔다. 성을 탈출하기 위해서였다.

하지만 벌써 오크들의 초록색이 성 안 여기저기에서 피어나고 있었다. 그들은 질서 정연하고 사이좋은 모습으로 병사들을 다독였다. 어떤 오크는 강하게 찌르고, 어떤 오크는 친히 손으로 잡아뜯기도 했다. 그것도 무서울 정도로 조용하게.

"이건, 이건 있을 수 없는 일입니다!"

절규하듯 행크가 외쳤다.

그를 따라 계단으로 피하던 저스틴도 울분을 터뜨렸다.

"할튼! 내 평생 사람을 잘못 평가하긴 네가 최초이자 최후다! 네가 미쳤구나! 대체 어디서 이런 괴물을 끌고 온 거냐!"

사방에서 비명이 터졌고 피가 솟구쳤고 내장이 튀었으며 으스러진 두개골 뼈와 함께 뇌수가 흩뿌려졌다.

간혹 검을 들어 오크를 내려치는 녀석도 있었지만 그것도 잠시뿐이었다. 화살과 마법에도 죽지 않는 녀석들임을 알고 있는 기사들은 자포자기의 심정으로 검을 들어 내려쳤지만 역시나 오크는 인간들의 기대를 저버리지 않았다. 불사의 오크들은 어깨와 몸통에 길다란 검흔이 그려진 채 상대를 짓이겼다.

오천의 인간은 차츰차츰 죽어갔다. 그리고 일만의 오크는 여전히 건재했다.

지옥을 뚝 떼어 가져온 것처럼 지금 윈저 성은 인간들의 피로 홍수를 이루었다. 이곳에서 살아 나간 이는 거의 없었다. 5써클 이상의 마법사들, 그들 중에서도 워프를 할 수 있는 자들만이 자신과 자신의 주변에 있던 자들을 먼 곳으로 워프시켜 살아남았지만, 그 이외엔 아무도 성을 빠져나가지 못했다. 밖으로부터의 공격을 막기 위해 굳게 잠겼던 성문은 이제 안으로부터 도망갈 수 없는 족쇄가 되어 인간들의 도주를 막았다.

　다 죽었다.

　모두 죽었다.

　병사도, 기사도, 귀족도, 마법사도.

　피를 쏟았다. 뼈가 부서진 자도 있었다. 짓밟혀서 뭉개진 형체만 남은 자도 있었다. 그중엔 너무 놀라 경기를 일으켜 죽은 자도 있었다. 성벽 위에서 스스로 뛰어내려 자살한 이도 있었다. 그리하여 윈저 성에 있던 모든 이들은 아무도 살아남지 못했다.

　그중엔 계단 어느 구석에서 행크와 사이 좋게 죽음을 향해가는 저스틴의 모습도 있었다.

　"평생 후회하지 않겠다고 다짐했는데… 결국 죽음에 이르니까 후회하게 되는 것 같네."

　피로 물든 행크의 손을 쥐고 저스틴은 마지막 숨을 들이켜며 중얼거렸다.

　"결혼은 해둘 걸 그랬어……."

　그러나 이미 숨을 거둔 행크는 침묵으로 답변했다.

　피의 폭풍을 연상시키는 새벽의 윈저 성 전투는 리저드 군의 황당한 승리로 끝났다. 리저드 군의 피해, 제로. 성내에 더 이상 살아남은 사람이 없어졌을 때 오크들의 살인 행각이 멈추었다.

　그리고 성 밖, 언덕 위에 망토를 두른 사내가 까만 로브를 걸친 마법사와 함께 모습을 드러냈다. 바로 할튼과 나지드였다. 그들 뒤로 군청색 갑옷과 망토를 두른 기사가 중무장을 하고 따르고 있었다. 세 사람은 천천히 언덕을 내려와 성으로 걸어가기 시작했다.

바람에 섞여 진한 피 냄새와 화약 냄새가 풍겼다. 보지 않아도 충분히 성안의 상태를 짐작할 수 있을 정도로 진했다. 그것은 전투를 지시한 장본인, 할튼의 이맛살을 구길 만큼 역겨운 것이기도 했다.

그는 성에서 한참 먼 곳, 브리튼 도시의 대로에서 발걸음을 멈추었다.

"다음 계획은 얼마나 걸리겠는가, 나지드?"

나지드는 얼른 앞으로 나와 예를 갖추며 대답했다.

"전하께서 말씀하신 병력과 일치한다면 일주일이면 충분히 좀비로 바꿀 수 있을 것입니다."

"그것 말고 전에 얘기했던 것 말이네."

"리치 말씀이십니까?"

"그렇다."

"죽은 자들 중에 우선 마법사를 가려야 하고 학회가 주술을 시행하기에 적합할 정도의 도구가 정비되어 있는지 따져 봐야 하니 조금 시간이 걸릴 듯합니다. 하지만 그리 오래 걸리진 않을 것입니다. 페나인 제일의 마법사 집단이 머물었던 곳인만큼 크게 준비할 것은 없으리라 생각됩니다."

대답하던 나지드는 잠시 주저하며 조심스럽게 덧붙였다.

"하지만 리치를 생산한다고 해도 전력 강화에 크게 도움될 거란 생각은 하지 마십시오. 아마 성안에서 죽은 마법사들은 가까운 곳으로 워프조차 할 수 없는 수련이나 견습인 자들이 대부분일 테니 말입니다. 게다가 의지가 없는 리치는 생전의 마법사보다 더 형편없을 수도 있습니다."

"상관없다."

할튼의 입가에 가벼운 냉소가 피어 올랐다.

"어차피 필요한 것은 좀비들을 거느릴 수 있는 능력이니까. 그대의 설명에 의하면 리치는 단독으로 좀비들에게 주문을 걸 수 있다고 했지?"

"가능합니다, 전하."

"좋아, 그것이면 됐어."

할튼은 성으로 가던 발걸음을 돌렸다. 어차피 성으로 가봐야 구역질 나는 광경이 전부일 터였다. 굳이 볼 필요는 없다고 생각했다. 하지만 뒤로 도는 순간 군청색 갑옷이 눈에 들어왔고 그는 잠시 멈췄다. 할튼은 정면에서 굳건하게 서 있는, 자신의 오랜 친우이자 가장 신뢰하는 기사 크레멘트 에란스를 주시했다.

"할튼 리저드 전하……."

검은색으로 보이는 청색 투구에서 굵직한 저음이 울려 나왔다.

"첫 승리를 축하드립니다."

"고맙다, 크레멘트."

"이제 대륙을 밟은 이상……."

크레멘트의 음성은 고저가 없는 이상한 울림이었다.

"왕국의 기초는 다져진 셈. 그에 걸맞게 당연히 '폐하' 라는 경칭을 사용해야 할 것입니다."

할튼은 물끄러미 크레멘트를 바라봤다.

"그런 호칭보다도… 자네가 살아 있는 것이 더 좋은데."

할튼은 손을 뻗어 크레멘트의 어깨를 짚으려다가 멈칫하고는 단호하게 말했다.

"그러나 걱정 말게. 자네를 대신해 이 손으로 복수를 해줄 테니."

그러나 크레멘트는 고개를 저었다.

"그것은 단지 불행한 사고였을 뿐입니다, 폐하. 저는 아무런 원한이 없습니다. 폐하를 따르던 그 순간부터 지금까지, 제겐 폐하께 대한 충성만이 있을 뿐입니다."

크레멘트는 나지드를 슬쩍 쳐다봤다.

"그리고 지금 이 순간 저는 폐하의 곁에 있습니다. 그것으로 저는 만족합니다."

투구에 가려 보이진 않았지만 크레멘트의 눈빛은 웃고 있는 듯 부드러웠다. 그리고 은근한 어조로 예의를 갖춰 간청했다.

"폐하, 대륙의 귀족들에게 복수하는 것은 당연합니다. 하지만 그들 중엔 힘겹게 싸우던 우리에게 지원을 아끼지 않았던 자들도 있었음을 잊지 마십시오."

듣고 있던 할튼은 깊은 한숨과 함께 나지드를 향해 나지막하게 명령했다.

"저스틴 대공의 시신은 찾아서 안장하도록 하라."

"알겠습니다, 전하."

"그대의 말대로……."

나지드를 놔둔 채 언덕을 향해 발길을 돌렸다.

"은혜를 원수로 갚는 것은 옳지 않지. 비록 죽음에 이르게 했다 해도 그 시신을 좀비로 만들 순 없는 거야."

그러나 그것은 허망한 중얼거림이었다.

위클리프 남동부 평야.

아무것도 없는 허공에서 빛이 반짝이더니 금세 히드리크가 나타났다. 그의 주위로 상당한 분량의 짐도 보였다. 그는 약속 장소로 제대로 워프했는지 확인하려고 주위를 두리번거리다가 곧 한 무리의 기병들을 찾아냈다. 엷은 미소와 함께 히드리크는 손을 들었다.

저쪽에서도 손을 들어 신호하며 히드리크를 향해 말을 달렸다.

원래 히드리크는 국왕을 암살한 후 페론 시 광장 분수대 지하에 마련되어 있는 자신의 비밀 던전으로 워프했다. 그곳엔 자신이 연구하던 마법과 책, 도구들이 빠짐없이 정리되어 있었다. 이미 오래전에 준비를 끝냈기 때문에 몇 가지 마무리를 한 후 곧바로 성을 나왔다.

다음에 두세 번의 워프를 통해 지금 막 이곳에 도착한 것이다.

말을 달려 다가온 일행은 모르트와 파머를 대동한 크리스틴의 제6돌격기병단이었다. 히드리크는 선두에 있는 크리스틴을 향해 미소를 지었다.

"그대가 할튼 경의 부하인가? 난 히드리크라고 하네."

그는 손을 들어 뒤를 가리켰다.

"수고스럽겠지만 이 짐들도 가져가야 하네만?"

"걱정 말아요."

크리스틴은 방긋 웃으며 뒤쪽을 가리켰다. 그곳엔 마차가 한 대 준비되어 있었다. 말을 타기엔 너무 노쇠한 히드리크를 위해 준비한 것으로, 어차피 탈 사람은 그 한 사람뿐이니 짐을 싣기엔 충분하다는 뜻이었다.

슬쩍 마차를 쳐다보고는 고개를 끄덕인 히드리크는 기대에 찬 목소리로 물었다.

"그래, 나머지 병력은 어디에 있는가?"

"이곳에서 그리 멀지 않은 곳에 있어요, 히드리크. 우린 그곳에서 만일에 있을 전투에 대비하고 있는 중이랍니다. 괜찮다면 서둘러 가도록 할까요?"

"그렇게 하지. 제6돌격기병대의 보호를 받다니, 잘 부탁하네."

물론 히드리크의 아부성 발언이었다. 할튼의 본대가 도착하기 전까지 그가 의지할 군대는 크리스틴의 6돌격기병단이기 때문이었다.

하지만 크리스틴은 그의 아부에 대해 부푼 기대로 대꾸했다.

"천만에요. 오히려 7써클의 마스터 마법사가 가담하는 것이라 우리 모두 엄청 기대하고 있답니다."

크리스틴은 뒤쪽을 째려보곤 다시 히드리크를 향해 명랑하게 말했다.

"우리 군에도 마법사 '나부랭이'가 하나 있는데 영 도움이 안 되거든요."

"나부랭이라니… 나한테 얘기한 거야, 크리스틴?"

"오호?! 찔리는 구석이 있는 모양이야, 모르트!"

"찔리는 구석이 아니라 우리 군에 마법사는 나 하나뿐이잖아?!"

"그래, 널 두고 한 말이다, 왜? 어쩔래?"

대놓고 배짱을 퉁기는 크리스틴인지라 입심이 두둑한 모르트도 할 말을 잃었다. 그저 머쓱한 표정으로 머리를 긁적이고 있는데 문득 크리스틴이 매서운 눈초리로 노려보기 시작했다.

"이번엔 또 왜?"

"뭔가 빠진 거 없어?"

"뭐?"

"존댓말이 빠진 것 같아, 모르트."

친절히 가르쳐 준 이는 정령사 파머였다. 그러자 모르트가 '아' 하고 짤막한 비명을 질렀고 이내 비굴한 웃음과 간드러진 목소리로 대꾸했다.

"뭘, 그런 걸 갖고 그래요, 대장. 너무 자잘한 일에 신경 쓰면 대머리 된다고요."

하지만 모르트의 뜻과는 달리 그 말은 크리스틴의 화를 자초했다.

"이 자식이! 머리 얘기 하지 말랬지?"

스룽!

검이 뽑히는 것과 동시에 모르트의 말이 재빨리 남쪽을 향해 달렸다. 고요하던 평야에 모르트의 비명이 길게 이어졌고 그 뒤를 바싹 추격하는 크리스틴의 고함도 길게 이어졌다.

휴우, 하고 한숨을 몰아쉬며 파머는 히드리크를 돌아봤다.

"이거 못 볼 걸 보여드려 죄송합니다, 위대하신 마법사님. 저 두 사람이 원체 장난이 심해서요."

머리 뒤로 굵은 땀방울 두세 개 정도는 달린 히드리크가 당황하여 대꾸했다.

"내가 보기엔 장난이 아닌 것 같은데……?"

"아, 뭐 처음 보시니 그렇게 생각할 수도 있겠군요. 하지만 별일없으니 너무 신경 쓰지 마십시오, 엄청나신 마법사님."

그렇게 말하며 정말 파머는 더 이상 신경을 끊고 병사들을 지휘하기 시작했다. 재빨리 짐을 싣고 히드리크를 태운 후 그는 남쪽을 향해 진군했다.

조금 후에 창밖으로 고개를 내민 히드리크가 물었다.

"돌격대라면 병사 일만은 충분히 되겠지?"

"아니오. 우린 사천 명 정도밖에 안 됩니다, 존경스런 마법사님."

"아니? 어째서 수가 그렇게 적은 것인가?"

"그야 당연하잖아요? 우린 리저드 령 출신이니까요. 그곳엔 인구가 적답니다. 그것 때문에 모스 섬 몬스터 퇴치 작전 때에도 우리 군단이 빠진 것이죠, 정말 잘난 마법사님."

"그런가? 이거 자칫하면 본대와 합류하기도 전에 전멸당할지도 모르겠군……."

"그 점은 걱정없습니다, 기똥차신 마법사님. 지금 우리가 가는 곳은 소수의 병력으로 다수와 싸울 수 있는 곳이니까요."

다소 의아한 표정을 짓던 히드리크는 그전에 파머의 '어쩌고 마법사' 란 호칭에 슬슬 짜증이 나기 시작했다.

"미안하지만 그 위대하신, 엄청나신 하는 호칭은 빼주면 안 되겠나?"

그러자 파머가 눈을 동그랗게 뜨고 반문했다.

"하지만 전 히드리크님이 페나인 제일의 마법사로 알고 있는데요?"

"그래도 빼주게. 난 그런 엄청난 칭송을 받을 만큼 대단하지 못하니까 말야."

히드리크의 얼굴을 살피던 파머는 얼른 고개를 끄덕였다. 보아하니 여차하면 '파이어 볼' 이라도 날릴 것 같은 표정인지라 수정하기로 마음먹은 것이다.

히드리크는 흡족한 듯 미소를 지으며 다시 물었다.

"한데 소수의 병력으로 다수와 싸울 수 있는 곳이 어디란 말인가?"

"아, 바로 저깁니다, 별로 대단치 못한 마법사님."

일순 히드리크의 표정이 기괴하게 일그러졌지만 애써 무시하며 파머가 가리킨 곳을 바라봤다.

"최초로 우리들이 출발한 곳이자 다시 우리들이 돌아가야 할 곳이지요."

경쾌한 어조와 달리 약간은 씁쓸함을 담고 있는 파머의 말이었다.

파머가 가리킨 곳에는 아주 오래전에 버려진 것 같은 고성이 폐허처럼 모습을 드러냈다.

윈저 성 함락으로부터 일주일.

윈저 성에서 시작된 피난 행렬은 거의 절정에 달했다. 북으로 북으로 전란을 피해 피난하는 사람들의 수는 갈수록 늘어만 갔다. 이제 노만의 통제는 소용이 없을 정도였다.

윈저 령은 페나인 육대 영지 중에서 세 번째로 작았다. 대신 비옥한 토지와 평야가 펼쳐졌고 커다란 항만을 가지고 있어 부유했으며 인구가 많은 지역이기도 했다.

한데 지금 윈저 령의 중심 지역엔 거의 사람이 없었다. 포아스트 항구에서 시작된 몬스터의 진격은 윈저의 총병력이 집결되어 있던 윈저 성을 격파한 후에 각지로 퍼져 나갔다. 당연히 사람들은 북쪽, 동쪽, 서쪽의 경계까지 피난을 갔고 급기야는 관문을 넘어 다른 영지, 북서쪽의 위클리프와 북동쪽의 레스터로 빠져나갔다.

그리고 그 원저의 북쪽 끝 경계까지 브리튼 시민을 이끌고 온 네 사람은 앞으로의 일에 대해 심각한 토론을 벌이고 있는 중이었다. 벌써 그들의 통제를 벗어난 시민들은 관문을 넘어 위클리프로 가거나 강을 건너 레스터로 탈출하는 중이었다. 물론 경계를 지키는 경비대도 속수무책이었다.

"돌아가야 한다고 생각해."

"미쳤군. 원저 성은 완전히 함락되었어."

칼브의 중얼거림에 노만이 발끈하여 외쳤다. 그러자 칼브도 지지 않고 목소리를 높였다.

"대공은 돌아가시지 않았을 거야! 분명 생존하실 거다! 그분을 구해야 하는 것이 우리들의 임무란 말이다!"

"침착해, 칼브."

팔짱을 낀 채 차분하게 대꾸하는 이는 케이스였다.

"나 역시 네 생각엔 동감할 수 없어. 원저 성으로 돌아간다는 것은 자살 행위야."

"케이스, 너까지도 대공을 배신하겠다는 거냐?"

격앙된 어조로 칼브는 소리쳤다.

"대공께선 우리를 뭐라고 칭하셨냐? '미래를 위한 네 개의 발판' 이라고 하셨다. 그런 우리가 대공을 배신하고 살아남았다는 것 자체가 잘못된 거야. 우린 원저에서 싸웠던 그들과 함께했어야 옳았어."

"그렇지만, 칼브. 나도 네 생각에 동감할 순 없을 것 같아."

조용히 앉아 있던 미크도 한마디 했다.

"우리가 그곳에 남았다고 해도 아무런 도움이 되지 못할 거야. 우린 활은커녕 검조차 사용할 줄 모르잖아. 행크 경께서 우리에게 시민들을 이끌고 북쪽으로 가라고 했던 것도 그런 이유가 아닐까?"

숨을 몰아쉬면서 칼브는 천천히 흥분을 가라앉혔다. 자신이 생각해도 너무 이성을 잃었다는 생각이 들었다. 그런 칼브를 다독이며 미크는 모두를 향해 말했다.

"몬스터가 대포를 사용한다는 것은 불가능해. 여기엔 우리가 모르는 무언가 다른 것이 개입되어 있다는 뜻이야. 평범한 몬스터의 침입이 아니라고. 리저드 후작이 이끄는 지벡이 항구에 도착한 후 몬스터의 출현."

지금까지 일어났던 일에 대해 찬찬히 짚어 나가며 미크는 모두를 돌아봤다.

"모두들 짐작하고 있겠지만 이건 리저드 후작의 반란이야. 그리고 우린 우리가 해야 할 일을 해야 한다고 생각해. 그렇지 않아?"

"옳은 말이야."

노만이 대꾸했고 케이스와 칼브도 수긍했다. 그리고 잠시 침묵이 흐르며 서로의 눈치를 살폈다. 의견이 일치되었다고 해도 앞으로 무엇을 어떻게 해야 할지에 대한 생각은 저마다 달랐기 때문이다.

먼저 입을 연 것은 미크였다.

"자, 그래서 말인데 우선 칼브의 의견은 옳지 않다고 생각돼. 칼브, 조금 아쉽더라도 다수결의 원칙에 따라 네 생각은 접어야겠다."

칼브가 고개를 끄덕이길 기다렸다가 미크는 다시 말을 이었다.

"그럼 너희들 생각은 어떻지?"

"수도로 가자."

짤막하게 노만이 말했다.

"수도로?"

약간 비꼬는 억양으로 케이스가 반문했다. 의아하기 때문이 아니라 아무런 연고도 없는 수도에 가서 자신들이 무엇을 할 수 있겠느냐는 뜻이 담긴 것이다. 하지만 노만은 강력하게 자신의 생각을 주장했다.

"페나인에서 저들과 싸울 수 있는 곳은 페로즈 성뿐이야. 주력 군대가 있기 때문이지. 그리고 그들은 윈저 성에서 우리가 겪었던 일들을 알고 싶어해. 그것을 전하는 것이 우리가 할 일이 아닐까?"

"수도에서 할 일이 많은 사람은 너겠지, 노만. 우린 아니야."

케이스가 반발했다.

"어째서?"

"우린 수도에 아는 사람이 하나도 없어. 윈저에서는 대학 교수란 간판이라도 있었지만 그곳에서도 통용될 리가 없단 말야. 우리 얘긴 아무도 귀 기울여 듣지 않을 텐데 무슨 소용이 있겠어? 그들에게 있어 우리 네 사람은 학문이 뛰어난 일개 자유민일 뿐이야."

"아무런 연고가 없다니! 그곳에도 윈저 출신의 귀족들은 있어."

노만은 모두를 훑어본 후에 자신만만하게 외쳤다.

"대공의 심복 중에 렌베토 파스난 백작이라고 들어봤어? 그분이 수도에 있단 말야. 제9근위대를 총괄하는 분이 바로 그분이야."

그의 말이 끝나자 곧 칼브가 고개를 끄덕였다. 윈저 출신 귀족이라면 그들 네 사람에 대한 소문을 들었을 가능성이 높았다. 그렇지 않더라도 대공의 심복에 가까웠던 네 사람을 박대하진 않을 것이다.

"가능성있는 얘기인데."

'어쩌면 대공의 복수를 할 수 있을지도 몰라.'

속으로 그렇게 생각했을 뿐 칼브는 입에 담지 않았다. 자기 자신이 대공의 생존을 주장했는데 복수란 말은 가당치 않다고 생각한 것이다.

칼브가 노만을 지지하자 미크는 물끄러미 케이스를 바라봤다. 케이스는 여전히 뚱한 얼굴로 노만의 의견을 반대했다.

"네 생각은 어떤 거지, 케이스?"

미크의 질문에 기다렸다는 듯 케이스가 대답했다.

"북으로 가자."

"북쪽?"

"그래. 레스터로 가자는 뜻이야."

"레스터? 그곳에서 우리가 할 일이라도 있다는 거냐?"

노만의 따지는 말에 케이스는 당연하다는 듯 고개를 끄덕였다.

"그래, 우리의 도움을 기다리는 사람들이 있어. 바로 레스터 가문이지."

그의 말에 세 사람 모두 눈을 동그랗게 떴다. 레스터 가문이 몰락한 것은 어제오늘 일이 아니었다. 한데 그 사실을 잘 알고 있는 케이스가 왜 갑자기 레스터 가문을 꺼내는 것일까?

"하지만 케이스., 그들이 어디에 있는지조차 모르잖아?"

"다들 알고 있잖아? 하이렌 백작을 구한 이들이 어디로 갔는지?!"

네 사람은 서로를 번갈아 돌아보며 눈빛을 맞췄다. 어느 누구도 선뜻 말하지 않았지만 케이스가 가리키는 곳이 어디인지는 금세 알아챘다. 그곳은 바로 캐러디안 숲이었다.

"그들이 그곳에 있을까?"

"있을 거야. 내 짐작이 옳다면 거기에 모두 있을 거야. 레스터 가문 전원과 알, 수요도 그곳에 있을 거야. 우린 레온 공자와도 안면이 있으니 그곳에 가면 박대는 받지 않겠지. 그리고 충분히 그들에게 도움이 될 거라고 생각해."

"하지만 그들은 몰락한 가문이야. 아무런 힘도 없는 이에게 우리가 소용이 있을까?"

칼브가 회의적으로 대꾸했지만 오히려 노만은 고개를 저었다. 그리고 빛나는 눈동자로 모두를 훑어봤다.

"어쩌면 케이스의 생각이 옳을지도 모르겠어. 만약 케이스의 짐작대로 그곳에 레스터 가문 전원이 모여 있다면……! 거긴 현 국면을 타개할 수 있는 장군이 둘이나 있는 셈이라고! 바로 윌리엄 공작과 버나드 후작 말이야!"

그리고 노만은 주먹을 움켜쥐었다.

"그 두 사람이라면 어떤 수를 써서라도 반드시 재기하려고 할 거야. 케이스의 말대로 그들에게 힘을 빌려주어도 결코 손해는 아냐!"

"뭐, 결정되었군."

조용히 듣고 있던 미크가 결론을 내며 나머지 일행을 돌아봤다. 어느 누구도 반대하는 이는 없었다.

문득 케이스가 입을 열었다.

"우리 진짜로 미래를 위한 발판이 되어보자."

케이스의 말에 네 사람의 눈빛이 확 바뀌었다. '미래를 위한 네 개의 발판'이라고 자신들을 칭송한 저스틴의 말이 결코 허언이 아니었음을, 대공의 비호가 없어도 그들 네 사람은 건재하다는 것을 증명해야 했다.

왜냐하면, 그들이야말로 저스틴 대공이 키워낸 순수 자유민이니까.

토톰이 포란을 다녀온 지도 수일이 지난 어느 날이었다. 캐러디안 숲은 연일 시끄러운 일상을 보냈다. 물론 언제나 캐러디안 숲은 활기

차고 신명났으며 소란스러웠다. 하지만 지금과 같은 긴장감과 박진감 넘치는 일은 드물었다.

로딘과 제프, 키리모아의 지휘 아래 캐러디안 숲의 유쾌한 사람들은 열심히 땀을 흘렸다. 평소에도 활쏘기 시합을 벌여 경쟁을 하던 그들은 지금 정규군도 하기 힘든 강도 높은 훈련에 여념이 없었다. 물론 불평하는 이는 아무도 없었다. 오히려 자율적으로 훈련에 따르며 보다 효율적인, 자신만의 공격과 방어를 만들고 체력과 근력을 키우는 데 주력했다.

그리고 꼭대기에 있는 오두막에서도 몇몇이 모여 시끄러운 토론을 벌이고 있는 중이었다.

"아니에요! 바론이 배신할 리 없어요! 절대로!!"

확신에 찬 레온의 음성과 달리 가운데 서 있는 토톰의 얼굴은 난감한 표정을 지었다.

"하지만 도련님……."

"아니야, 아니야, 아니야, 아니야, 아니야!"

레온의 고음이 방 안을 쩌렁하게 울리는 동안 일행은 귀를 막은 채 묵묵히 서 있었다. 고함을 지르던 레온은 머쓱한 표정으로 물러섰다.

"아저씨가 뭔가 잘못 안 거예요. 난 바론을 믿어요."

"하지만, 레온. 그런 상황에선 누구라도……."

말끝을 흐리며 하이렌이 말했지만 버나드의 손이 치켜지자 곧 멈췄다.

"지금은 바론이란 상인에 대한 것보다 포란의 상황이 더 중요하다. 토톰, 프란츠와 기사단에 대한 소식은 전혀 없었나?"

"네, 알 수 없었습니다."

잠시 침묵이 흐른 후 아벤이 중얼거렸다.

"어서 빨리 프란츠와 연락이 닿아야 할 텐데 말입니다. 그들이 없으면 우리의 전력은 극히 미미할 수밖에 없지 않습니까?"

"어차피……."

무덤덤한 목소리로 버나드는 대꾸했다.

"기사단을 합류시켜 전력 상승을 꾀하진 않았으니 별로 중요하진 않다."

버나드는 사람들 뒤에 묻혀 있듯 물러서 있는 알을 쳐다봤다.

"네 생각은 어떠냐, 알?"

부름을 받고 알이 앞으로 나섰다.

"괜찮다면 집사께 한 가지 묻고 싶습니다만."

버나드의 고개가 끄덕여지자 알은 토톰을 향해 고개를 돌렸다.

"혹시 포란 성으로 마차 행렬이 들어갔다거나, 아니면 들어갈 예정이란 소문이 있었습니까?"

"그런 건 없었네."

"바론은 포란 성에 자주 들어가던가요?"

"음… 그렇진 않지만… 지금 상회 이름도 예전처럼 '바론 상회'로 바뀌었고 여러 가지로 재정비하는 것만으로도 바쁠 테니 여력이 없는 것이라 생각되네."

"마차 행렬이라……?"

듣고 있던 버나드가 팔짱을 끼며 중얼거렸다.

"그런가? 바론이 배신했다고 할 순 없겠군."

버나드와 알은 동시에 고개를 끄덕였다. 뭔가 두 사람만 알고 있는 비밀이 있음을 모두는 직감했다. 하지만 대답할 마음이 없는지 버나드도 알도 입을 열지는 않았다. 다만 버나드는 더욱 알쏭달쏭한 말을 중 얼거렸다.

"확실히… 그게 넘어간다면 우리로선 꼼짝할 여지가 없군. 반란의 증거품으로써 사용되겠지. 나중엔 유용하게 사용되겠지만 말야."

"뭐, 양날의 검이라고 생각하시면 될 겁니다."

두 사람의 대화를 듣고 있던 레온이 알의 옆구리를 쿡 찔렀다.

"뭐야, 알? 무슨 얘기야?"

"아, 지금은 안 돼. 나중에 가르쳐 줄게."

"에엣! 우리 사이에 비밀을 둘 생각?"

약간 심통이 난 레온의 얼굴이었지만 알은 슬쩍 미소를 지을 뿐 도무지 입을 열지 않았다.

두 사람이 얘기한 것은 포란에서 알이 바론에 지시했던 것, 즉 철광 매입에 관련된 것이다. 그때 레온은 카슨의 죽음 때문에 정신을 차리지 못했으니 알이 단독으로 벌인 일에 대해서 알 수 없는 건 당연했다.

"흠, 어쨌든 포란에 대해 알아오느라 수고했다, 토톰."

버나드의 말이 끝나자 오두막 안에 감돌고 있던 긴장이 조금 느슨해 졌다.

별다른 성과는 없었지만 그 한마디는 토론이 끝났음을 알리는 것이기 때문이었다. 그리하여 각자 할 일을 찾아 오두막을 떠나려 할 때였다.

갑자기 문이 열리며 로딘이 들어왔다. 오두막에 있는 사람들을 훑어보는 로딘의 얼굴은 평소와 달리 심각하게 굳었다. 그의 표정을 대한 모두가 침을 꿀꺽 삼키며 새삼 긴장했다.

"무슨 일인가, 로딘?"

모두를 대표하여 버나드가 물었다. 그러나 묻는 것과 동시에 버나드는 어렴풋이 그가 할 말을 예측할 수 있었다.

"전쟁이 난 것 같습니다……."

로딘의 말에 순간 알의 입가에 미소가 어렸다. 알의 추측대로, 그리고 버나드가 기다렸던 대로 전쟁이 시작된 것이다. 적어도 여기 있는 사람들 중에 두 사람만은 로딘의 말이 무슨 뜻인지 알고 있었다.

"무슨 전쟁이 말인가?"

하이렌이 놀라 눈을 동그랗게 떴다.

"…방금 전 캐러디안 남부 숲에서 들어온 소식입니다. 윈저 령에서 전란이 발생하여 사람들의 피난 행렬이 줄을 잇고 있다고 합니다."

"윈저 령?"

뜻밖의 곳에서 뜻밖의 전쟁 소식.

"네, 모스 섬에서 몬스터 군단이 출현한 모양입니다. 들려온 소식에 의하면 윈저 성은 함락되었다고 합니다."

그 말엔 어지간한 알도 놀랐다.

"저, 저스틴 대공은 어찌 되었지?"

"그런 소식은 없어요, 알."

이마를 찌푸리며 알은 주먹을 불끈 쥐었다.

저스틴 대공이 위험할 거란 생각을 미처 하지 못했던 자신에게 화가 치밀었다. 모스 섬에서 반란을 일으킨다면 그 첫 번째 목표는 당연히 포아스트 항구일 수밖에 없었다. 페나인 남부 해안에서 가장 큰 항구를 지닌 곳이기 때문이다. 그곳을 지나지 않고는 대륙에 들어올 수 없다. 그렇다면 다음으로 공격당할 곳은 윈저 성이란 답이 나온다. 알은 '조금만 신경을 썼더라면, 적어도 저스틴 대공에게 주의를 줬다면' 하는 아쉬움에 입술을 질끈 깨물었다.

"몬스터 군단?!"

반면에 버나드는 다른 이유로 이마를 찌푸렸다. 카슨을 죽일 수 있을 정도의 뭔가가 있으리라고 생각했지만, 그리고 그 무엇 때문에 할튼이 반란을 꿈꾸는 것이라 짐작했지만 설마 그것이 몬스터일 거란 생각은 못했었다. 확실히 몬스터란 말은 상상을 초월하는 얘기였다.

"그런가?! 리저드 후작은 오크를 통제할 수 있는 거로군."

몬스터란 말을 듣는 순간 버나드는 그 정체를 금세 파악했다. 당연하다고 할 수 있는 것이, 모스 섬은 몬스터, 그중에서도 오크의 서식처로 유명한 곳이기 때문이었다. 그리고 할튼이 어떻게 오크를 통솔할 수 있는진 몰라도 적어도 그것을 이용하여 반란을 일으켰다는 것만은 틀림없었다.

하이렌을 비롯한 모두의 시선이 버나드를 향했다. 그의 말에서 뭔가 알고 있음을 눈치 챘기 때문이다. 그들을 대표하여 하이렌이 진지하게 물었다.

"형님, 대체 무슨 일입니까? 지금 형님의 반응은 마치 알고 있었던 사람 같습니다."

"아아, 알고 있었지."

대답과 함께 버나드는 알에게 눈길을 보냈다.

"자네가 먼저 예측했던 일이니… 자네가 설명하게."

후우, 하고 한숨을 쉬며 알은 입을 열었다.

레스터 성.

시끌시끌 야단법석.

제4근위대는 기사부터 병사에 이르기까지 꽤나 동요하는 모습이었다. 그럴 수밖에 없는 것이 갑작스레 밀어닥친 윈저의 피난민들과 함께 몬스터 출현 소문 때문이었다. 윈저 자체가 피난 행렬에 크게 동요하고 있었고 레스터 남부에서도 이미 몬스터의 습격에 피해를 입었다는 보고가 이어졌다.

게다가 이대로 몬스터의 진격이 계속된다면 제4근위대는 수도로 복귀할 수 있는 퇴로가 막힐 수도 있었다. 그런데도 수도의 근위 사령부에서는 아무런 명령이 없었다. 마주 싸워서 레스터를 지켜야 하는지, 아니면 재빨리 수도로 복귀해 적을 맞을 준비를 해야 하는지를 선택해야 할 상황에 빠진 근위대는 갈팡질팡하며 시일만 보내고 있는 중이었다.

그리고 그것은 포란에 주둔하고 있는 제7근위대 역시 마찬가지였다.

그런 이유로 공작부의 어느 방 한구석에 제4근위대의 중추 인물들이 모여 회의를 하고 있는 중이었다. 바로 찰스 채프맨과 다니엘 소프를 포함한 천기장들이 바로 그들이었다. 부상이 심했던 마크 시모어를 제외하고 전원이 모인 것이다.

분위기는 심각할 정도로 무거웠다. 그리고 문이 열리며 마법사 제니퍼 오크너가 들어왔다. 그녀를 기다리고 있던 전원이 문 쪽으로 시선을 돌리는 순간 다니엘이 자리에서 벌떡 일어나 다가갔다. 얼른 손을 내밀자 제니퍼도 엉겁결에 그의 손을 쥐었다.

다니엘은 그녀를 자리로 이끌며 상냥하게 말했다.

"수고하셨어요."

"아, 아니에요. 당연히 해야 할 일인데요."

"가냘픈 몸으로 그런 힘든 일을 하셨으니… 당연히 수고했다는 말을 들어도 되는 거죠."

　무거운 실내의 분위기와 전혀 어울리지 않는 다니엘의 나긋나긋한 어조에 모두의 이마에 꿈틀하고 힘줄이 솟았다. 그들을 대표하여 자네트가 소리쳤다.

　"다니엘! 이런 상황에서도 그런 대사가 나와?!"

　"훗! 힘든 일을 하고 오신 건데 이 정도 예의는 갖춰드려야 옳지 않겠……."

　"어흠."

　짤막하게 헛기침을 하는 찰스의 반응에 다니엘은 입을 다물었다. 그의 입가에 미소가 사라지며 조용히 제니퍼를 자리로 안내했다.

　제니퍼 역시 무거운 분위기에 동화된 듯, 문을 들어설 때 당황했던 것을 떨치며 묵묵히 자리에 앉았다. 그녀를 향해 사람들의 시선이 모이고 찰스가 입을 열었다.

　"수도와는 아직도 연락이 닿지 않습니까?"

　"네, 그렇습니다, 찰스 경."

　담담한 어조로 대답했지만 제니퍼 또한 이들과 다름없이 심란했다. 지금 들려오는 윈저에 대한 소문 때문이었다. 그곳엔 자신의 가문이 있었고 자신의 친가가 있었고 , 또한 자신이 몸담고 있는 마법사 학회가 있는 곳이었다. 그곳이 지금 몬스터에 의해 마구 유린되고 있다는데 평정심을 유지하고 있다는 건 매우 어려웠다.

　"이상하군……?"

　찰스는 현재 부관으로 일하고 있는 다니엘을 돌아봤다.

　"왕성에는 늘 마법사가 상주하고 있는 것으로 아는데, 어째서 연락이 되지 않는 거지?"

　"그걸 왜 제게 묻습니까? 전 마법사가 아닙니다만."

왈칵 하고 찰스의 이마에 굵은 힘줄이 솟았다. 그의 모습을 지켜보던 자네트가 한숨을 쉬었다.

"밟을까요?"

"죽이지는 마."

순간 앉아 있던 천기장들이 벌떡 일어났다. 그리고 다니엘을 가운데 놓고 빙 둘러섰다.

제니퍼는 영문을 몰라 어리둥절해하며 상황을 지켜봤다. 그때 찰스가 그녀의 시야를 가리며 다시 말을 걸었다.

"저희로서는 수도에서 새로운 명령이 떨어지기 전까진 어떤 움직임도 보일 수 없는 입장입니다."

찰스가 말을 건네는 동안 실내에 잔잔한 비명이 울렸다.

찰스의 등 뒤로 보이는 천기장들은 무덤덤한 표정으로 뻣뻣이 서서 번갈아 오른발을 들었다 놨다 하고 있었다. 뭐가 뭔지 모르는 상황에 대해 제니퍼가 당황하고 있는 동안 천기장들은 다시 제자리로 돌아가 앉았다. 그리고 그들을 대표하여 자네트가 경쾌하게, 마치 한동안 쌓였던 스트레스를 풀었다는 듯 말했다.

"끝났습니다, 찰스 경."

"음, 좋아."

뒤돌아 제자리에 앉는 찰스를 물끄러미 쳐다본 후에 어찌 된 일인가 하고 다니엘을 바라보던 제니퍼는 깜짝 놀라 '아' 하고 비명을 질렀다. 방금 전까지 말끔한 모습을 보이고 있던 다니엘이 사라졌다. 아니, 여전히 입가에 미소를 짓고 있는 다니엘은 있었지만 뭔가 한참 바닥을 구른 것 같은 몰골로 늠름하게 앉아 있었다. 마치, 마치 어떠한 폭력에도 굴하지 않겠다는 의연한 표정으로……

제니퍼도 바보는 아니기에 대충 상황을 파악했다. 그리고 뭔가 이 황당한 분위기를 바꿔보려는 듯 말을 꺼냈다.

"저어, 회복시켜 드릴까요?"

"아니오, 괜찮습니다."

우아하게 손을 들어 제니퍼의 말을 막은 후 다니엘은 천장을 향해 고개를 들었다.

"원래 잘난 사람은 시기를 많이 받는 법이니까요. 그것이 숙명이라면 또한 따르는 것이 도리."

"자자, 개소리 그만 하고…….."

다니엘의 말을 자르며 데니스가 나섰다. 그는 찰스를 바라보며 진지하게 물었다.

"수도로부터 명령을 받을 수 없다면 단독으로 움직여야 하지 않겠습니까, 찰스 경? 작전권이 근위 사령실에 있다 해도 실제 전투를 벌이고 있는 것은 우리들입니다. 여기에서 벌어지고 있는 상황을 그들이 알 수는 없지 않습니까?"

"하지만 문제는 이곳이 전투 지역이 아니란 점이네. 실제 전투 지역은 레스터 남부, 아니, 윈저를 포함한 페나인 남부 일대야. 당연히 위클리프도 포함되고 있으니 수도의 명령이 우선시될 수밖에 없어."

대답하는 찰스도 곤란하다는 표정으로 이마를 짚었다.

뭐라고 중얼거리려는 다니엘을 노려보며 자네트가 의문을 제기했다.

"하지만 찰스 경, 이대로 죽치고 있을 수만도 없지 않습니까? 윈저 북부까지 몬스터가 출현했다는 것은 조만간 위클리프로 갈 수 있는 길이 막힐 수도 있다는 뜻이잖아요?"

“막히긴 뭐가 막혀? 모로 가도 수도로만 가면 되는 거야.”

으쓱하며 다니엘이 말했다.

“카네비스 산을 돌아서 복귀하면 되지.”

다니엘의 말이 끝나자 잠시 침묵이 흘렀다. 그 침묵엔 묘한 살기가 어려 있었다.

카네비스 산을 돌아서 복귀하자는 다니엘의 말이 의외라서가 아니라 현실성이 없기 때문이었다. 카네비스 산은 자체의 험난함 때문에 유명한 것만이 아니다. 그 산에서 시작된 세 개의 숲, 페나즈, 캐러디안, 칸트 숲의 광대함과 울창함도 한몫했다. 즉, 다니엘의 말대로 복귀한다면 거의 페나인 국토의 삼분의 이를, 영지로만 따져도 스고우, 칼버딘, 콘버드를 지나쳐야만 했다. 시간으로 따지면 두 달, 제7근위대와 합류할 경우엔 이만 명의 대군이 움직이는 것이니 만 석 달은 걸릴 것이 분명했다.

한숨을 쉬며 자네트는 속삭이듯 물었다.

“밟을까요?”

“아니, 놔둬. 저대로 살다 죽게.”

찰스의 대답에 다니엘은 주먹을 불끈 쥐며 소리쳤다.

“진정한 친구라면, 진정한 동료라면 올바른 길을 가르쳐 주는 것이 도리라고 생각합니다.”

하지만 그의 외침에 아무도 반응을 보이지 않았다. 머쓱한 표정을 지으며, 라고 제니퍼는 혼자 생각했지만 다니엘이 물러서자 찰스는 심각한 얼굴로 중얼거렸다.

“우선은 포란 성에 연락을 취해 7근위대와 연계해서 움직여야 할 거야. 제니퍼께서는 계속 수도와 연락을 취해주시기 바랍니다. 무슨 일이 있는지 모르겠지만 조만간에 연락이 닿을 거라고 생각합니다. 상황이 상황이니만큼."

제니퍼의 대답을 기다렸다가 찰스는 모두를 훑어봤다. 특히 다니엘을 보는 눈빛은 '제대로 하지 않으면 죽어' 라는 살기를 가득 담기까지 했다. 막 그가 명령을 내리려는 순간,

똑똑.

누군가 회의실을 노크하는 소리가 들렸다.

"들어오시오."

찰스를 포함하여 모두의 시선이 문으로 향했고 천천히 문이 열리며 몇 명의 사람이 들어왔다.

첫 번째 사람이 들어왔을 때 찰스를 비롯한 모두의 눈동자가 커졌다. 두 번째 사람이 들어왔을 때 입이 쩍 벌어지며 간간이 경악하는 비명이 터졌다. 세 번째 사람이 들어왔을 때 다니엘은 당혹과 함께 검자루를 움켜쥐었다. 그리고 네 번째 사람이 들어왔을 때 모두는 이 믿을 수 없는 사실에 대해 조금씩 진정하기 위해 심호흡을 시작했다.

네 번째 사람이 문을 닫고 앞서 들어간 이들과 함께 나란히 섰을 때 멍청한 표정을 짓고 있던 찰스가 자리에서 일어났다.

"오랜만에 뵙습니다, 버나드 경."

"오랜만이네, 찰스."

들어온 이는 버나드를 위시하여 하이렌, 로딘, 레온이었다.

잠에서 깨어나듯 4근위대의 천기장들이 부랴부랴 검자루를 잡고 찰스의 뒤에 몰려섰다. 그러자 버나드가 손을 뻗었다.

"나는 몰라도……."

경고인지 주의인지 모를 그런 미소와 함께 버나드는 말했다.

"내 뒤에 세 사람은 전원 마스터라네."

그의 말이 끝나기 무섭게 사람들의 시선이 어지럽게 교차했다. 그리고 하이렌이 '푸우' 하고 한숨을 쉬었다.

앞에 있는 근위대 기사들은 버나드의 말에 당황하는 모습이 역력했다. 그들은 서둘러 로딘과 레온을 살폈지만 그 누구도 하이렌을 주시하는 이는 없었다. 그럴 수밖에 없는 것이, 하이렌은 이미 '공인된' 마스터이니 관심이 없겠지만 나머지 둘은 '비공인' 마스터이니 그들이 관심을 보이는 것이 당연했다.

로딘을 아래위로 훑어본 천기장들이 으르렁거렸다.

"네가 1돌격기병대의 백기장 로딘이냐?"

"글쎄요… 군대에서 탈주하기 전에는 그런 직책에 있었습니다만……."

봉을 지팡이 삼아 짚고 있던 로딘이 어깨를 으쓱하며 여유를 보였다.

그의 대답이 끝나고도 누구 하나 선뜻 움직이는 이는 없었다. 버나드는 이미 수도에서 마나를 흡수당해 현재 평범한 소드맨 수준에 불과했다. 하지만 그를 제외한다 해도 천기장 아홉 명과 마법사 제니퍼가 힘을 합해도 하이렌 하나를 상대할 수 있을까 말까 했다. 여기에 찰스의 증언과 다니엘이 확인한 바에 의하면 갑자기 레스터 성에 나타났던 로딘이란 마스터가 있다. 버나드를 인질로 삼기 전에는 도저히 이길 수 없는, 아니, 마스터 둘을 뚫고 들어가 버나드를 인질로 삼는다는 것 자체가 불가능한 그런 상황인 것이다.

문득 그들의 시선이 일제히 마지막 끝에 서 있는 갓 소년 티를 벗은 청년에게 향했다. 의아한 눈길로 '너도 마스터야?' 라던 의문을 마구 쏘아내던 그들 중 뭔가 생각났다는 듯 찰스가 입을 열었다.

"레스터 가문의 오남… 레온입니까?"

"그렇다네."

대답하던 버나드는 '역시' 하는 표정으로 찰스를 바라봤다.

"알고 있었나?"

"레스터 성에 도착해서 알게 되었습니다. 오형제였다는 것과 전원 마스터라는 것을."

"끄아아아~!"

돌연 천기장 사이에서 묘한 비명이 터졌다.

"저, 저 소년이 정말 마스터란 말입니까?"

그들을 대표하여 자네트가 소리쳤다. 절대 믿을 수 없다는, 믿지 않겠다는 발악이었지만 찰스는 묵묵히 고개를 끄덕여 긍정했다. 그리고 의아한 듯 되물었다.

"한데 금발이라고 알고 있었습니다만?"

"아……!"

레온은 잠시 이마에 흘러내린 머리카락을 매만졌다.

"변장을 하려고 염색약을 좀 썼더니… 도저히 빠지질 않네요."

그리고 어색한 미소를 지으며 중얼거렸다.

"근데 정말로 알아보지 못하는구나……."

별로 필요하지 않은 상황에서 변장한 것이 소용되어 약간 떨떠름한 레온이었다.

수줍게 미소 짓는 레온의 모습에서 도무지 마스터로서의 품격을 찾긴 힘들었다. 그래도 열심히 눈을 굴리며 레온을 살펴보는 천기장들에게 버나드는 일침을 가했다.

"자자, 이제 검자루에서 손을 떼어주겠나? 난 싸우러 온 것이 아니니까."

다들 찰스를 바라보며 어떻게 해야 할 것인지에 대해 물었다. 찰스가 멈추라는 손짓을 하자 모두들 검을 놓고 몇 걸음 물러섰다. 탁자를 사이에 놓고 4근위대와 버나드가 대치하고 있는 상태였다.

찰스는 동료를 돌아본 후에 아무도 모르게 한숨을 쉬었다. 지금 그의 동료들은 무시무시한 눈초리로 버나드 일행을 노려보고 있었다. 팽팽하게 당겨진 활시위처럼 잔뜩 긴장한 모습으로 여차하면 언제라도 달려들 태세였다. 물론 엄청난 실력자들을 눈앞에 두고도 위축되지 않는 부하들의 모습이 대견스럽기도 했지만, 지금은 그럴 상황이 아니란 점이 문제였다.

모두에게 눈앞의 사내들 중에 가장 무서운 이가 누구인지 가르쳐 주어야겠다는 생각에 찰스는 무거운 어조로 말을 꺼냈다.

"밖에 일만의 병력이 있는데 자기 집 안마당을 거닐 듯 여기까지 침투하시다니 대단하군요."

"과찬이네."

버나드의 간단한 대답이 끝나는 것과 동시에 천기장 사이에 '아' 하는 신음이 터졌다. 대충 찰스가 말하고자 하는 뜻을 눈치 챈 것이다. 하지만 알면서 모르는 척하는 것인지, 정말 모르는 것인지 다니엘은 곧바로 반박했다.

"그게 뭐 대단해요? 여긴 실제로 버나드 경의 집이잖아요! 아니, 성이잖아요!"

후훗, 하고 버나드는 짧게 웃었다. 그리고 찰스를 바라보며 미소 띤 얼굴로 물었다.

"그거 여전한가?"

"뭐 말입니까?"

"제4근위대의 명물. '밟기' 말이야."

"여전합니다. 매일같이 밟아도 고쳐지질 않아서요."

두 사람의 대화를 듣고 있던 다니엘이 퉁명스럽게 말했다.

"뭡니까? 왜 이 상황에 그 얘기가 나와야 합니까? 그리고 설사 내가 무슨 잘못을 했다고 해도 적을 눈앞에 두고 그런 짓을 할 정도로 우리 근위 기사들이 한가하게 보입니까?"

특히 '설사 내가 무슨 잘못을 했다'에 강조를 하는 말에 근위대도 버나드도 아연한 표정을 지었다. 그리고 그들을 대표하여 자네트가 조심스럽게 물었다.

"너, 정말 아무것도 모르는 거야?"

"뭘?"

후우~ 하고 한숨을 쉰 후에 다니엘의 뒤통수를 내려치며 자네트는 한심하다는 듯 소리쳤다.

"야! 생각해 봐! 아무리 자신의 성이라고 해도 일만의 근위대를 뚫고 중심부에 들어왔단 말야. 그게 가능한 일이라고 생각해?"

그래도 아픈지 다니엘은 머리를 움켜잡고 손을 들어 버나드를 가리키며 성을 냈다.

"여기 그 증거가 있잖아!"

옆에서 듣고 있던 노커가 여전히 버나드를 노려보며 대신 설명했다.

"소프 성에 일만의 병력을 주둔시킨 후에 자네 혼자 침투하라면 할 수 있겠나?"

윈저에 있는 소프 성은 바로 다니엘의 가문이 있는 곳이었다. 즉, 그의 말은 여기 있는 그 누구도 버나드처럼 할 수 없다는 것을 은연중에 비교하여 설명한 것이다. 하지만 다니엘은 여전히 자신의 신념을 굽히지 않았다. 오히려 당당하게 외쳤다.

"소프 성엔 숨겨진 복도 같은 게 없어! 그러니 당연히 못하지!"

"풋, 굉장히 앞서가는군, 다니엘. 하지만 레스터 성에도 비밀 탈출구 같은 것은 없네."

"허걱?"

버나드의 답변에 어지간한 다니엘도 놀라 소리쳤다.

"그럼 여길 어떻게 오셨습니까?"

"정문으로 당당히 들어왔네."

담담한 대답에 담담한 반응. 다니엘은 잠시 머리를 굴리며 대체 당당하게 들어오는 그들을 왜 병사들이 제지하지 않았는지 이해하려고 노력했다. 그런 그의 이해를 돕기 위해 곁에 있던 자네트가 설명했다.

"모르겠어? 여기 있는 버나드 경은 근위대장이란 말야."

"그게 뭐 어쨌는데?"

여전히 알아듣지 못하는 다니엘의 답변에 자네트는 두 주먹을 쥔 채 부르르 떨었다.

"군 상황을 누구보다 잘 아는 사람이다. 버나드 경이 맘만 먹는다면 몇 만의 대군이 모여 있더라도 정확하게 중심부로 침투할 수 있다는 뜻이지."

"그리고 저 세 사람이 진짜 마스터라면 몇 만의 병사가 모여 있어도 지휘관들을 몰살시킬 수 있다는 뜻이기도 하겠죠."

찰스의 설명에 곧바로 다니엘이 그 뒤를 이었다.

사방에서 '아앗' 하는 감탄사가 터졌다. 그리고 다니엘을 향해 '제

대로 이해하고 있잖아? 라는 시선을 보냈다. 그러자 다니엘은 당연하
다는 표정으로 손가락을 펼쳐 ‘브이’를 만들었다.

"이거 왜 이래? 나 지금 부관이야!"

천기장들끼리 알 수 없는 눈빛이 교환되었다. 그리고 천천히 일곱
명의 천기장들은 다니엘을 빙 둘러쌌다. 묵묵히 동료들의 행동을 지켜
보며 다니엘은 한숨을 쉬었다.

"하루에 두 번씩이나……!"

그리고 다니엘은 천천히 주저앉았다.

처음 보는 광경에 하이렌과 로딘, 레온이 눈을 휘둥그렇게 떴다. 자
주 하던 일이었는지 일곱 명의 손발은 척척 맞아떨어졌다. 웅크리고
앉은 다니엘을 빙 둘러싼 채 일곱 명의 오른발은 서로의 발을 한 번도
밟지 않으며 순서대로 짓이겼다. 간간이 ‘아약’, ‘아욱’ 하는 비명이
터지는 동안 일곱 명은 묵묵히 경건한 표정을 지었다.

밟기가 끝났는지 다시 제자리로 돌아가며 자네트는 투덜거렸다.

"알고 있었으면서 모르는 척하지 말란 말야!"

한참 몰매를 맞은 사람치고는 매우 씩씩하게 다니엘은 벌떡 일어났
다. 그리고 좀 전의 엄숙한 표정을 애써 지어내며 버나드를 노려봤다.

4근위대의 명물, ‘다니엘 밟아 죽이기’를 정면으로 본 하이렌과 로
딘, 물론 제니퍼도 황당한 표정을 짓고 있는 동안 레온이 ‘쿡’ 하고 웃
음을 터뜨렸다. 밟아댈 때의 살벌함과는 달리 멀쩡하게 일어서는 다니
엘의 표정이 너무나도 웃겼던 것이다.

그러자 다니엘이 불쾌한 듯 레온을 쳐다봤다.

"꼬마야, 때론 알 수 없는 일이 벌어질 수도 있는 거란다. 그런 것에
일일이 반응하다간 오래 살지 못하는 수도 있어."

“전 꼬마가 아닌데요.”

뚱한 얼굴로 레온이 대꾸했다.

“험험, 형님…….”

헛기침을 하며 하이렌이 분위기를 쇄신하려는 움직임을 보이자 실내에 새롭게 긴장감이 돌았다. 그리고 버나드는 이곳에 단독… 은 아니지만 잠입한 목적을 꺼내기 시작했다.

“나는…….”

“거절합니다!”

“아직 말도 꺼내지 않았다, 다니엘!”

“뻔하지 않습니까? 지금 버나드 경께서는 마스터 세 명을 앞세워 우리들에게 항복을 받아내려는 것이 아닙니까? 목숨을 위협받는다고 항복을 하는 것은 기사의 도리가 아닙니다. 우릴 물로 보지 마십시오!”

“와아, 굉장해요!”

감탄한 듯 레온이 두 눈을 동그랗게 떴다. 그러자 곁에 있던 로딘이 미소를 띠었다.

“저렇게 보여도 4근위대에서 뛰어난 검술을 보이는 자입니다. 그리고 그 검술만큼이나 말주변이 뛰어난, 가장 만만치 않은 자이니 조심하세요.”

“뭐, 내 페이스에 한번 휘말리면 그것으로 인생 끝이란 얘길 자주 듣곤 하지!”

그렇게 몰매를 맞고도 다니엘의 입심은 전혀 수그러들지 않았다. 그리고 그의 말에 기사들도 같은 반응을 보였다. 적어도 ‘목숨을 위협해도 항복하지 않는다’ 라는 점은 다니엘과 의견을 같이하고 있었다.

그러나 버나드는 전혀 당황하지 않은 채 천천히 팔짱을 꼈다. 그의 태도에 의아함을 느낀 찰스가 주저하며 묻기 시작했다.

"경께서는 우리를 사살한 후에 근위대를 휘하에 거둘 생각이십니까?"

"아니."

짤막한 버나드의 대답에 기사들이 안도의 숨을 내쉬었다.

"나는 자네들을 설득할 생각이네."

"가능하리라 생각합니까?"

"왜 불가능하다고 생각하지?"

"경께서는 현재 반란을 일으킨 장본인으로 규정되어 있습니다. 우리 근위대가 따를 수 없지 않습니까?"

"그걸 믿나, 찰스?"

버나드의 날카로운 질문에 근위 기사들이 동시에 고개를 끄덕였다. 하지만 찰스는 머뭇거리는 태도를 보였다. 그런 찰스의 모습에 버나드는 희미하게 웃었다.

"과연 찰스 채프맨이로군!"

버나드의 말에 둘러서 있던 기사들이 찰스를 바라봤다. 그의 미온적인 태도가 이상하다고 느낀 것이다.

"뭡니까, 찰스 경?"

자네트가 의아한 듯 물었다.

"설마 버나드 경이 반란을 일으키지 않았다는 겁니까?"

"나도 모르겠네, 자네트 경. 하지만 레스터 가문이 반란을 일으키지 않았다는 증거는 가지고 있지."

"훌륭하군, 찰스."

버나드는 쾌활하게 웃었다. 그리고 모두를 둘러보며 단호하게 말했다.

"하지만 실제로 반란을 일으킨 자가 있네."

찰스를 비롯하여 모두가 놀라 버나드를 바라봤다.

"바로 리저드 후작이지."

"리저드… 후작?! 모스 섬의 할튼 경을 말하는 것입니까?"

"그렇다."

"말도 안 됩니다!"

노커의 반발에 찰스는 뭔가 깨달은 듯 고개를 끄덕였다.

"그럼 지금 페나인 남부에 몬스터들이 들끓고 있는 이유가 그 증거로군요?"

버나드는 믿음직한 눈길로 찰스를 바라봤다. 그리고 한결 부드러운 음성으로 모두를 향해 말했다.

"자자, 모두들 앉게. 지금부터 중요한 얘기를 시작할 테니."

"오랜만에 뵙는군요, 위대한 7써클의 마법사 히드리크."

"리저드 후작, 아니, 이젠 국왕이라고 해야 하나? 후훗, 어쨌든 이렇게 경을 만나게 되어 한결 가벼운 마음이로군요."

히드리크의 답변에 할튼은 의아한 눈초리로 크리스틴을 돌아봤다. 그러자 크리스틴은 조건반사처럼 손을 내저었다.

"전 아무 짓도 안 했어요!"

"아니, 아니."

히드리크는 헛기침을 하며 얼른 말을 바꿨다.

"아무래도 이곳에 있는 병력으로는 수도에서 진격하는 근위대를 막을 수 없기에 불안했던 참이었습니다. 하지만 경이 왔으니 곧 주력 부대도 도착할 것이라는… 후훗, 안심이 된다는 뜻이지요.”

그제야 이해했다는 듯 할튼도 미소를 지었다.

문득 히드리크는 할튼의 곁에 동행하고 있는 사람들을 살폈다. 척 보기에도 굉장할 것 같은 군청색 갑옷을 입은 기사와 방금 워프를 시행한 마법사가 보였다. 히드리크의 눈초리가 가늘어지며 그 마법사를 면밀히 주시했다. 하지만 아무리 훑어봐도 겨우 워프 정도에 지친 기색이 역력한 마법사의 모습은 히드리크가 상상했던 굉장한 마법사의 이미지와는 전혀 맞지 않았다. 장거리 워프라고 해도 윈저 성에서 위클리프 남부 지역에 해당하는 옛 리저드 성까지는 그리 먼 곳이 아니었다. 그런 짧은 거리를 와놓고 다 죽어가는 마법사가 원거리 통신 마법을 마구 남발한다는 것은 불가능했다.

그런 마법을 구사할 수 있다는 것은 최소한 5써클을 마스터했거나 6써클 마법사여야만 가능한 것이다. 그리고 그 정도의 마법사라면 이 정도 거리의 워프 정도는 가볍게 해야 당연했다.

결국 히드리크가 내린 결론은 하나였다. 지금 할튼이 데려온 저 마법사는 그가 데리고 있는 마법사들 중에 최고가 아니란 얘기였다. 히드리크는 슬쩍 뒤에 있는 모르트를 쳐다봤다.

적어도 6돌격기병대에 있던 저 마법사도 ‘수련’이라는 딱지를 뗀 5써클은 되는 자였다. 하면 할튼에겐 대체 몇 명의 마법사가 있다는 뜻인가! 꽤 오래전부터, 어쩌면 자신을 만나기 전부터 반란 준비를 해왔다는 것이 이 순간 드러나는 셈이었다.

이 순간 히드리크가 무슨 생각을 하는지 알 길 없는 할튼은 차분하게 대답했다.

“히드리크께서 제대로 일을 처리했다면, 아마 당분간 이 성은 안전

할 것입니다. 히드리크께서는 자신의 능력을 믿지 않으셨던 겁니까?"

"무슨 말인지요?"

최대한 정중하게, 하지만 자신의 능력을 의심받았다는 불쾌함을 담아 히드리크가 되물었다.

"국왕, 브라이튼 폰 카프를 확실하게 죽였다면 그런 걱정은 하지 않아도 된다는 뜻이지요."

"물론 그는 죽었지요. 독에 중독되었고 석화되었으며 번개로 부숴 버렸습니다. 신이라도 오지 않는 한 그를 다시 살릴 수 있는 방법은 없을 것이라 생각합니다."

"그러면 되었지 않습니까?"

할튼의 반문에 히드리크는 의아한 표정으로 바뀌었다.

할튼은 미소를 지었다. 눈앞에 있는 이 페나인 제일의 마법사는 불행하게도 정계나 군부에 대한 이해가 거의 없었다. 그가 반란에 가담했던 이유가, 물론 히드리크가 얘기한 적은 없었지만 권력과 관련되지 않았다는 것을 미루어 짐작해도 충분했다. 그리고 할튼은 이 믿음직한 동맹자에게 친절히 설명하기로 마음먹었다.

"반란을 일으키기 전에 제가 제시한 세 가지 필요 조건에 대해 어떻게 생각합니까?"

"왕자의 실종, 레스터 가문의 붕괴, 국왕 암살. 이 세 가지를 말하는 것입니까?"

"그렇습니다. 그 세 가지는 우리들의 반란이 성공하기 위해서 반드시 해결되어야 할 선결 과제입니다. 왜인지 아십니까?"

"국왕의 암살과 왕자의 실종… 에 이은 암살은… 페나인의 왕가를 붕괴시키고자 하는 것이라 생각합니다. 실제로 왕통을 이을 수 있는 사람이 없으니 국왕의 죽음은 최고 명령권자의 죽음으로 이어지는 것일 테지요."

"바로 그것입니다. 하면 지금 상황에 레스터 가문이 존재하고 있다면?"

그 점에 대해 히드리크가 생각하지 않은 것은 아니었다. 하지만 대영주라고 해도 다른 사람도 아닌 윌리엄 레스터가 있음으로 인해서 반란이 실패할 가능성도 있다는 것은 아무리 생각해도 억지스러웠다. 왜하필 레스터인지, 히드리크로선 전혀 알 수 없었다. 아니, 정확하게는 레스터 가문의 실제 힘을 너무나도 몰랐다.

"국왕과 왕자를 잃은 페나인은 혼란에 빠진 상태입니다. 이런 상황에서 군대를 효과적으로 움직여 적을 막고 국민들을 안정시키며 내부를 결속할 수 있는 사람이 몇이나 있을까요?"

할튼은 입가에 미소를 띠었다.

적어도 이십 년의 세월 동안 모스 섬에서 했던 갖은 고생은 아주 헛된 것만은 아니었다. 보통 사람은, 아니, 보통 기사로선 경험할 수 없는 것들을 겪고 난 할튼은 그에 상응하는 보답을 받은 셈이다. 마스터로서의 능력과 함께 실전 경험, 그리고 누구보다 탁월한 판단력과 확고한 의지, 불굴의 투지를. 그리고 사람을 보는 안목이 달라졌다.

자신의 오랜 친우를 몬스터에게 잃었을 때, 그것도 자신의 부주의로 허망하게 잃었던 그때, 대륙의 귀족들에게 저주를 퍼붓고 복수를 꿈꾸었을 때, 가장 두려운 인물은 페나인의 양대 대공이라 일컬어지는 기리안 콘버드 대공도, 저스틴 윈저 대공도 아니었다. 오히려 당시에 갓 근위대장으로 임명된 윌리엄 레스터를 가장 두려워했다. 그리고 그 뒤를 이어 수도에서 활약하는 그의 아들, 버나드와 카슨이 두려웠다.

최소한 그들이라면 자신이 처했던, 그것이 자의였든 타의였든 역경을 능히 타개할 수 있는 자들이었다. 그리고 그 점을 할튼은 높이 샀으며 그 점을 두려워했다.

국왕이 죽고 왕자가 실종된 상태에서 몬스터의 침공과 연이어 터지는 반란에 제대로 반응할 수 있는 사람들, 그가 바로 윌리엄과 버나드였다. 그리고 전투에 있어서 최강이라고 할 수 있는 카슨의 존재는 두려움을 넘어서 경이적이라고 판단했다.

할튼이 반란을 일으키기 전에 자신의 동맹자들에게 주지시켰던 필요 조건 중에 '레스터 가문의 몰락'을 내세웠던 이유가 바로 그 때문이었다. 어떤 상황이라도 페나인의 국력을 응집할 수 있는 사람들을 제거함으로써 각개격파할 수 있다는 것, 바로 반란을 성공적으로 이끄는 지름길인 것이다.

하지만 히드리크는 여전히 의문스런 눈빛이었다.

"윌리엄 공작이나 버나드 후작이라면 능히 이 상황을 타파할 수 있다는 뜻입니까?"

"그들이 있다면 타파하는 정도가 아니라 효과적인 반격을 할지도 모르지요. 하지만!"

할튼은 웃었다.

"이제 그들은 없으니 그런 걱정은 하지 않아도 될 겁니다."

할튼의 발걸음이 움직였고 그 곁에 히드리크가 나란히 섰다. 그 두 사람을 성으로 안내하며 크리스틴은 군청색의 기사 곁에 바싹 붙었다. 그녀로선 보기 드물게 애절함을 담은 눈빛으로 속삭이듯 말했다.

"크레멘트 오빠……."

"오랜만이구나."

슬쩍 손을 뻗어 크레멘트의 손을 잡으려던 크리스틴은, 크레멘트가 몸을 움츠리자 더 이상 뻗지 못하고 손을 거둬야 했다. 대신 그녀는 뻣뻣하다 못해 철보다 단단한 자신의 머리를 한 줌 움켜쥐었다. 그녀의 풍성했던 금발과 그녀의 오빠는 그날 이후로, 그 저주스런 날 이후로 완전히 달라졌다. 그녀의 오빠는 죽음을, 그녀의 머리는 마법에 의해 겨우 철실처럼 복구되었다.

바다를 건너온 야론 인 마법사, 나지드에 의해 자신의 오빠가 부활했을 때 크리스틴은 기쁨보다 더 큰 슬픔을 맛봐야 했다. 그리고 저주했다. 대륙의 귀족들을, 기사들을, 그리고 자신의 삶을!

그리하여 그녀는 반란군의 첨병 노릇을 자청했다. 모르트와 파머를 데리고 섬을 나와 6돌격기병단을 이끌며 때가 오기를 기다렸다. 그리고 지금 복수의 때를 맞이하여 다시 크레멘트를 만난 것이다. 하지만 그때 이후로 감정이 메말랐다고 생각한 크리스틴의 가슴속에선 슬픔이 북받치고 있었다. 말로 형언할 수 없는, 그런 슬픔이.

"몸은 좀 괜찮아……?"

애써 묻는 크리스틴의 말에 크레멘트는 선뜻 대답하지 못했다. 죽은 자에게 '괜찮아?' 라고 묻는 것도 우스웠지만 '물론 괜찮고 말고' 라고 대답하는 것도 이상했다. 막상 답변하지 못한 채 애매한 태도를 보이자 크리스틴이 서둘러 말을 바꿨다.

"미안… 괜한 걸 물었네……."

"아니, 괜찮아. 크리스틴, 너는 좀 어때?"

"나야 건강하지."

크리스틴은 쾌활하게 웃었다.

"모르트와 파머가 장난치는 것 말고는!"

짐짓 무서운 표정을 짓는 크리스틴을 바라보며 투구 속에 가려진 크레멘트는 나직하게 웃었다. 그리고 뒤따라오는 모르트와 파머에게 살짝 고개를 끄덕였다.

"동생을 돌봐줘서 고맙네."

"천만의 말씀을! …솔직히 좀 힘들긴 했지요."

장난스레 대꾸하는 모르트를 크리스틴은 진짜로 화난 눈초리로 노려봤다. 움찔 물러서는 그의 모습을 지켜보며 크레멘트는 너털웃음을 터뜨렸다. 오랜 시간이 흐르고도 이들 세 사람이 보여주는 모습은 변함이 없었기에 약간은 기쁜 마음이 든 것이다.

뒤에서 무슨 농담을 주고받든 별로 신경 쓰지 않는 걸음걸이로 할튼과 히드리크는 앞서 걸었다. 물론 나름대로 서로에게 중대한 볼일이 있다는 것도 한몫했다. 먼저 입을 연 것은 히드리크였다.

"한데 경의 말대로 했음에도 그다지 큰 혼란이 일어나지 않는 것 같습니다만……?"

전란이 크게 번지지 않는다는, 기대에 미치지 못한다는 뜻이었지만 할튼은 손가락을 펼쳐 들며 단호한 어조로 답변했다.

"그건 문제없습니다. 지금 페로즈에 큰 혼란이 없는 것은 기리안 대공이 손을 쓰고 있기 때문이지요. 하지만 곧 해결될 겁니다."

음흉한 미소와 함께 할튼은 손가락을 빙빙 돌렸다.

"근위대를 장악하지 못한 채, 아니, 처음부터 장악할 능력도 되지 못했지만, 어쨌든 그런 상태에서 맞이한 국왕의 죽음. 기리안으로선 어떻게든 사실을 은폐하며 수습을 하고 싶겠지요. 하지만 친위대와 근위대가 이를 방관하고 있을 리 만무! 어차피 국왕의 죽음은 밝혀질 테고, 자자, 기리안으로선 속수무책으로 당할 수밖에 없을 겁니다. 언제나처럼 기대에 부응하는 기리안입니다만!"

할튼은 흔들던 손가락을 멈추며 허공을 한번 쿡 찔렀다. 그리고 히드리크에게 싱긋 미소를 지어준 후 다시 말을 이었다.

"우리에게도 시간이 촉박한 관계로, 이번엔 조금 돕기로 하지요."

"어떻게 돕는단 말입니까?"

"뻔하지 않습니까? 우리가 대신 소문을 내주는 겁니다. 국왕, 브라이튼 폰 카프는… 뭐라고 했었지요? 독에 석화에 번개에 맞았다고 했습니까? 뭐, 어느 쪽이든 이미 죽었다고 떠들어주는 겁니다."

그제야 히드리크도 입가에 미소를 지었다.

"볼 만하겠군요."

"그럼요, 볼 만할 겁니다. 그들의 당황하는 모습이 벌써부터 눈에 선하지 않습니까?"

뒤에 있는 일행이 애틋한 눈빛을 교환하는 동안 앞서 걷는 두 사람도 애틋한 눈빛을 교환했다. 물론 그 내용에 있어선 커다란 차이가 있었지만.

버나드가 레스터 성에 나타난 지 사흘이 안 되어 제4근위대는 진군을 시작했다. 물론 총사령관은 기사들을 설득하는 데 성공한 버나드였다. 4근위대가 전적으로 버나드를 따르기로 결정한 후에 일은 일사천리로 진행되었다.

레스터 성 외곽에 주둔하고 있던 유쾌한 사람들을 합류시키는 것과 동시에 제7근위대, 즉 포란에 전령을 보냈다. 그들을 설득하는 데 성공한 버나드는 즉시 포란으로 진군을 개시했다. 레스터 영지의 중심 성이라고 해도 규모 면에서 포란 성에 뒤지기 때문에 수비에 적합하지 않다고 판단했기 때문이다. 물론 그 이면엔 몬스터를 산간 지대가 적은 남부에서 막을 생각도 포함되었다.

강행에 강행을 거듭한 끝에 버나드가 이끄는 근위대는 사흘 만에 포란 성에 도착했다.

마중을 나온 이는 7근위대의 도널드 카일 백작이었다. 그의 곁에 다니엘과 자네트, 제니퍼의 모습도 있었다. 세 사람은 전령으로서 도널드를 설득하기 위해 먼저 워프해 왔다.

침중한 얼굴로, 그렇지만 버나드라는 희대의 명장을 맞이하여 약간은 안도의 얼굴로 도널드는 앞으로 나왔다.

"공작 각하를 뵙습니다."

"오랜만이군, 도널드."

그렇게 대답하며 버나드는 약간 머쓱한 표정을 지었다.

"하지만 그 호칭은 그다지 맘에 들지 않는군."

"하지만 익숙해져야겠지요."

버나드에게 그간의 사정을 들은 근위대의 기사들은 윌리엄 공작이 죽었다는 것을 알게 되었다. 그렇다면 다음 후계자는 장자 계승에 의해 버나드일 수밖에 없었다. 반란이라는 누명이 잘못되었다고 인정한 이상, 버나드를 공작으로 부르는 것이 결코 잘못된 것은 아니었다.

착착 포란 성에 입성하는 근위대를 지켜보며—정말 어이없게도 포란 성은 이만 정도의 대군이 들어가는 데 전혀 지장이 없는 엄청 큰 성이었다—버나드는 도널드에게 명령했다.

"시간이 없다. 각 군단 천기장들은 속히 회의 준비를 하도록 하라."

"네."

도널드와 찰스가 명령을 받고 즉시 지휘관들을 불러모았다.

그동안 버나드 역시 가문의 사람들—하이렌과 레온, 아벤, 로딘, 알—을 불렀다. 그들은 처음부터 행군의 선두에 있었기에 찾을 필요는 없었다.

"지금부터 회의를 할 생각이니 모두들 준비하게."

"저기, 형……."

레온이 조심스럽게 손을 들었다.

"뭐냐?"

"난 포란 마을에 가고 싶은데요."

그의 대답에 버나드는 웃어야 할지 말아야 할지 잠시 망설였다.

그가 포란에 가고 싶다는 이유는 오직 하나, 자신의 상회가 어떻게 되었는지 확인하려는 속셈이 분명했다. 이런 순간에도 자신의 본분(?)을 잊지 않는 레온에게 감탄을 해야 할지 아니면 따끔하게 혼을 내야 할지 버나드는 잠시 헷갈렸다. 하지만 곧 이어 알이 레온을 편들었다.

"저 역시 같은 생각입니다, 공작 각하."

알로서도 기사들이 즐비할 것이 뻔한 회의장에 군이 자신이 들어갈 필요는 없다고 생각했다.

"저와 레온이 해야 할 일은 성이 아니라 마을에 있으니까요."

"그래요, 형. 알이 부탁했던 철광석도 찾아와야 하니까요."

레온의 뒤이은 설명에 버나드도 고개를 끄덕였다. 지금 당장은 아니더라도 전쟁이 장기화되면 철과 식량은 가장 중요한 물품 중에 하나였다. 레온과 알은 그것을 조달하겠다는 뜻이었고 상당한 중책이라는 것도 사실이었다. 다만 아쉬운 것은 페나인 제일의 마스터 검사가 겨우 보급 담당을 맡겠다고 자청하는 것이었지만.

"좋다."

허락이 떨어지자 두 사람은 재빨리 포란 마을을 향해 뛰어갔다. 그들을 지켜보던 아벤은 여전히 무표정한 얼굴로 고개를 끄덕였다.

"이렇게 해서 제가 해야 할 일도 결정되었군요."

자신을 빤히 쳐다보는 하이렌에게 아벤은 덧붙여 설명했다.

"저 두 사람이 가져올 전쟁 물자를 적재적소에 배치하는 것."

"믿음직하군요, 아벤 경."

버나드도 희미한 미소로 그 대답에 만족을 표했다. 그러나 아벤은 대수롭지 않다는 듯 담담하게 대꾸했다.

"뭐, 이십 년도 더 전부터 했던 일이니까요. 전투 지역 이외의 후방을 담당했던 것은."

"바론, 바론!"

상회로 뛰어들며 두 사람은 바론을 찾아 헤맸다. 하지만 바론은 두 사람의 등장에 약간 어리둥절한 얼굴로 회장실에 앉아 있었다. 이내 두 사람을 알아본 바론은 벌떡 일어나 반갑게 맞이했다.

"너희들, 어떻게 된 거야? 그동안 어디 있었어?"

막 미소를 짓던 바론은 퍼뜩 떠오른 생각에 곧 얼굴을 굳혔다.

"너희들 미쳤어? 여기엔 근위대가 있다고! 오면서 보지 못한 거야?"

"물론 봤어. 오늘 도착한 근위대와 함께 왔으니까."

알의 대꾸에 바론의 얼굴은 황당하게 변했다. 하지만 알은 일일이 설명을 늘어놓는 착한 녀석은 못 되었다. 오히려 주위를 둘러보며 대뜸 소리쳤다.

"소나임은? 지금 당장 철광석이 필요해. 아, 그리고 상인들을 전부 모아. 지금부터 우리 상회는 군대 식량을 조달하는 역할을 맡을 테니까!"

"뭐, 뭐야? 갑자기 나타나서 그게 무슨 소리야?"

"모르겠어? 전쟁이야."

알의 짤막한 답변에 바론은 곧 정신을 차렸다. 아니, 알이 건넸던 보고서를 떠올렸다.

"리저드 후작이… 드디어 반란을?"

"그래! 그 덕분에 우리도 자유를 찾은 셈이지."

알은 씨익 미소를 지었다.

반면에 레온은 뚱한 얼굴로 두 사람을 번갈아 쳐다봤다.

"뭐야? 바론도 알고 있었던 거야? 그럼 대체 우리 상회에서 그 사실을 모르고 있었던 사람은 누구야?"

자신만 모르고 있었다는 사실에 괜히 토라진 레온이었다. 물론 그동안 알이 충분한 설명을 곁들여 사과를 했지만 가히 좋은 기분은 아니었다.

"레온, 그런 것에 삐치지 마. 지금은 한시가 바쁜 때라구."

"그건 그렇지만……."

투덜거리는 레온을 내버려 둔 채 알은 다시 바론을 재촉했다.

"뭐해? 어서 소나임을 불러와. 철광석을 숨겨둔 사람은 너와 소나임이잖아? 소나임에겐 그것을 찾아오라고 지시하고 넌 지금부터 식량을 구입하는 데 총력을 기울이라구!"

"자, 잠깐! 알, 갑자기 그런 말을 한다고 해도……."

갑작스런 사태에 바론은 당황하여 말을 잇지 못했다.

"지금 이곳엔 소나임이 없단 말야."

"뭐?"

알의 눈동자가 커졌다.

"왜?"

"근위대가 왔을 때 밖으로 빼돌렸거든. 그 녀석이 어디에 있는진 나도 몰라."

"난리났군."

이맛살을 찌푸리며 알은 곰곰이 생각에 잠겼다. 그러나 오래 걸리진 않았다. 그는 한숨과 함께 다시 지시했다.

"그렇다면 할 수 없지. 네가 철광석을 가져와. 식량 구입은 고리스에게 맡기는 수밖에 없겠군."

"그런데 알……."

난감한 표정으로 바론은 고개를 저었다.

"대체 식량을 어떻게 사겠다는 거야? 지금 상회엔 여유 자금이 하나도 없어. 철광 매입에 전부 써버렸다고."

"아아, 이럴 때를 위해 고대로부터 전해지는 비전의 수법이 있잖아."

알은 회심의 미소를 지으며 간단명료하게 외쳤다.

"외상!"

할 말을 잃었는지 바론은 잠시 동안 입을 뻐끔거렸다.

"어이, 알… 그 대금을 나중에 어떻게 치르겠다는 거야?"

"뭘 그런 걸 걱정해?"

알의 입가에 여전히 미소가 어렸다. 절대 확신의 강력한 믿음이.

"국가가 있잖아? 우린 국가를 상대로 대금을 받아내면 돼. 물론 전쟁이 끝난 후겠지만."

"만약 지면?"

"그때에도 큰 문제는 없어. 전쟁에 지면 왕국은 산산조각나는 셈인데 누가 그딴 거에 신경 쓰겠어?"

크큭, 하고 알은 웃음을 터뜨렸다.

그의 이 당돌하고 황당한 계획에 레온과 바론은 완전히 할 말을 잃고 말았다.

포란 성에서 전쟁 준비를 하는 버나드에게 있어 가장 걱정되는 것은 시간의 차이였다.

할튼 리저드는 반란의 당사자이니만큼 은밀하게 준비할 시간이 많았다. 당연히 군대 편성이라던가 물자, 진군 계획 같은 것이 상세하게 준비되었을 것이다.

하지만 버나드에겐 그럴 시간이 없었다. 어떻게 하여 근위대를 설득하고 두 개 군단을 포섭하긴 했지만 그에 따른 물자라던가 적을 맞이할 대처 방법은 아직 미비한 상태였다. 그렇다고 마냥 포란 성에 죽치고 앉아 준비가 끝나길 기다릴 수도 없는 입장이었다.

당장 시급한 것은 수도와의 연계, 다음으로 적의 정보였다. 그리고 그 두 가지 모두 쉽게 해결될 기미는 보이지 않았다. 그렇다고 버나드는 묵묵히 앉아서 기다리는 체질이 아니었다.

그는 근위대의 힘을 믿기로 결심했다. 실전 경험이 거의 없다고 해도 근위대는 강도 높은 훈련으로 무장된 페나인 제일의 군대였다. 그 근위대의 저력을 믿고 일을 벌이기로 작정했다.

그렇기 때문에 포란 성벽에서 아래를 굽어보는 버나드의 얼굴엔 불안함보다 확고한 믿음이 엿보였다.

"그나저나 굉장하군요, 버나드 공작 각하께선."

"무슨 말인가, 로딘?"

돌아보지도 않고 버나드가 물었다. 그는 여전히 성문을 나서 남으로 진군하는 근위대를 살피기에 여념이 없었다. 그들은 우선적으로 레스터 남부에서 활동하고 있는 오크와 전쟁을 치르기 위해 출진하는 것이다.

"그렇지 않습니까? 불과 한 달 전까지만 해도 병사라곤 하나도 없었던 분이 지금은 이만의 대군을 거느리고 있으니 말입니다. 버나드 경께서의 '세 불리기'에 감탄이 절로 나올 지경입니다."

로딘의 말에 버나드는 대꾸하지 않았다.

확실히 그의 말대로 손쉽게 세를 불리긴 했지만 계산이 전혀 없었던 것은 아니다. 최소한 근위대의 천기장이란 직책은 자신이 임명한 것이다. 그럴 만한 역량이 있는 사람들을 내정했을 뿐만 아니라 각 군단장은 탁월한 판단력을 갖춘 인물들을 내세웠다. 적어도 근위대장을 강제로 사임당했다 해도 자신의 입김을 완전히 배제할 수는 없었다.

그리고 처음부터 버나드는 자신의 눈을 믿었다. 자신이 임명한 천기장들이 제대로 판단할 것이라고 믿었고 레스터 성에서 찰스 채프맨은 확실히 그의 믿음을 저버리지 않았다.

로딘의 감탄이 버나드에게 있어선 새삼스러울 것이 없다는 얘기였다.

버나드는 천천히 허리를 펴고 로딘을 바라봤다.

"우리도 곧 출발하도록 하세."

"알겠습니다, 공작 각하."

미소를 지으며 돌아서는 로딘에게 버나드는 한마디 덧붙였다.

"나는 근위대를 믿는다."

버나드의 눈빛이 날카롭게 빛났다.

"그리고 자네와 자네의 부하들 역시 믿는다."

로딘은 어깨 너머로 버나드에게 고개를 까딱였다.

"영광입니다, 공작 각하의 신임을 받게 되어서 말입니다."

“훌륭한 부대야. 삼백 명뿐이라고 해도 어떠한 전술에도 적응할 수 있다는 것은. 그대와 그대의 부하들을 군단 중심에 배치한 것은 그런 이유에서다.”

“그 믿음, 저버리지 않도록 노력하겠습니다.”

로딘은 대답과 함께 아래로 내려갔다. 그의 뒷모습을 지켜보며 버나드는 입맛을 다셨다.

“근 한 달 동안의 훈련으로 그런 부대를 만든다는 것은 불가능… 어떤 이유에서인지는 모르겠지만 이미 그런 훈련을 해왔다는 증거겠지.”

잠시 레스터 성이 있는 북쪽 지평선을 응시하며 버나드는 중얼거렸다.

“카슨, 너도 괴물을 만들어놓았군.”

사흘 간의 강행을 더한 끝에 버나드가 이끄는 근위대는 레스터 남부의 뉴카슬 협곡을 뒤로하고 진지를 구축했다. 버나드가 굳게 믿고 있는 근위대라고 해도, 특히 4근위대는 레스터 성에서부터 일주일에 걸쳐 강행에 강행을 거듭한 탓에 지칠 대로 지쳐 있었다.

다행인지 불행인지는 모르겠지만 레스터에 와 있는 근위대는 속도에 중점을 두었던 탓에 무거운 장비는 거의 없었다. 그렇다 해도 지친 상태로 적을 맞이할 수는 없었기에 레스터의 중부 지대와 남부 지대를 연결하는 협곡에 진지를 구축하기로 결정했다. 물론 척후병의 보고에 의해 협곡 근처까지 오크가 출몰했다는 것도 한몫했다.

하지만 버나드가 이 뉴카슬 협곡을 첫 번째 전투지로 택한 가장 큰 이유는 뉴카슬 협곡의 지역적 특성 탓이었다.

뉴카슬 협곡은 가운데 중심에서부터 위아래, 출구와 입구가 점차 넓어지는 희한한 구조의 협곡이었다. 어느 쪽에서 진격을 하든 중심으로 다가갈수록 속도가 늦어지고 공격이 약화될 수밖에 없다.

그리고 버나드는 그 협곡을 등 뒤로 둔 채 진지를 세웠다. 만약 퇴각을 감행할 경우 점차 좁아지는 협곡 탓에 오히려 몰살당할 가능성이 높은, 전적으로 공격 위주의 배수의 진과 같았다.

하지만 그것은 눈에 보이는 것일 뿐, 실제로는 협곡을 이용하여 버나드는 몇 가지 장난을 쳐놓았다. 아무리 근위대의 기병들이 뛰어나다고 해도 오크 군단과 접근전을 펼쳐 피해없이 이길 가능성은 희박했다. 그렇다고 기습 작전 같은 것이 통용될 리도 없었고, 무엇보다 적에 대한 정보가 극히 미비한 상태라 버나드는 부득이 이런 전술을 택한 것이다.

아군의 피해를 최소한으로 줄이며 적의 전력을 살피는 것, 그것이 이 첫 번째 전투의 가장 큰 목적이었다.

그리고 진지를 구축한 그 다음날, 기다렸다는 듯 레스터 남부를 휩쓸던 오크 군단이 모습을 드러냈다.

총병력 일만!

포아스트 항구를 점령한 삼만의 오크 중에, 물론 그 정확한 수는 리저드 군만 알고 있지만 레스터로 돌격해 온 오크들이 대부분 이곳으로 몰려든 것이다. 레스터 역사상, 아니, 페나인 역사상 최고, 최대, 최악의 몬스터 출현에, 그 초록 물결이 지평선을 가득 메우는 동안 근위대의 병사들은 소리조차 낼 수 없을 정도로 경악하고 있었다.

근위대의 각 지휘관에게 둘러싸인 버나드는 오크를 노려보며 주변을 향해 외쳤다.

"모두들 준비는 마쳤는가?"

"걱정없습니다, 공작 각하."

떨리는 음성으로 찰스가 대답했다.

버나드를 둘러싼 기사들은 모두 4근위대 출신으로 7근위대의 모습은 전혀 보이지 않았다. 당연했다. 그들은 이 뉴카슬 협곡의 뒤쪽에 포진하고 있기 때문이었다. 그곳에 도널드가 이끄는 제2진이 버나드의 명령에 따라 준비를 갖추었다.

"정말 새파랗다……."

마스터라고 해도 대규모 군대에 섞여 전투를 벌이는 경험은 처음인 레온이었다. 자연히 감탄하는 그의 목소리도 떨렸다. 그의 곁에 있던 하이렌이 환하게 웃으며 물었다.

"두렵니?"

"아니, 괜찮아요."

그렇게 말한 레온은 살짝 혀를 빼물었다.

"사실은 조금 흥분돼."

약간 의외라는 표정을 짓던 하이렌은 이내 안심한 듯 고개를 끄덕였다.

"자각은 못해도 역시 검사의 피가 흐르는 모양이구나. 이런 대규모 전투를 앞두고 흥분된다는 말을 하는 것을 보면 말이야."

그리고 다짐시키듯 덧붙이는 것을 잊지 않았다.

"명심해라. 네가 해야 할 일은 형을 지키는 것이야. 너무 전투에 열중해선 안 돼. 알겠지?"

"걱정 말아요, 형."

레온은 허리춤에 매달린 '카논의 세이버'를 가볍게 매만지며 싱긋 미소를 지었다.

뉴카슬 협곡 앞에 밀집 형식으로 전투 준비를 갖춘 근위대와 이를 포위하듯 둘러싼 오크는 팽팽하게 대치할 듯 보였다. 하지만 금세 오크의 초록 물결이 먼저 돌진했다.

이를 지켜보던 버나드는 기다렸다는 듯 손을 들었다.

"3대, 4대, 앞으로!"

명령과 함께 좌익과 우익에서 다니엘과 자네트를 선두로 각 천기의 기병들이 창을 세운 채 돌진했다. 두 부대는 열 명씩 행렬을 맞춰 오크 군단의 좌우로 육박해 들어갔다. 그들이 중간 정도 돌진해 갔을 때 버나드는 다시 손을 들었다.

"2대, 5대, 6대, 진격!"

선두에 포진하고 있던 삼천의 기병이 동시에 움직였다. 이번엔 앞서 종으로 돌진하는 기병과 달리 횡으로 넓게 퍼진 상태였다. 그리고 그 중앙엔 마크 시모어의 부상으로 인해 2대를 지휘하고 있는 로딘의 모습이 보였다.

1대를 지휘하면서 버나드를 보호하고 있던 찰스가 조심스럽게 물었다.

"성공할까요?"

"저 몬스터들이 단지 본능에 따라 움직이는 녀석들이라면 한 번의 돌격으로 끝이 날 것이네. 하지만 체계적인 명령을 받고 있다면 뭔가 다른 움직임을 보이겠지."

그렇게 답변한 후 버나드는 오크 군단을 주시했다. 단 한 순간이라도 오크의 물결을 놓치지 않겠다는 듯 강렬한 눈빛이었다. 그리고 그 눈빛은 갑자기 이채를 띠었다.

"회군!"

나지막하면서 짤막한, 탄식이 섞인 버나드의 음성이었지만 곁에 있던 찰스는 즉시 군악대를 향해 큼지막하게 외쳤다.

"회군! 회군!"

동시에 뿔고둥 소리와 북 소리가 대지를 진동시켰다.

회군을 지시한 동시에 찰스는 오크 군단을 향해 눈을 돌렸다. 아직까지 별다른 움직임은 없었다. 대체 무엇 때문에 버나드가 회군을 지시했는지 이해가 가지 않았다.

그러나 순간 초록 물결이 크게 변하자 찰스는 경악하며 손을 들어 그 중심을 가리켰다.

"오, 오크가……!"

놀랍게도 좌우 날개에서 네 줄기 초록 물결이 3대와 4대를 맞이하듯 작은 포위망을 형성했다. 반대로 중앙은 뒤로 물러서며 근위대의 중군을 유인하려는 움직임을 보였다.

그리고 찰스는 황당하다는 듯 외쳤다.

"진법을 구사하고 있습니다!"

"맞았네. 그렇다는 얘기는 할튼이 오크를 통제하는 것은 군대와 유사하다는 뜻이지."

"놀랍군요. 대체 어떤 방식으로……?"

찰스의 흥분은 많이 가라앉았지만 여전히 감탄을 금치 못했다.

"감탄이나 하고 있을 때가 아니네. 저들이 진형을 갖출 수 있다면 우리의 전투력으로는 이길 수 없다는 뜻이니까."

버나드의 대꾸에 찰스도 '으음' 하고 신음을 터뜨렸다.

그럴 수밖에 없는 것이 기병의 돌진만으로는 오크 군단을 뚫을 수 없기 때문이었다. 앞쪽의 몇몇은 어떻게든 쓰러뜨릴 수 있겠지만, 기본적으로 키 2~3미터의 거구인 오크가 2~3겹씩 서 있는 것을 뚫을 가능성은 적었다. 오크가 진형을 갖춘다고 해도 '어차피 보병'이라는 것엔 변함이 없지만 문제는 그 보병의 수준이었다. 말을 탄 기병보다 더 크고 무게도 더 나간다. 돌진하여 창으로 뚫을 순 있어도 말발굽에 짓밟힐 정도의 녀석들이 아닌 것이다. 진법을 구사할 수 있는 그들은 '정말 엄청나게 뛰어난 보병'인 셈이었다.

그리고 그런 보병을 상대로 경장갑의 기병으로 돌진하는 어리석음을 저지를 버나드가 아니었다. 그리고 이미 버나드는 충분히 예상했다. 작전을 세우며 회군에 대한 내용을 포함시킨 것도, 뉴카슬 협곡 뒤에 제2진인 7근위대를 포진시킨 것도 그런 이유였다.

버나드는 계획대로 협곡 중심으로 군대를 후퇴하기로 결심했다.

"2단계 작전을 시작하게."

버나드의 지시에 곧바로 찰스는 부하들에게 외쳤다.

"7대, 8대, 9대, 10대, 사격 준비! 3대와 4대는 회군과 동시에 협곡으로 퇴각!"

곧바로 중군에 속해 있던 기사들이 크로스 보우를 꺼내 장전했다. 재장전에 시간이 걸리는 만큼, 그리고 아군의 후퇴를 돕기 위한 것인만큼 기사들은 침착하게 오크를 겨누기만 했다.

뒤이어 회군 중인 다니엘과 자네트의 부대가 빠르게 아군의 진영을 거쳐 협곡으로 내달렸다. 중앙에서 돌격하던 로딘의 부대도 횡에서 종으로 진형을 바꾸며 3대와 4대의 뒤를 이었다. 이들 다섯 부대가 빠져 나갈 동안 지원을 한 후에 버나드의 본대가 탈출한다는…….

그런 작전이었다.

하지만 오크를 지휘하는 적장도 바보는 아니었다. 군단장 중에서도 제법 뛰어난 실력을 갖췄다는 찰스조차 놀랄 정도로 재빨리 진형을 바꿔대던 오크 군단이었다. 게다가 적이 도주하는 모습에 '어머, 쟤네 활을 쏘려는 모양이야' 하며 겁을 집어먹을 녀석들도 아니었다.

하지만 오크들은 회군하는 기병들을 멍청히 바라보기만 했다. 의아함과 기이함을 넘어 이상하다고 생각할 즈음,

콰쾅!

오크 군단 쪽에서 엄청난 굉음이 터졌다.

"뭐지?!"

"뭐야?!"

당황한 병사들이 놀라 소리쳤다. 귀청이 떨어질 것 같은 굉음과 함께 시커멓고 둥그런 무언가가 군대를 향해 날아왔다… 가 아니라 병사들의 머리 위로 날아갔다. '슈웅' 하는 바람 소리와 함께.

콰콱!

다섯 개의 사람 머리통만한 까만 구슬이 뉴카슬 협곡 좌우를 강타했다. 그 여파에 협곡 좌우가 으깨어지고 결에 따라 갈라진 바위들이 바닥에 떨어졌다.

마침 그 밑으로 3대와 4대가 후퇴를 하던 중이었고 순식간에 그 일대에 피바람이 휩몰아쳤다. 비명과 함께 미처 피하지 못한 몇몇 기병들이 떨어지는 바위에 꼬치처럼 꿰여 죽음을 맞이했다. 그리고 많은 기병들이 무너지는 바위틈에 말과 함께 짜부라지며 피를 토해냈다. 뼈와 살이 으깨어지는, 그런 아수라장으로 바뀌었다.

"대포……! 저들에게 대포가 있습니다!"

찰스의 외침이 아니더라도 지금 상황에 대해 버나드도 이해하고 있었다. 왜 야론 인들의 무기가 저들에게 있는지 궁금해 미칠 지경이었

지만 그것말고도 더 미치고 환장할 상황이 지금 닥친 셈이었다.

이대로 적이 대포를 쏴대는 것을 손 놓고 구경만 할 수는 없었다. 만약 대포에 의해 협곡이 무너진다면 퇴로가 막힌 근위대는 그대로 몰살당할 수밖에 없었다. 작전을 위해 선택한 뉴카슬 협곡이 그대로 무덤이 될 수도 있었다.

"대체 어디에서……?"

버나드의 눈이 빛나며 적진을 살폈다.

콰쾅!

두 번째 포탄이 발사되는 것과 동시에 초록색 물결 뒤로 까만 점 다섯이 버나드의 눈에 들어왔다. 각 대포의 거리가 떨어져 있진 않았지만 단번에 공격하기엔 거리가 있었다.

두 번째 포탄도 협곡의 좌우에 맞았고 버나드는 적군 대장의 속셈을 확실히 알아챘다. 그의 짐작대로 협곡을 부숴 가두려는 속셈이 분명했다. 하지만 대포 앞까지 다가갈 방도가 없었다. 그리고 포탄에 의한 공격과 함께 오크의 초록 물결이 파도처럼 몰려들었다.

기병들이 다져 놓은 땅 위로 이번엔 오크들이 발걸음을 놀렸다. 짧고 뭉툭한 다리를 놀리며 오크의 군세는 점차 근위대를 향해 다가오고 있었다.

"발사!"

누군가의 외침과 함께 장전하고 있던 기사들의 크로스 보우가 화살을 뿜었다. 하지만 윈저의 중장거리 공격에도 끄떡없던 오크들이었다. 그들은 날아오는 화살을 온몸으로 받아내며 더욱 힘차게 달려들었다.

"어, 어라……?"

처음으로 버나드의 얼굴이 일그러졌다. 뭔가 엄청난 착오를 일으켰다는, 적에 대해 너무 모르고 있었다는 것을 깨달았다. 그리고 그것이 어떤 결과를 초래할지 그는 너무나도 잘 알고 있었다.

전멸!

버나드의 얼굴이 급속도로 탈색되었다. 버나드의 머리 속이 새하얗게 타올랐다. 버나드의 입속에서 하얀 비명이 새어 나왔다. 그리고 버나드의 시야에 까만 점이 나타났다.

왼쪽에서 시작된 까만 점은 오크 군단의 후방에 갑자기 나타나 대포를 향해 맹렬히 질주했다. 그 뒤로 은빛 갑옷을 차려 입은 수십 명의 기사들이 꼬리처럼 뒤를 이었다.

"키… 렌……?!"

곁에 있던 하이렌의 중얼거림에 버나드의 의식이 확 깨어났다.

어느새 그의 의식 속에 패배가 자리 잡았는지 모르겠지만 적어도 자포자기하고 있을 수만은 없었다. 그리고 이미 새로운 돌파구를 찾아 로딘의 말이 쏜살같이 적진을 향해 내달리고 있었다.

이 상황을 타개할 가장 최선의 방법은 협곡이 무너지기 전에 대포를 부수는 방법뿐이었다. 그리고 동시에 세 사람이 그 생각에 초점을 맞추었다. 키렌과 로딘, 그리고 버나드가 바로 그 셋이었다.

버나드는 다급하게 레온을 향해 외쳤다.

"레온! 가서 키렌을 도와라!"

"알았어요, 형!"

대답과 함께 레온의 흑마가 바람처럼 날았다.

키렌의 뒤로 나타난 은빛 기사단은 유니콘의 문장이 펄럭이는 깃발을 들고 있었다. 바로 레스터 가문의 문장으로 그 정체는 레스터 기사단이었다. 그 앞에 키렌을 따르는 다섯 사람이 레온의 시야에 들어왔다.

　네 명의 친위대 기사와 레스터 기사단을 이끄는 프란츠 백작이 바로 그들이었다. 키렌을 선두로 수십 명의 기사들은 대포를 향해 거침없이 질주했다.

　오크를 지휘하는 적장이 누구인지는 모르지만, 그는 승리에 대해 너무 과신했다. 협곡이 무너진 후에 오크를 움직여도 충분할 일을 근위대의 혼란을 가중시킬 생각으로, 물론 그것이 아주 틀린 것은 아니었지만 섣불리 오크를 진군시킨 탓에 대포를 지킬 병력이 순식간에 사라진 것이다. 그리고 그 빈틈을 마치 기다렸다는 듯이 키렌이 파고들었다.

　수백의 오크가 키렌의 앞을 가로막았지만 흑기사 키렌의 검을 당할 수는 없었다. 그의 장검이 휘둘려질 때마다 사지가 쫙쫙 찢겨 나가며 폭죽처럼 터졌다. 기마병 특유의 짓밟고 말고의 여지도 없었다. 마치 폭풍이 휘몰아치듯 키렌 앞으로 몰려들던 오크는 달리던 기세보다 더 힘차게 반대 편 하늘로 날아올랐다. 키렌의 검기와 검풍과 검세에 휘말린 채.

　그러나 역시 오크는 보통 보병과 달랐다. 인해 전술을 방불케 하는 수백의 오크가 드디어 키렌의 질주를 막아냈다. 아니, 키렌의 말을 멈추었다. 그리고 그 대가로 더 큰 피해를 감수해야만 했다.

　뒤이어 도착한 친위기사 네 명 거너, 알란, 앤더슨, 월의 공격이 불을 뿜었다. 그들 네 사람의 가세에 오크들은 새로운 공중 곡예를 개시했다. 이번엔 키렌에게 맞은 녀석들처럼 사지가 찢어지지 않았지만 몸한 군데에 커다란 구멍이 숭숭 뚫렸다. 키렌처럼 검기를 뿜을 수 없는 네 사람은 긴 창을 들고 두 명씩 나란히 서서 찔러 들어갔다. 창끝에 꿰인 오크는 커다란 구멍으로 짙은 초록 피를 진득하게 뿜어내며 반대

편으로 나가떨어졌다.

그리고 그들을 따라 레스터 기사단이 합류했다.

기마대란 바로 이런 것이다! 라는 걸 보여주기라도 하듯, 프란츠가 이끄는 기사들은 삼삼오오 짝을 맞춰 장창을 겨누고 돌진해 들어갔다. 이미 키렌과 친위대에 의해 엷어진 방어막을 레스터 기사단은 과감하게 뚫고 들어갔다. 창으로 찌르고 말로 짓밟고 방패로 두들겼다.

갑자기 자신들의 본성을 깨달은 듯, 오크들은 사방에서 '꺅꺅' 거리며 비명을 질렀다. 그리고 오크의 진형은 산산이 흩어졌다. 키렌이 이끄는 기마대가 드디어 오크를 돌파한 것이다.

달리는 흑마 위에서 레온은 그 모든 광경을 빠짐없이 지켜봤다. 그리고 더욱 힘차게 고삐를 움켜쥐며 질끈 입술을 깨물었다.

'나도 질 수야 없지!'

그리고 이제 막 그의 시아에 수백 겹의 오크 군단이 들이닥쳤다.

레온의 흑마는 어느새 로딘의 뒤로 바싹 따라붙었다. 고개를 돌려 레온임을 확인한 로딘이 빙긋 웃었다. 조금 있으면 오크 무리에 두 사람이 포위될 상황이었지만 로딘이 있다는 것에 크게 안심을 하며 레온도 미소를 지었다.

"가세할게요, 로딘."

로딘은 고개를 끄덕인 후 검을 뽑았다.

"배워두면 좋을 겁니다, 레온."

로딘이 검을 찔렀다.

엄청난 검기가 솟구쳤다. 거의 십여 미터에 이르는 검기가 창처럼 일직선으로 오크를 향해 뻗어 나갔고 여기에 맞은 오크는 찢어지고 말고 할 여지도 없었다. 형체조차 안 남고 검기에 녹아들었다. 그리고 검기에 의해 대기가 일으킨 진동은 검풍이 되어 휘몰아쳤다.

정통으로 맞은 녀석은 하얗게 녹고, 스친 녀석은 검풍에 휘말려 사방으로 튀어 올랐다. 키렌이 날려 올린 것보다 훨씬 더 높이, 더 멀리, 더 빠르게! 그리고 로딘 앞으로 초록 물결이 반으로 갈라졌다.

"카슨에게 배웠으니 금세 알아채겠지요?"

"간… 격?"

단 한 번 본 것만으로 레온은 로딘의 검기가 어떤 성질의 것인지 알아챌 수 있었다. 검기를 최고로 뻗어 창처럼 찌르는 것은 카슨이 즐겨 쓰는 기술 중에 하나였다. 상대와의 간격을 무시한 채 기습 공격을 위주로 하는 카슨만의 수법, 그것을 로딘은 한 단계 끌어올려 사용하고 있었다.

그는 검기를 회전시켜 뻗었다. 마치 드릴로 바위를 뚫어버리듯 회오리처럼 뻗어 나가는 검기는 상대를 날려 버리는 것이 아니라 그대로 뚫었다. 아니, 짓뭉갰다. 아니아니, 녹였다.

검기를 길게 뻗는 것은 상대와의 거리를 일순간에 없애는 수법으로 '간격'이라 이름 붙여진 것으로 마나의 양에 따라 길이가 달라진다. 검기를 회전시키는 것은 '파워'에 해당하는 기술로 또한 마나의 양에 따라 회전력이 달라진다. 어느 쪽이든 기본적인 기술로 대개의 마스터들은 이 둘 중에 하나를 선택하여 익히지만 대개는 파워를 위주로 하는 기술을 선호했다. 간격에 의한 수법은 어느 정도 마나가 쌓이면 자동적으로 길게 검기를 뻗을 수 있기 때문이다. 게다가 간격이란 기술은 실전에서 그다지 도움이 되지 않는다는 단점도 있었다.

카슨의 경우엔 간격만을 비약적으로 발전시켜 타 마스터의 검기와 배 이상 차이 내면서 실전에서도 엄청난 위력을 보였다는 점이 탁월했지만 언제나 예외란 있는 법이다. 적어도 파워만 가지고 그와 견줄 수 있는 마스터는 버나드가 유일하다는 정평이 날 정도였으니 말이다.

한데 지금 로딘이 선보인 것은 간격을 위주로 하던 카슨의 기술과 파워를 위주로 하던 버나드의 기술을 동시에 구사한 것이었다. 그 정도의 기술을 펼치려면 검사가 지니고 있어야 할 마나의 양이 엄청나게 필요했다. 수련을 통해 쌓을 수 있는 마나의 양엔 한계가 있기 때문에 대부분의 마스터들도 둘 중에 하나만 선택하여 수련하는 것이다. 대체 로딘이 어떻게 그 한계를 넘었는지 레온은 경악하지 않을 수 없었다.

"괴, 굉장해요!"

감탄을 하긴 했지만 레온도 이 새로운 검법에 대해 도전하고 싶어졌다.

얼른 검을 뽑아 든 레온은 조금 전 로딘이 쥐었던 방식으로 검을 세웠다. 정면을 향해 어깨와 일직선이 되도록 검을 쥔 후에 로딘이 했던 것처럼 검을 뻗었다. 역시나 엄청난 검기가 레온의 검으로 뿜어져 나왔다.

그 순간 레온은 숨이 턱하니 막혀오는 고통과 하늘이 노랗게 보일 정도의 현기증에 하마터면 고삐를 놓치고 말에서 굴러 떨어질 뻔했다. 가까스로 발에 힘을 주어 버텨낸 레온은 얼른 앞으로 시선을 돌렸다.

그의 곁에서 로딘이 두 번째로 검기를 발사하는 것이 보였다. 그리고 그의 검기를 보면서 자신의 것이 잘못되었음을 확실히 실감했다.

로딘의 검기는 두 번째임에도 불구하고 처음과 파괴력에서 그다지 차이가 없었다. 게다가 레온이 발사한 검기는 끝에 이르러서는 그저 멀리까지 찔러 들어간 정도였지만 로딘의 것은 확실하게 끝까지 회전하고 있었다.

뭔가 방법이 다르다는 것을 깨닫는 레온을 로딘은 미소로 바라봤다. 그는 검을 쥔 손을 살짝 레온을 향해 보였다.

"감아쥐는 겁니다. 검기를 회전시키는 것이 아니라 찌르는 순간 검을 회전시키는 것이지요."

더 설명을 하려는 로딘의 입을 막으며 레온이 소리쳤다.

"아! 그렇구나!"

대답과 함께 레온은 손을 감아쥐어 어깨 높이로 들었다. 마치 창 한 자루를 쥐고 있는 듯한 자세였다.

그리고 찔렀다.

어설프긴 했지만 레온의 검기도 회전을 하며 뻗어 나갔다. 앞에 있던 오크의 몸이 산산이 부서졌고 그 뒤로도 수십 마리가 꼬치 꿰이듯 검기에 관통되었다. 검기 주위에 있던 몇몇도 검풍에 휘말려 붕붕 떠밀렸다.

그렇지만 전체적으로 로딘의 그것과는 비교할 수 없을 정도로 약했다. 자연히 레온은 이마를 찡그리며 다시 검을 쥐었다.

다행히 이번에 쓴 검법은 그다지 힘이 들지 않았다. 그저 검기를 길게 뻗는 정도에 불과하기 때문에, 그리고 그 수련은 이미 레온에게 있어선 오래전에 익혔던 것이기에 얼마든지 사용할 수 있었다.

몇 번에 걸쳐 반복하며 점차 로딘의 그것과 유사해지는 것에 만족한 레온은 슬쩍 대포까지의 거리를 가늠했다. 얼마 남지 않았다. 아니, 어느새 키렌을 선두로 한 레스터 기사단이 이쪽을 향해 길을 뚫고 있는 것이 보였다.

'그러고 보니 언제부터인지 대포 소리가 들리지 않았군.'

새로운 기술에 너무 열중한 탓에 키렌이 대포를 부쉈다는 것도 알아채지 못했었다. 하지만 이미 대포를 부수려던 처음의 작전이 성공했기에 이제부터는 키렌을 도와 레스터 기사단을 탈출시키는 데 주력하면 되었다. 한결 가벼워진 마음으로 레온은 로딘을 바라봤다.

"제가 뒤를 맡을게요."

"그럼 전 키렌님을 돕도록 하죠."

"사실은 아직 정확도가 떨어지는 것 같아서요."

혀를 살짝 깨물며 레온은 웃었다.

자칫하면 자신의 형과 레스터 기사단에게 검기를 쏠까 봐 걱정되어 퇴로를 맡은 것이다.

레온은 흑마의 고삐를 움켜쥐었다. 벌써 레온의 뜻을 알아챈 흑마는 뒷발로 180° 회전을 하며 성큼 뒤로 돌아섰다.

"받아라아~!"

로딘에게 받은 검술에 벌써 익숙해진 레온은 흑마가 착지하기도 전에 검을 뺐었다. 그의 검에서 은빛 검기가 투명하게 뻗어 나갔다. 그리고 확실하게 회전을 했다.

펑! 펑! 펑!

수십 마리의 오크를 한순간에 녹이고 또 수십 마리의 오크가 하늘로 날아올랐다. 그런 레온의 검기를 슬쩍 바라본 후에 로딘은 쓴웃음을 지었다.

"이런, 이런. 나도 제대로 익히는 데 몇 달은 걸린 것인데 한 번 보고 요점을 들려준 것만으로 저 정도라니요. 정말 굉장한 동생이로군요, 카슨."

혼잣말을 중얼거리며 로딘도 키렌을 향해 검을 뺐었다.

한순간에 로딘과 키렌 사이에 바다가 갈라지듯 긴 터널이 생겼고 그

틈을 키렌은 놓치지 않았다. 오른손에 쥐고 있던 장검에 더해 왼손으로 중검을 꺼내 든 키렌이 좌우에서 달려드는 오크를 향해 휘둘렀다.

그의 기마술은 페나인 최고라고 정평이 났다. 쌍검술을 익히기로 작정했을 때부터 지금 같은 상황에 대비해 기마술을 익혔고 양손이 자유로운 키렌은 좌우의 오크를 풀 베듯 쓸어 넘겼다. 레온이나 로딘처럼 방대한 마나를 기본으로 강력한 검술을 구사하진 못했지만, 그의 쌍검에 검게 피어 오르는 흑빛 검기도 가히 무시할 정도는 아니었다.

특히 검을 중심으로 일어난 마나는 빠르게 회전하며 굉장한 검풍을 일으켰고 한 번 휘두를 때마다 좌우로 오크의 살덩이가 뭉텅뭉텅 찢겨 나갔다.

그리고 그 뒤로 친위대 기사 넷이 창을 곧추 세우고 돌진했으며 레스터 기사단 역시 승승장구하듯 달려왔다. 앞서 달려오며 퇴로를 확보하던 키렌이 외쳤다.

"오랜만이다, 레온!"

"안녕, 형! 근데 우린 항상 전투 시에만 만나는 것 같아."

"그것도 그렇군!"

오크에게 빙 둘러싸였으면서도 여유를 잃지 않는 레온과 키렌이었다. 그렇지만 어느 누구도 불안해하지 않았다. 지금 이 자리엔 마스터가 세 명이나 되는데 대체 무슨 걱정이 되겠는가 말이다.

문득 키렌은 로딘에게 고개를 돌렸다.

"그대는 로딘인가?"

"그렇습니다, 키렌 경."

"만나서 반갑군."

그렇지만 키렌의 얼굴은 그다지 반가운 기색이 아니었다.

"보아하니 실력이 카슨 형이랑 비슷한 것 같던데?"

"배웠으니까요."

"어이, 어이! 그런 걸 가르친다고 배워지면 마스터는 아무나 하게?"

뒤따르던 친위대 기사 중에 거녀가 투덜거리듯 중얼거렸다. 멀리서부터 이런 굉장한 것을 구경한 친위대의 기사들은 꽤나 위축되었다. 수도에서 기사 시험에 합격한 후, 그 능력을 인정받아 친위대로 차출된 그들에게 검을 지도한 이는 바로 키렌이었다. 마스터에게 검술을 지도받는다고 마스터가 되란 법은 물론 없다. 하지만 눈앞에 이 엄청난 검사는 그것을 당연하다고 대답했다.

그 바로 뒤에 레스터 기사단을 이끌던 프란츠가 소리쳤다.

"키렌 공자, 레온! 어서 이곳을 빠져나가야 합니다."

"알았습니다, 프란츠 백작!"

대답과 함께 키렌은 레온과 로딘을 돌아봤다.

"앞을 뚫는 건 그대 둘에게 맡기겠다."

"알았어, 형! 맡겨둬!"

"네, 알겠습니다."

대답과 함께 두 사람이 동시에 검을 뽑았다. 일직선으로 두 개의 검기가 솟구쳤고, 이번엔 각자 펼치던 것보다 훨씬 위력적인 폭풍이 휘몰아쳤다.

퍼엉!

그 굉음은 결코 대포 소리에 못지 않았다. 퇴각 중이던 근위대의 병사들이 이 폭음에 깜짝 놀라 이쪽을 향해 고개를 돌릴 정도였다. 그리고 그 소리에 못지 않은 광경이 레온과 로딘 앞에 활짝 펼쳐졌다.

긴 터널 정도가 아니라, 그들 앞으로 한순간에 들판이 펼쳐졌다. 초록 핏물이 홍건하게 대지를 적시고 있어 언뜻 보기에도 들판이 생겨난 것 같은, 그런 광경이었다.

"내가 뒤를 맡을……."

폭음과 함께 펼쳐진 광경에 키렌은 할 말을 잃었다. 그뿐만이 아니라 레온도 로딘도 입을 쩍 벌렸다. 레온과 로딘으로부터 거의 이십여 미터에 이르는 부분에 넓은 반원이 생긴 것이다.

"이대로 가도록 하지."

키렌은 중검을 꽂고 손짓으로 전진 명령을 내렸다.

"길이 미끄러우니 조심해서 전진하라!"

덧붙여 명령을 내리는 순간 퍼져 있던 오크들이 돌진하다 와당탕 넘어지는 광경이 기사들에게 포착되었다.

'이거 참, 둥글게 둥글게 포위된 상태에서 검 한번 휘두르지 않고 빠져나가는 것은 좋다만… 이건 완전히 기어가는 셈이잖아?'

거녀의 투덜거림에 알란도 한마디 했다.

"오크에게 활이 없는 것이 다행이군."

일행은 서둘러, 그러나 미끄러지지 않게 초록 대지를 밟고 앞으로 나아갔다. 그리고 잠시 후 월이 비명을 지르며 고함을 질렀다.

"젠장! 말이 씨가 된다더니!"

갑자기 사방에서 돌이 날아들었다. 확실히 활 같은 무기를 제조하는 능력이 오크에겐 없었다. 하지만 중거리 공격을 자연 속에서 익힌 오크들이었다. 어느새 손에 손에 돌을 움켜쥔 오크들은 기사단을 향해 마구 돌을 날렸다.

그 순간 로딘이 말 위에서 내렸다. 그리고 바닥에 납작 엎드리며 검기를 뻗었다.

초록 대지가 사방으로 파이며 핏물에 의해 미끈거리던 땅이 깊게 파였다. 그리고 그 충격에 로딘의 몸도 하늘로 솟구쳤다.

레온의 발이 힘차게 구르자 흑마가 로딘이 떨어질 곳으로 힘차게 날았다. 이 정도 미끄러움은 장난도 아니라는 듯, 흑마는 가볍게 로딘이 있는 곳으로 달려갔고 레온은 떨어지는 로딘을 받아 들었다.

"그거 괜찮은 생각이네요."

"하지만 반동이 장난이 아닙니다."

위급한 상황에 떠올린 기발한 생각이었지만 몇 번이고 사용할 수 없겠다 싶어 로딘이 씁쓸하게 대꾸했다.

"그 정도면 충분해요."

로딘을 뒤에 앉히며 레온은 로딘이 파놓은 길 위로 말을 달렸다. 벌써 그 길로 수십 명의 기병들이 말을 달리고 있었다.

"방금 그 일격으로 핏물이 덮인 대지를 벗어날 수 있게 되었으니까요."

키렌과 친위대 기사들이 초록 대지를 벗어나 오크를 뚫기 위해 전투를 벌이고 있을 때 레온이 도착했다.

그는 고함을 지르며 달려들었다.

"비켜요, 형!"

키렌이 비키자 레온의 검이 쏜살같이 뻗어 나갔다. 몇 번을 쓰고도 엄청난 위력의 검기가 카논의 세이버로부터 방사되었다.

드디어 버나드가 이끄는 근위대로 향하는 벌판이 나타났다.

넓은 벌판이 나타난 이상 일행은 위급한 상황을 벗어난 셈이었다. 오크가 아무리 대단한 보병일지라도 말을 타고 있는 기병을 따라잡는다는 것은 불가능하기 때문이다. 레온과 로딘, 키렌을 선두로 기사들은 맹렬히 도망쳤다.

그 앞에 뿌연 먼지와 함께 하이렌이 나타났다. 그를 선두로 스레이와 제프, 키리모아의 모습과 그들이 이끄는 유쾌한 사람들도 있었다.

"수고했다, 레온, 키렌! 모두들 무사한가?"

그들을 원조하기 위해 부랴부랴 유쾌한 사람들을 이끌고 전투에 참가했지만 이미 레온 일행은 무사히 몬스터를 뚫고 탈출한 후였다. 하이렌은 더 미련을 두지 않은 채 곧바로 말을 돌려 레온 일행과 같이 도망치기 시작했다.

"모두들 무사합니다!"

키렌의 대답과 함께 하이렌은 안도의 숨을 쉬었다. 그리고 키렌을 향해 눈시울을 붉히며 물었다.

"그동안 어디서 뭘 한 거냐? 걱정 많이 했다."

"그건 나중에 설명하도록 하고 우선 탈출을 서두르도록 하죠."

"으음, 그 점이라면 걱정없다. 너희들이 크게 뒤흔들어놓은 탓에 오크의 진형은 제멋대로 망가져 매우 혼란스럽거든. 우리들의 퇴로도 무사하고 후퇴도 순조롭게 진행되고 있다."

"후퇴?!"

의외라는 듯 키렌이 반문했다. 버나드의 성격상 적을 눈앞에 두고 후퇴를 한다는 것이 언뜻 이해 가지 않았다. 게다가 적의 가장 큰 무기인 대포를 자신의 손으로 부숴놓지 않았던가? 한순간에 승기를 잡았는데 어째서 후퇴를 하는 것인지 그로선 도무지 이해할 수 없는 작전이었다.

그리고 키렌이 정면 뉴카슬 협곡으로 눈을 돌렸을 때, 그곳은 확실히 하이렌의 말대로 후퇴하고 있는 근위대의 행렬이 이어지고 있었다. 키렌의 눈동자가 가늘어졌다.

"어째서 후퇴를 하는 것입니까? 이대로 기병을 몰아 오크를 쓸어버려야 합니다! 제가 선두에 서겠어요!"

"이것은 작전이다, 키렌!"

어떻게 설명해야 할지 난감한 표정을 지으며 하이렌이 대답했다.

"무슨 작전이 이래요?"

키렌의 반문에 레온의 뒤에 있던 로딘이 대답했다.

"처음 작전 회의를 할 때 결정된 것입니다, 키렌 경."

"그렇다 해도 전시엔 의외의 변수라는 게 작용하는 거다. 승기를 잡았을 때 공격하는 것이 도리가 아닌가?"

키렌의 퉁명스런 답변에 로딘은 싱긋 미소를 지었다.

키렌이 불편한 심기를 드러내자 하이렌이 곧바로 손을 들어 협곡을 가리켰다.

"협곡 반대편에 2진이 대기하고 있다. 우린 그곳으로 후퇴하여 전열을 재정비한 후 반격을 시도할 작정이다."

"유인이로군요."

그 대답에 키렌도 대충 상황을 파악하였다는 얼굴로 고개를 끄덕였다. 여전히 불만스런 표정이었지만 지금의 후퇴가 '작전상' 이라는 것만은 확실히 이해했다. 그리고 그 작전에 말없이 따르기로 결심했다. 여하튼 이 작전을 세운 것은 페나인이 자랑하는 장군 버나드임이 분명했으니까.

키렌의 기사단과 하이렌의 구원군, 그리고 레온과 로딘이 본대에 합류했을 때에도 아직 후퇴가 완료된 것은 아니었다. 점차 좁아지는 협곡의 특성상 아무리 기동력을 살린 기병들이라도 쉽게 빠져나가진 못했다. 게다가 삼차에 걸친 포격에 의해 협곡 좌우로 집채만한 바위가 떨어져 있다는 점도 퇴각을 방해했다.

다행스러우면서도 이해할 수 없는 것은, 키렌의 갑작스런 돌격에 적군 지휘부가 혼란을 겪게 되어 오크의 진군이 늦춰지고 있다는 점이었다. 물론 그것은 다행스런 점이었다. 하지만 버나드로서 이해할 수 없는 점은 고작 그 한 번의 돌진에 일정 지역의, 이를테면 대포가 있던 지휘부의 혼란은 이해할 수 있었지만 지금 상황은 넓게 산개하여 포진하고 있던 오크 전 군단이 멈춰 있다는 점이었다.

일만의, 그것도 덩치가 엄청나게 큰 오크라면 협곡을 매우고도 남았다. 그 넓은 지역을 한두 사람에 의해 통제한다는 것은 어차피 불가능, 굵직한 작전 명령은 지휘부에서 하달된다고 해도 각 전선의 전투는 개별적인 지휘관들에 의해 통솔되게 마련이었다. 즉, 적군 최초의 작전이 '대포 사격과 동시에 진군' 이었다면 지휘부가 완전히 타격을 받기 전까진 각 전선 지휘관들은 명령에 충실해 돌진을 해와야 정상이었다.

하지만 지금의 오크들은 돌진하던 곳에서 멈춰 서 이쪽 근위대의 후퇴를 멀거니 바라보고만 있었다.

"이상하군……."

여전히 적진을 살펴보고 있던 버나드는 나지막하게 중얼거렸다.

지금의 상황에 대해 버나드가 내릴 수 있는 결론은 하나였다. 이유를 알 순 없지만, 오크 전선에 지휘관이 섞여 있지 않다는 것이었다. 즉, 지휘부 자체에서 모든 명령이 떨어지고 있다는 얘기였다.

"네? 뭐라고 하셨습니까?"

후퇴 상황을 지켜보고 있던 찰스가 얼른 반문했다.

"아니, 아무것도 아닐세. 후퇴 상황은 어떤가?"

"네, 순조롭습니다. 반 이상 빠져나간 상태이고……."

찰스는 슬쩍 오크 군단이 멈춰 있는 곳과 아군의 거리를 가늠하며 말을 이었다.

"이 정도 거리라면 저들이 도착할 즈음이면 완전히 빠져나갈 수 있을 겁니다. 만일에 대비하여 후퇴를 지휘하는 다니엘과 자네트를 제외하고 모든 천기장을 뒤에 배치했습니다. 물론……."

약간 미안한 표정으로 찰스는 레온과 로딘 일행을 돌아봤다.

"저들도 가장 마지막에 퇴각하도록 지시했습니다."

"그렇게 미안해할 필요 없네. 가장 강한 녀석들이 퇴로를 지켜주는 것이 틀린 것은 아니니까. 저들은 마스터와 크루세이더가 잔뜩 있지 않은가?"

"그렇더라도……."

어두운 표정으로 찰스는 중얼거렸다.

"근위대의 퇴각에, 근위대에 소속되지 않은 자들의 도움을 받아야 한다는 것이 아무래도 유쾌한 기분은 아닙니다."

그 대답에 버나드는 씩 웃었다.

그의 기분을 이해 못하는 것은 아니었지만 지금의 버나드로선 최선의 타개책을 위해 누구의 힘이라도 빌려야만 했다. 그리고 이미 카네비스 산에서 그렇게 마음먹었다.

정체되어 있던 오크 전선이 다시 움직이기 시작했을 때엔 4근위대를 비롯하여 퇴로를 막고 있던 로딘의 유쾌한 사람들까지 협곡을 빠져나간 후였다.

마치 이 한 번의 일전에 모든 것을 걸기라도 하듯, 대포라는 신형 무기와 레스터 남부의 모든 오크를 몰고 왔던 적군은 너무나도 순순히 퇴각을 방조했다. 그리고 또 새롭게 움직이기 시작한 오크 전선은 물밀듯이 협곡으로 쇄도했다. 처음의 의도였던 것처럼 여기에서 모든 걸 끝내겠다는 듯―뭔가 앞뒤가 맞지 않는 작전이었지만―파죽지세로 달려들었다.

"하지만 후퇴가 완료된 상태라면 이제 우리가 유리한 셈이야."

협곡을 통해 쏟아져 나오는 오크를 멀찍이 바라보며 버나드는 회심의 미소를 지었다. 그의 좌우로 찰스와 도널드가 보좌하듯 붙어서 다음 명령을 기다렸다.

레온과 로딘이 마지막으로 2진에 합류했을 때 협곡에서 쏟아진 오크도 제법 3~4천을 헤아렸다.

하지만 이번엔 입장이 정반대였다. 오크의 무리는 협곡을 뒤로한 채 근위대에게 포위된 형국이었다. 게다가 상황은 좀 전과 전혀 달랐다. 아까는 서로 전열을 정비하여 대치한 상황이었지만 이번엔 근위대의 전열이 정비된 것에 비해 오크는 막 협곡을 빠져나와 전열이 흐트러져 있었기 때문이다.

"어렵지 않게 이기겠군요."

"완승을 바라봐도 될 것 같습니다."

곁에 있던 찰스와 도널드도 안도한 듯 대꾸했다.

이윽고 버나드의 손이 올라가자 두 사람은 뒤에 있던 전령과 군악대를 향해 외쳤다.

"신호를 보내라."

"불을 붙여라."

전령의 말발굽 소리와 군악대의 뿔고등 소리가 천지를 진동했다. 그리고 호응하듯 협곡 좌우에서 불길이 치솟았다. 뒤이어 2진으로 대기하고 있던 7근위대에서 불화살이 날아올랐다.

"화공이로군!"

마치 유성처럼 하늘을 수놓는 불화살을 올려다보며 키렌은 고개를 끄덕였다. 뭔가 작전이 있다고 하이렌에게 듣기는 했지만 이쯤 되면 버나드의 생각을 짐작할 수 있었다. 그렇다면 지금 그들이 빠져나온 협곡은 온갖 인화 물질들이 땅속에 매장되어 있을 것이다.

그리고 그의 예상대로 협곡이 불타올랐다. 교묘하게 배치된 인화 물질은 협곡 안쪽으로 불을 뿜었고 기름이 한가득 들어 있는 기름통이 사방에서 화염을 일으켰다. 순식간에 협곡은 몬스터들의 무덤터로 바뀔 판이었다.

겨울임에도 불구하고 그 열기는 맨 앞에서 지휘를 하는 근위대 장교들에게도 느껴질 정도였다. 그리고 연신 웃음을 띤 도널드가 버나드를 향해 외쳤다.

"작전은 성공한 것 같습니다, 공작 각하."

"그런 것 같군."

"겨울이라 염려가 많았는데 다행히 초전에 큰 승리를 거둬 다행입니다."

"앞으로 식량 부족이 예상되는 만큼 되도록 봄이 되기 전에 전쟁을 끝내야 하네. 게다가 이 뉴카슬 협곡은 지역적 특성상 평범한 북풍이라고 할 수는 없지."

겨울엔 대륙 남쪽의 따뜻한 바다로 바람이 불게 된다. 웬만한 초원에서라도 북쪽에 위치한 버나드의 근위대가 화공을 택하는 것은 옳은 전략이었다. 하지만 버나드가 특별히 뉴카슬 협곡으로 정한 것은 남쪽으로 부는 바람이 점차 좁아지는 협곡에 막혀 중심부에서 강한 상승 바람을 일으킨다는 것이었다.

당연히 외곽에서 시작된 화염도 바람을 타고 중앙으로 급속도로 번졌고 중심부에선 초고열의 엄청난 열풍이 회오리칠 것이다. 그리고 그것으로 끝이었다. 최소한 중앙을 넘어 돌격한 오크는 전멸할 것이 분명했고 남은 녀석들도 금세 중부 지대로 들어올 여력은 없을 것이다.

그 잠깐의 시간 동안 수도와 연계 작전을 구사해 남부의 오크를 물리침과 동시에 강을 넘어 윈저로 들어간다는 것이 버나드가 생각해 낸 전체적인 전략이었다. 그리고 그 첫 단계가 무사히 완료되어 가고 있었다.

느긋한 마음으로 불길을 바라보고 있던 버나드는,

"으음……?"

불길 속에서 뭔가 움직이고 있다고 느꼈다. 마나를 잃었다고 해도 마스터로서의 감각까지 잃은 것은 아니다. 그의 시야에 희끗희끗한 무엇인가가 분명히 잡혔다.

"어엇? 이보게, 찰스 경, 도널드 경. 혹시 내 눈이 잘못된 것이 아닌가 해서 묻는 것인데……."

"저도 보고 있습니다, 공작 각하."

다소 딱딱하게 굳은 목소리로 도널드가 대답했다.

"그렇다면 하나만 더 묻겠네. 혹시 오크라는 몬스터는 불에 타면 해골이 되어 움직이는 생명체였나?"

"…잘 모르겠습니다."

"그리고 보니 이상한 점이 하나 있었습니다, 공작 각하."

어느새 다가온 로딘이 고개를 갸웃거렸다.

"돌격하면서 느낀 것인데 오크에게서 마나가 느껴지지 않았습니다."

"마나가 느껴지지 않았다?"

의아하여 반문하던 버나드는 다시 레온과 키렌을 바라봤다. 오크와 접전을 벌였던 자들 중에서 상대의 마나를 느낄 수 있었던 마스터는 총 세 명이었다. 로딘이 그렇게 느꼈다면 다른 사람도 그렇게 느껴야만 했다.

하지만 레온은 대뜸,

"아, 난 그런 거 신경도 못 썼는데……."

라고 모두에게 마스터로서의 자각이 부족하다는 것을 공개 실토했
다.

하지만 키렌은 역시 마스터,

"저 역시 그렇게 느꼈습니다. 마치……."

그리고 매우 불쾌했다는 듯 키렌은 얼굴을 찌푸렸다.

"죽은 시체들과 싸우는 것 같았습니다."

"죽은… 시체들……?"

혼잣말처럼 중얼거리며 생각에 잠기던 버나드는 곧 깜짝 놀란 얼굴
로 바뀌었다. 그리고 서둘러 주변을 향해 명령을 내렸다.

"찰스 채프맨!"

"네."

"현재 4근위대는 뒤쪽에 포진하고 있는 상태지?"

"네, 그렇습니다. 후퇴가 완료되는 시점부터 군영을 설치하라고 지
시했습니다."

"군영을 설치할 필요 없다. 그대는 즉시 4근위대를 포란 성으로 후
퇴시켜라."

"네?"

느닷없는 명령에 찰스가 당황하여 반문했다.

하지만 버나드는 이미 찰스에게서 시선을 거두어 도널드를 향하고
있었다.

"도널드 카일!"

"네, 공작 각하."

"4근위대가 퇴각하는 즉시 7근위대도 퇴각하도록 하라."

"자재는 어떻게 합니까?"

“퇴각 전까지 챙길 수 있는 것들만 챙긴다. 그 이외는 모두 포기한다.”

“하지만, 버나드 공작 각하! 겨울이라 식량을 구하기 힘들고 저희는 수도에서 급히 달려오느라 철과 목재, 기타 장비가 매우 부족한 상황입니다.”

“그 점에 있어선 문제없다. 이미 포란에서 해결했으니까. 음, 하지만 식량은 챙기는 게 좋겠군. 어쨌든 서둘러라.”

도널드 역시 난감한 표정으로 멍하니 버나드를 바라봤다.

확실히 뛰어난 지휘관이긴 했지만 자신의 속내를 거의 비치지 않는 탓에 지금의 명령이 무엇을 근거로 하는 것인지 두 사람은 전혀 짐작할 수 없었다. 그저 믿고 따르는 수밖에 없었지만 뭔가 납득할 수 없다는 것만은 공통된 생각이었다.

특히 이 겨울철에 이미 포란에 자재를 비축하고 있다는 것을 도널드는 믿을 수 없었다. 그럴 수밖에 없는 것이 그는 이미 한 달 전에 포란 성에 들어와 레스터 기사단에 소속된 기병들을 무장 해제시킨 장본인이었다. 당연히 포란 성의 상태에 대해 누구보다 잘 알았다. 뉴카슬 협곡으로 진군할 때까지도 거의 전무하던 자재 상황이 어떻게 해결되었단 말인가? 혹시 레스터 성에 비축한 것을 가져왔었나 하고 기억을 더듬었지만 곧 ‘이쪽에 자재가 몽땅 탔어. 혹시 남는 거 있으면 원조 좀 해주지 않겠나, 도널드?’ 라고 친근한 글투로 찰스가 보냈던 서신을 떠올렸다.

후우~ 하고 한숨을 쉬며 도리질을 하는 도널드에게 버나드가 날카롭게 외쳤다.

“내가 준비되었다고 하면 된 것이다. 내 말을 믿을 수 없다는 뜻인가?”

서릿발 같은 외침에 도널드가 바짝 긴장하여 말 위에서 부동 자세를 취했다.

"아닙니다, 공작 각하."

"그럼 어서 출발하도록 하라!"

"네."

대답과 함께 찰스와 도널드가 각자의 군단으로 달려가려 했다.

문득 버나드는 찰스를 불러 세웠다.

"4근위대에 마법사가 하나 있다고 했었지?"

"네, 그렇습니다. 오크너 가문의 제니퍼라는 마법사입니다. 윈저 마법사 학회 출신으로 5써클 마법사라고 합니다. 마스터 단계는 아니지만 충분히 숙련의 경지에 이르러 수도에서도 제법 중요한 직무를 담당하고 있다고 들었습니다."

"그녀와 다니엘을 데려오게."

"…다니엘?"

고개를 갸웃하던 찰스는 이내 깨달은 듯 고개를 끄덕였다.

"그렇군요. 박학다식한 다니엘이라면 저 상황에 대해 설명할 수 있을지도 모르지요. 즉시 데려오겠습니다."

그리고 이내 찰스는 후방을 향해 말을 달렸다.

두 사람이 지휘 본부를 떠난 후에도 모여 있던 사람들은 불길을 응시하며 갖가지 표정을 지어대고 있었다. 경악, 황당, 놀람 등등의 표정이 나타났고 그중에 압권은 레온의 잔뜩 일그러진 얼굴이었다.

그는 대뜸 한마디 했다.

"끔. 찍. 해!"

"어떻게 저런 화염 속에서……?"

말끝을 흐리며 하이렌도 중얼거렸다.

"정말 죽은 자인지도 모르겠군요."

뭔가 짐작하는 것이 있는 듯 로딘도 한마디 했다.

"……."

키렌은 말없이 멍하니 바라보고만 있었다. 그는 조금 전까지 저런 녀석들을 무참히 짓밟으며 적진을 마구 누볐다. 잘 생각해 보면 적의 빈틈을 잘 노렸기 때문이지 자신의 능력이 뛰어나서가 아니었다. 그 사실을 지금 그는 절실하게 깨닫고 있는 중이었다.

그때 버나드가 키렌 뒤에 서 있는 프란츠를 찾아냈다. 그는 곧 생각난 듯 프란츠에게 말을 걸었다.

"오랜만에 뵙습니다, 프란츠 백작."

"그렇군요, 버나드 후… 어째서 공작이 되신 겁니까?"

반문하는 프란츠의 얼굴은 매우 굳어졌다.

"…그렇게 됐습니다."

"그렇습니까?"

짐작하고 있는 사실을 굳이 확인하고 싶지는 않은 프란츠였다.

"한데 저에게 하실 말씀이라도?"

"레스터 기사들은 모두 몇 명입니까?"

"총 삼십사 명입니다."

"잘됐군요. 그들 전부를 전령으로 써야겠습니다."

"네?"

일순 프란츠의 얼굴이 불쾌함으로 일그러졌다. 수도의 기사들보다 수준은 낮았지만 그들은 검으로 유명한 레스터의 기사들이었다. 타 영지의 기사들과는 비교할 수도 없었으며 여기 있는 근위대의 기사들과 비교하자면 천기장에겐 안 되어도 백기장 정도라면 견줄 수 있는 그런 기사들인 것이다. 그런 그들을 전령으로 쓰겠다니!

"레스터 사정을 가장 잘 아는 사람들이지 않습니까?"

조심스럽게 버나드가 설명했다.

누가 뭐래도 여기 있는 프란츠는 선대 때부터 충성을 해온 아버지의 가신이었다. 근위대의 다른 기사에게야 굳이 설명을 하지 않고 강압적으로 밀어붙여도 된다지만 프란츠에게 그럴 수 있는 입장은 아닌 것이다. 물론 자신이 레스터 가문의 대표라고 해도 말이다.

"지금 즉시 레스터 중부 전역에 전령을 띄워야 할 것 같습니다. 저런 화염 속에서도 움직일 수 있다는 것은 굉장히 위협적인 녀석들이란 뜻입니다. 영지 주민들을 각 성으로 피신시키고 어떠한 상황이 닥쳐도 성을 사수한 채 나오지 말라고 지시해야 합니다. 이해하시겠습니까?"

"음, 그 일은 레스터 지리를 잘 아는 우리에게 맡기겠다는 뜻이로군요?"

수긍한 듯 프란츠의 굳어진 얼굴이 풀어졌다.

덧붙여 하이렌도 프란츠를 향해 정중하게 말을 건넸다.

"경과 레스터 기사단밖에 없습니다. 전투야 우리가 담당한다지만 그로 인해 주민들이 겪을 피해는 가능하다면 막아야 하지 않겠습니까?"

"물론입니다, 하이렌 경!"

평소에도 하이렌의 요청에 군무를 조언하던 프란츠였다. 특히 최근 레스터의 부흥에 주력하던 그의 모습에서 많이 감명받았던 그는 흔쾌한 대답과 함께 레스터 기사들이 모여 있는 곳으로 달려갔다.

잠시 그의 뒷모습을 지켜보던 버나드는 근심스런 표정으로 정면으로 고개를 돌렸다. 그의 상식으로 도무지 이해할 수 없는 일, 바로 화염에 불타면서도 움직일 수 있는 어떤 그 무엇, 그 존재가 지금 그의 눈앞에 펼쳐졌다. 보고 있는 것을 부정할 수만은 없었다. 그리고 어떻게든 최선책을 강구하여 다음 행동으로 넘어가야 했다. 그렇게 하기 위해서 적의 정체가 무엇인지 빨리 알아야만 했다.

"대포가 있었다는 것도 놀라웠는데⋯⋯."

혼잣말을 중얼거리던 버나드는 문득 키렌에게 고개를 끄덕였다.

"다행히 네가 있어서 대포는 부술 수 있었다. 한데 넌 어쩌다 프란츠 백작과⋯⋯?"

"윈저에서 수색 작업을 벌이던 와중에 수도의 소식을 들었습니다. 그 즉시 레스터로 잠입해서 포란 성으로 가던 중 남하하던 프란츠 백작을 만나게 되었지요. 뭐, 그 다음은 지금과 같이 되었습니다."

키렌의 떨떠름한 답변이었지만 이내 버나드는 그의 속셈을 알아챘다. 염려했던 대로 그는 정말로 반란을 할 생각이었음이 분명했다. 그렇지 않고서야 그가 곧바로 포란 성으로 갈 이유도, 남쪽으로 도주할 이유도 없기 때문이었다. 포란에 있는 레스터 기사단을 규합한 후에 소영주가 많이 모여 있는 남쪽을 근거로 반란을 하려는 속셈을 버나드는 단숨에 꿰뚫어 보았다. 순간 식은땀이 그의 등줄기를 타고 흘렀다. 하마터면 정말로 레스터 가문은 반란을 해버릴 뻔하지 않았는가.

버나드와 하이렌이 키렌을 살피며 속으로 안도를 하는 동안 레온이 문득 나섰다.

"키렌 형, 혹시 레스터 기사단에 소나임이란 사람은 없었어? 분명 프란츠 백작과 함께 갔다고 하던데⋯⋯?"

"아아, 그런 녀석들이 있었지. 남부에서 배회하던 중에 버나드 형이 근위대를 장악하여 포란 성에 있다는 얘기를 듣고 곧 남쪽에서 전투가 있을 거라고 예상했거든. 그래서 나와 기사단은 이쪽으로, 그리고 프란츠 백작의 부관과 소나… 뭐라던 녀석들은 포란 성으로 보냈어."

키렌은 싱긋 웃었다.

"전투에 도움이 안 되는 녀석들이니까. 하지만 포란 성에선 할 일이 있겠지 싶었거든."

두 사람이 벌써 포란 성으로 떠났다는 말에 레온은 안심했다. 그렇지 않아도 좀 전의 전투에서 두 사람을 볼 수 없어 조금 불안했던 참이었다. 안도를 하며 레온은 다시 전방으로 눈을 돌렸다. 그 끔찍한 풍경, 불꽃 속에 춤을 추며 진군하는 해골들의 행렬을 지켜봤다.

그때,

"부르셨습니까, 레스터 공작 각하의 전직 마스터 근위 대장 버나드 경!"

저 멀리부터 뭐가 그리 기쁜지 고래고래 고함을 지르며 달려오는 이는 다니엘이었다. 그는 멋들어진 폼으로 버나드 앞에 말을 멈춰 세우며 우아한 폼으로 경례를 붙였다. 약간 토할 것 같은 표정으로 하이렌이 멀뚱히 바라보자 문득 곁에 있던 키렌이 퉁명스럽게 대꾸했다.

"저런 짓을 할 사람은 근위대에서 단 한 명뿐일 겁니다. 아마 다니엘 소프 경이겠죠."

"아, 이거 초면인데도 저를 알아봐 주시다니 영광입니다, 키렌 경!"

"그렇게 밝히고도 여전히 잘 살아 있군요?"

"그럼요. 이래 봬도 체력 하나는 끝내주거든요."

다니엘이 씨익 미소를 짓는 동안 키렌도 쓴웃음을 지었다.

"전 입을 말한 거였습니다."

"아, 그랬나요? 걱정해 주어 감사합니다. 물론 입도 아주 끝내주게 잘 있답니다."

"다니엘."

"네, 공작 각하."

버나드의 눈빛이 날카롭게 빛나자 다니엘이 움찔하며 바싹 긴장했다.

"이대로 4근위대로 돌아가고 싶나?"

"…죄송합니다. 뭐 조사할 게 있다고 찰스 경께서 말씀하시던데요?"

대화를 더 해봤자 좋은 꼴은 못 볼 거라는 걸 다년간의 경험을 통해 체득하고 있는 다니엘은 곧바로 본론으로 들어갔다. 그러자 버나드는 손을 들어 불타는 협곡을 가리켰다.

"저것이 뭔지 알겠나?"

잠시 그쪽을 살펴보던 다니엘은 고개를 살짝 기울이며 반문했다.

"저게 왜 여기 있죠?"

"……."

버나드를 둘러싼 일행이 동시에 침묵했다. 앞뒤 다 잘라먹은 다니엘의 말이 전혀 이해가 가지 않았던 것이다.

"부탁인데 묻는 말부터 대답해 주게."

한숨과 함께, 그래도 다니엘은 저것의 정체를 알아보는 것 같으니 뭐라고 하지도 못한 채 버나드가 물었다.

"네. 제 생각에 저것은 해골 같습니다."

"……."

또 한 번의 침묵이 지휘부를 강타했다.

지금 이 지휘부에는 마스터가 네 명이나 있었고 마스터의 감각을 여전히 유지하고 있는 버나드도 있었다. 적어도 그들 중에 화염 속에서 움직이는 것이 무엇인지 알아보지 못할 정도로 눈이 나쁜 이는 하나도 없었다.

"그게 다인가?"

"네?"

하지만 다니엘은 자신의 대답에 굉장히 자부심을 안고 있는 듯했다.

"더 무슨 설명이 필요한가요?"

"대체 저게 무엇인지 묻고 있는 거 아닌가! 겨우 해골이라는 것을 확인하기 위해 자넬 불렀다고 생각하나?!"

"하지만 저것은 해골이 맞습니다, 공작 각하. 스켈레톤이라고도 불립니다."

갑자기 버나드의 뒤에서 침착한 여자 목소리가 들렸다.

이유를 알 수 없는, 적개심이 가득한 눈빛을 한 몸에 받으며 당황하던 다니엘은 뜻밖의 구원자에 얼른 그녀, 제니퍼를 반겼다.

"거 보십시오. 해골 맞잖아요."

"그리고 저것도 또한 몬스터의 일종입니다."

제니퍼의 대답에 지휘부가 순간 술렁댔다.

특히 버나드는 충격이 심한 듯 손으로 이마를 짚었다. 그는 의도적으로 제니퍼를 향해 물었다.

"정말로 오크의 몸에 불을 붙이면 해골이 되는 겁니까?"

"네?"

"그건 말도 안 됩니다, 공작 각하. 오크와 해골은 전혀 다른 몬스터니까요."

"너에게 묻지 않았다, 다니엘."

"하지만 다니엘 경의 말이 옳아요. 그 둘은 전혀 다르니까요. 뭐라고 설명할까⋯ 음, 해골이란 건 원래 죽은 생명체를 되살리는 ‘심령술’의 일종이니까요.”

“흑마법 같은 것인가요?”

문득 다니엘이 묻자 제니퍼는 얼굴을 붉히며 고개를 저었다.

“그건 저도 잘 모르겠습니다. 흑마법은 마족과 계약을 맺어 마법을 쓰는 것이지만 심령술도 그런 것인진 밝혀지지 않았거든요. 하지만 대개의 학회에선 그렇게 유추하고 있답니다.”

“오오, 정말 똑똑하신 분이군요, 제니퍼 경은. 미모만큼이나 뛰어난 지성입니다.”

다니엘의 얼굴을 슬쩍 쳐다본 버나드는 괜히 불렀다는 생각이 잠시 스쳤다. 하지만 깨끗이 그를 무시하기로 마음먹고 다니엘을 밀어내며 제니퍼에게 물었다.

“그럼 저것은 어떻게 막습니까?”

약간 당황한 듯, 아니, 난색을 표하며 제니퍼는 쭈뼛거렸다. 그러나 곧 심호흡과 함께 찬찬히 설명했다.

“윈저의 마법사 학회와 페로즈 성의 왕립 마법 학회, 어느 쪽에도 그런 정보는 없습니다. 그럴 수밖에 없는 것이 미스랜드 대륙에는 언데드 계열, 아, 언데드라는 것은 죽은 생명체를 말합니다. 어쨌든 언데드 계열의 몬스터가 없기 때문입니다. 오래전에는 있었지만 지금은 없기 때문에⋯⋯.”

잠시 제니퍼는 입을 가리고 생각에 잠겼다.

“아, 그러고 보니 뱀파이어 일족이 북쪽 나라에 있다는 얘기가 전해지지만, 뱀파이어와 스켈레톤은 전혀 다른 존재니까 막는 방법은 분명 다를 거라고 생각해요.”

“우리에게 중요한 건 그게 아닙니다.”

“아, 네. 죄송합니다. 문득 생각이 났어요.”

겸연쩍은 듯 제니퍼가 중얼거렸다.

“그렇다면 저것들은 대체 어디서 나타난 것입니까?”

“아!”

가장 중요한 것을 묻는 버나드의 질문에 제니퍼는 감탄사를 발했다.

“야론 대륙에는 아직 심령술사가 남아 있다고 전해집니다.”

“야론 대륙?”

의미심장한 눈빛으로 버나드는 주변을 훑어봤다. 문득 그의 시선이 로딘에게 이르자 그는 싱긋 미소를 지으며 대꾸했다.

“생각해 보면 대포라는 것도 야론 인들이 가지고 온 것이었지요.”

“으음, 그렇다면 리저드 후작의 배후엔 야론의 세력이 있다는 얘기로군.”

버나드는 일단 대략적인 적의 정체를 파악했다는 것에 만족했다. 그렇다고 현재의 상황이 크게 바뀌는 것은 아니었다. 그는 근심스런 표정으로 협곡을 주시했다.

어느새 불길이 약해졌다. 그리고 너울대는 불길 속에서 뼈와 살을 활활 태우며 2~3미터는 족히 될 것 같은 해골들이 너울너울 춤을 추었다.

“하지만 이상하군요. 해골은, 아니, 언데드 계열의 몬스터들은 원래 낮에 다닐 수 없는 거 아닙니까?”

문득 다니엘이 의아한 듯 물었다. 확실히 윈저 출신이라 그런지 다니엘도 아는 것이 많았다. 그리고 그의 중얼거림에 버나드의 귀가 솔깃했다.

"무슨 소리인가?"

"제가 알기론 그렇다는 겁니다. 해골이나 좀비나 미이라, 뱀파이어 같은 언데드 계열은 빛을 싫어한다고 읽었거든요."

"사실입니까?"

"네, 공작 각하. 하지만 야론 인 심령술사들이 여러 차례 개량했을 가능성이 있으니 완전히 믿을 순 없을 겁니다."

"개량?"

"언데드 계열의 몬스터는 태어날 때부터 저런 상태는 아닙니다, 공작 각하. 원래는 심령술사란 녀석들이 만든 것이죠."

곁에 있던 다니엘의 대답에 버나드는 확연히 깨달았다. 레온은 눈치채지 못했다고 했지만, 로딘과 키렌은 분명히 '죽은 생명체처럼 마나를 느낄 수 없었다' 라고 증언했다.

그는 얼른 고개를 돌리며 소리쳤다.

"그럼 저 오크들은 원래 죽은 녀석들이었을 가능성이 크겠군?"

어쩌면 적의 지휘부가 혼란에 빠졌을 때 오크 전선이 동시에 멈췄던 것도 그런 이유일 가능성이 컸다. 물론 지금 당장은 이것들을 피하는 것이 급선무였지만 확인해 볼 가치는 충분했다. 그것이 이 스켈레톤의 가장 큰 약점이 될 수도 있으니까.

"내가 알고 있는 지식으로는 죽은 자를 어떤 마법에 의해……."

심령술 같은 악랄한 주술과 비교당했다는 것에 제니퍼가 얼굴을 일그러뜨리자 얼른 버나드는 말을 바꾸었다.

"아, 죄송합니다. 어떤 주술에 의해 되살릴 경우, 그 죽었던 자를 '좀비' 라고 한다고 알고 있습니다. 하면 그 좀비를 만드는 것은 꼭 인간이 아니어도 상관없습니까?"

“네, 상관없습니다.”

버나드는 머리 속이 확 깨어나는 느낌이었다. 그제야 버나드는 자신의 생각이 옳았음을 깨달았다. 물론 그 짐작을 전제로 내린 명령이 너무 성급한 것은 아닌가 염려했지만 이제 제니퍼가 확인을 거쳐준 덕에 안도를 했다.

게다가 전혀 듣도 보도 못한 정체 모를 녀석들이긴 했지만 싸우지 못할 정도로 약점이 없는 녀석들은 아니라고 판단했다. 조금 연구를 해야 할 필요는 있겠지만. 그리고 그만한 시간을 벌기 위해서라도 지금은 후퇴를 해야 했다. 작전상 후퇴라는 것을.

“한 가지만 더 묻도록 하죠, 제니퍼 경. 혹시 좀비가 불에 탈 경우엔 해골이 될 수도 있습니까?”

“죄송합니다. 그건 모르겠습니다. 아까도 설명했듯이 미스랜드 대륙엔 심령술에 관련된 자료가 남아 있지 않았거든요.”

“그렇습니까……?”

아쉬운 듯 입맛을 다시는 버나드에게 궁금한 듯 하이렌이 물었다.

“형님 생각엔 저들 오크는 원래 죽은 상태였다가 해골이 되었다는 겁니까?”

“그래, 좀비에서 해골이 된 것이지. 아니, 어쩌면…….”

버나드는 뒷말을 흐리며 속으로 중얼거렸다.

‘해골로 만든 후 좀비처럼 위장하기 위해 살점을 붙였던 것인지도…….’

산과 산 사이에 메아리가 울렸다. 길게, 길게, 그리고 더 더욱 깊어지는 울림이 산 전체를 진동했다. 그것은 버나드가 이끄는 근위대가 뉴카슬 협곡에서 포란으로 회군하며 생긴 소리였다.

사방으로 전령들이 바삐 오가는 와중에 근위대는 무서운 속력으로 포란 성으로 달렸다. 그렇게 달리는 근위 기병들의 표정은 그다지 밝지 않았다. 그럴 수밖에 없는 것이 당당하게 포란 성을 나선 그들은 일주일도 채 못 되어 다시 돌아가게 되었기 때문이다.

뉴카슬 협곡의 전투에서 적의 진군을 저지, 다음에 곧바로 강을 건너 윈저로 들어가 적의 후방을 교란, 압박한다는 처음의 계획은 이제 전면 수정되었다. 협곡에서 있었던 전투는 모두의 예상을 뒤엎었다.

물론 전투는 승리했다. 레스터 기사단을 포함한 근위대의 피해는 전무, 반면에 적군은 반 이상이 불에 탔으며 당분간 레스터 중부 지대로 돌아갈 길목이 막힘으로 인해 전체적인 전략도 바뀔 것이 틀림없었다.

완벽한 대승!

하지만 그 순간에 버나드의 전략도 대폭 수정되었다. 적의 정체가 단순한 오크가 아님을 알아챘기 때문에 근위대는 부랴부랴 회군해야만 했다.

불행 중 다행인 것은 협곡이 강한 화염에 불타며 대포에 의해 결이 간 암반이 무너졌다는 점이었다. 그곳으로의 진군이 완전히 막힌 상태라 근위대는 회군 중에 추격을 받지 않게 되었다는 이득이 생겼다. 하지만 여전히 어떻게 적을 물리칠 것인가에 대한 타개책은 보이지 않았다.

그렇기 때문에 지금 말을 달리는 기병들은 전투에서 이기고도 사기가 크게 저하된 상태였다.

"앞으로 조금이다! 모두들 힘을 내라!"

앞에서 병사들을 독려하는 이는 자네트 캐로딘이었다.

뉴카슬 협곡에서 시작된 회군의 선두에 섰던 그녀는 여전히 앞에서 군대를 이끌었다. 현재 근위대는 밤에 쉴 때에도 막사를 설치하지 않았다. 그럴 만한 장비를 대부분 놔둔 탓이기도 했지만 쉬고 있는 동안에 적의 진군이 계속될 것이란 염려가 더 컸기 때문이었다. 그저 모닥불을 지펴 초겨울의 한기를 쫓는 정도로 만족하며 처음에 출발한 순서대로 달렸기 때문에 자네트가 여전히 선두를 유지하고 있는 것이다.

그리고 산악 지대의 특성상 뭉쳐서 달릴 수 없는 근위대는 장장 십여 킬로미터에 해당하는 긴 행렬을 유지해야만 했다. 마치 계곡 길을 따라 뱀이 지나가는 듯한 형상… 지금의 근위대가 딱 그 꼴이었다.

"이제 이 계곡만 지나면 포란 성에 들어갈 수 있겠어."

앞을 응시하며 자네트는 중얼거렸다.

곁에 있던 부관도 지친 얼굴을 애써 감추며 대꾸했다.

"들어올 때 눈여겨봐 둔 바로는 낮은 언덕이 몇 개 있었습니다."

"그게 낮은 것이었는지는 모르겠지만."

"여기에선 낮은 축에 속하죠. 어쨌든 강을 끼고 있으니 낮았잖아요?"

"뭐, 그렇다고 해두지. 그나저나 뒤쪽에선 잘 쫓아오고 있는지 모르겠어."

걱정스러운 듯 자네트가 중얼거렸다.

그때 부관이 앞을 가리키며 외쳤다.

"대장, 저것을 보십시오."

자네트가 바라보니 깃발을 휘날리며 달려오는 기병의 모습이 보였다. 척 보기에도 전령임을 알아볼 수 있는 그는 매우 다급한 기색이었다.

전령임을 알아본 순간 자네트의 얼굴은 살짝 굳어졌다.

'뭐야? 설마 상황이 더 악화되려는 조짐은 아니겠지?'

밀려오는 불안을 애써 떨치며 자네트는 옆으로 비켜섰다. 그녀의 앞으로 전령이 황급히 달려와 소리쳤다.

"대장님은 어디 계십니까?"

"여기에서 한참 뒤에 있다. 무슨 일인가?"

"수도에서 변고가 생겼습니다. 어서 보고해야 합니다."

"변… 고?"

자네트의 얼굴이 크게 일그러졌다.

"따라오라! 내가 길을 뚫겠다."

자네트는 안장 위에서 뿔고등을 꺼냈다. 그리고 재빨리 부관을 향해 외쳤다.

"난 지금부터 지휘부로 돌아갈 테니 그대는 계속 부대를 이끌고 전진하도록 하라."

"하, 하지만……."

부관이 뭐라고 말하려 했지만 벌써 자네트의 말은 남쪽을 향해 달렸다. 그녀의 뒤로 전령이 따랐고 뿔고둥 소리가 긴 여운을 남기며 들려왔다.

"앞쪽에서 전령이 오는 듯합니다."

달리는 와중에 은은하게 들려오는 뿔고둥 소리를 듣고 찰스가 입을 열었다. 그의 곁에 파리한 낯빛의 버나드는 힘겹게 고개를 끄덕였다.

"이대로 전진시켜라. 전령이 오면 지휘부만 따로 떨어지는 방향으로 하자."

"네, 알겠습니다."

잠시 버나드를 살피던 찰스는 이내 박차를 가해 속력을 높였다. 전령을 만나면 휴식을 취하도록 권고할 생각이었지만 보아하니 버나드는 전혀 쉴 기색이 아니었다. 만류한다고 들을 사람이 아님을 알고 있기에 찰스는 말없이 따랐다.

뿔고둥 소리가 점차 커지더니 잠시 후 자네트가 전령을 데리고 달려오는 모습이 보였다. 그때에서야 버나드는 행군에서 따로 떨어져 나왔다. 그를 따라 찰스와 도널드, 로딘과 키렌도 멈췄다.

숨을 헐떡이며 말에서 경례를 붙이는 전령에게 버나드는 물었다.

"무슨 일인가?"

"포란… 포란 성의 아벤 백작으로부터 전갈입니다."

"아벤?"

만에 하나라도, 혹시나 포란 성이 공격을 당하고 있는 것은 아닌가 하고 모두는 바싹 긴장을 했다. 게다가 급하게 달려온 전령의 표정도 그런 생각을 하는 데 일조했다. 전령은 자신이 어디에서 누구의 명령으로 왔는지 밝힌 후 곧바로 울음을 터뜨렸던 것이다.

혹시, 설마 하는 감정을 숨기지 않은 채 전령을 응시하던 모두에게 전령은 말했다.

"국왕 폐하께서 붕어(崩御)하셨습니다."

일순 굳어진 표정 그대로 모두들 꼼짝도 하지 않았다. 그들을 대표하여 버나드는 떨리는 음성으로 다시 물었다.

"뭐라고 했느냐?"

"국왕 폐하께서 돌아가셨다 합니다."

"그럴 리가 있느냐? 그 정정한 분이 갑자기 돌아가셨다는 것이 가당키나 한가!"

"폐하께서는 암살자의 손에 시해당한 듯합니다."

"시… 해?! 그렇다면 흉수는 누구라던가?"

"궁정 마법사 히드리크라 전해집니다."

"히, 히드리크?"

버나드의 몸이 크게 휘청거렸다.

국왕의 죽음이 가져올 여파는 엄청난 것이었다. 페나인의 특성상 대영주의 권한이 막강하다고 해도 국왕이 있고 없고의 차이는 컸다. 군 사기가 떨어지는 것은 물론, 자칫하면 페나인의 분열을 초래할 수도 있었다. 사분오열된 국력은 차례로 리저드에게 각개격파될 가능성이 컸다.

"이… 이 일은 당분간 비밀로 한다……."

버나드는 서둘러 주변을 둘러봤다.

어차피 소문날 일이라도 행군 중인 병사들을 동요시켜선 안 되었다. 마음속에 불안이 싹트면 금세 사방으로 퍼지게 마련, 군대와 같은 집단에 있어선, 그것도 지금과 같은 행군 중엔 위험에 노출되는 것이나 마찬가지였다.

망연한 표정을 짓고 있던 그들은 버나드의 일갈에 서서히 정신을 차렸다. 모두를 살핀 후 버나드는 즉시 다음 명령을 내렸다.

"행군 속도를 더 올리도록 하라. 포란으로 돌아간 직후에 전후 상황을 파악할 것이다."

"알겠습니다, 공작 각하."

찰스와 도널드는 비장한 얼굴로 대답과 함께 행군하는 기병 틈으로 빨려들듯 사라졌다.

"자네트 경, 그대는 전령을 데리고 선두로 돌아가라."

"네, 공작 각하."

선두로 돌아가라는 명령이었지만 혹시라도 전령이 소문을 낼 수 없도록 막으란 뜻임을 자네트는 알아챘다. 그녀는 서둘러 전령을 데리고 왔던 길을 되돌아갔다.

근위대의 기사들이 명령을 받고 사라지는 동안 버나드는 잠시 그 자리에 멈춰 섰다. 하늘을 응시하며 망연한 표정을 감추지 못하는 그의 곁에서 키렌이 울분에 찬 목소리로 입을 열었다.

"혀, 형님……."

버나드의 눈이 천천히 키렌에게로 향했다.

"그렇구나. 넌 친위대였지……."

국왕의 암살을 막지 못했으니 키렌으로서 얼마나 분하겠는가. 버나드는 그 심정을 이해한다는 듯 키렌의 어깨를 다독였다. 그리고 덧붙여 말했다.

"하지만 아직 끝난 것은 아니다. 가출하신 왕자 전하께서 계시지 않으냐? 서둘러 그분을 찾아 왕으로 추대해야만 한다. 그것이 네가 해야 할 일이다."

"형님……."

고삐를 움켜쥔 키렌의 두 주먹이 부르르 떨렸다.

평소의 담대한 키렌과는 너무나도 달라 버나드는 이상하게 여겼다. 그의 눈빛이 키렌을 응시했다. 키렌은 천천히 고개를 들어 버나드를 마주봤다. 그의 두 눈에 굵은 눈물이 흘렀다.

"무, 무슨 일이냐?"

"국왕 폐하를 시해한 자가 히드리크라면……."

키렌은 목이 메인 듯 흐느꼈다.

"리처드 전하께서도 무사하진 못할 것입니다."

버나드의 두 눈동자가 순간 큼직하게 떠졌다.

"그게 무슨 소리냐?"

"리처드 전하께서는 왕립 마법 학회에 출입이 잦았습니다. 대부분의 마법사들과 친분이 있지만 특히……."

키렌은 말끝을 흐렸다.

"특히 히드리크와 친했다는 말이냐?"

"그렇습니다, 형님."

키렌의 대답이 들리는 것과 동시에 버나드의 머리 속이 하얗게 타올랐다. 그리고 퍼즐 조각이 맞춰지는 것처럼 일련의 사건들이 하나씩 떠올랐다.

리처드 폰 카프 왕자의 갑작스러운 가출.

카슨 레스터의 의문의 죽음.

기리안 콘버드 대공의 느닷없는 탄핵.

레스터 가문의 예정된 멸문.

할튼 리저드의 기상천외한 오크 군단.

국왕 폐하를 암살한 히드리크.

각각 개별적으로 터진 사건이었지만 그 안에는 묘한 상관관계가 이루어졌다. 이를테면, 왕자가 가출하지 않았다면 기리안 대공의 탄핵은 없었을 것이고 당연히 레스터 가문은 누명을 쓰고 멸문되지 않았을 것이다.

마찬가지로 카슨의 죽음은 할튼의 반란을 예고하는 커다란 전주였다. 그가 죽지 않았다면, 모스 섬에서 무사히 임무를 수행했다면 이 모든 비극은 애초에 생기지 않았을 것이다.

결과적으로 모든 사건은 단 하나에 귀결되었다. 바로 반란을 일으킨 할튼 리저드를 전후좌우에서 지원하는 양상이었다. 역으로 바꾸면 이 모든 사건의 배후에는 할튼이 있다는 얘기였다.

그럼 어떻게 모스 섬에 있는 할튼이 수도의 사건을 배후에서 조작할 수 있었는가?

바로 히드리크 때문이었다. 왕자를 빼돌리고, 내지는 암살하고, 국왕을 시해하여 반란을 성공적으로 이끌 수 있도록 히드리크가 돕고 있음이 분명했다.

무서울 정도로 치밀하며 빈틈없는 계획.

처음에 염려했던 대로 할튼에겐 있었고 버나드에겐 없던 것.

바로 시간의 차이였다. 오크 군단을 상륙시키기 이전부터 할튼이 준비해 온 모든 것들이 이제 서서히 드러나고 있다. 그리고 그것을 막을 정도의 시간이 버나드에겐 없었다.

'페나인은… 끝났다.'

할튼 리저드의 오크 군단은 단순히 땅을 점령하는 것이 아니었다. 반란을 하고 있는 것도 아니었다. 자신이 왕이 되는 데 방해되는 것들을 거둬내고 있는 것에 불과했다.

왜냐 하면, 이미 페나인은 멸망했으니까.

"아니, 아직 끝나지 않았다."

문득 버나드는 입술을 질끈 깨물며 하늘을 향해 외쳤다.

"아직 끝나지 않았다, 할튼 리저드여!"

버나드는 부르짖었다.

"그 야망, 내가 부숴주겠다. 철저하게! 철저하게!"

"이거 참……."

팔짱을 낀 채 성문으로 들어오는 마차 행렬을 보던 알은 나지막하게 투덜거렸다. 그의 곁에서 똑같은 표정을 지은 채 바론도 묵묵히 서 있었다. 두 사람의 앞으로 철광석을 실은 묵직한 마차가 열을 맞추었다.

한숨과 함께 바론이 물었다.

"이건 내 생각인데… 이번의 네 판단은 계속 틀리는 것 같아."

"약 올리지 마라, 바론."

"약 올리는 게 아니라 탄식하는 거다."

"젠장, 철광으로 한몫 보려고 했는데… 대체 어디서 잘못된 것이람? 갑자기 국왕의 죽음이라니? 이렇게 되면 우린 누구에게 대금을 받아야 하는 거야?"

"내가 알기론 국왕에겐 아들이 하나 있다고 들었어. 그분이 다음 왕통을 이을 테니 그에게 받는 게……."

"헛소리하지 마, 바론. 친위대에 둘러싸여 있던 국왕조차도 덜컥 암살당하는 판에 왕자라고 안전할 까닭이 있겠어? 게다가 지금은 그 왕자라는 작자도 실종 중이잖아!"

"최소한 전쟁은 이겨야 할 텐데……."

바론의 걱정스런 말에 알은 그를 쳐다봤다. 뜻밖이라는 듯 알은 물었다.

"언제부터 국가를 걱정했던 거냐?"

"국가를 걱정하는 게 아니라……."

바론은 피식 자조적인 웃음을 흘렸다.

"아무래도 오크를 상대로 장사하고 싶진 않아서 말이지. 그래도 말이 통하는 사람을 상대하는 게 낫지 않겠어?"

"…그도 그렇군."

그렇게 대꾸하며 알은 속으로 중얼거렸다.

'오크도 치즈를 먹을까?'

두 사람이 동시에 '후우' 하고 한숨을 쉬는 와중에 성문 쪽에서 소란이 일었다. 알과 바론이 바라보니 몇몇 남자들이 성문으로 들어오려고 다투는 것처럼 보였다. 두 사람과 관련은 없었지만 지금은 자신들의 상품이 들어오고 있는 중이었기 때문에 천천히 성문으로 다가갔다.

"무슨 일이야?"

약간 짜증이 섞인 목소리로 알이 고함을 쳤다. 곁에 있던 바론은 들어오는 마차 행렬에 별로 이상한 점이 없음을 확인하고 그냥 알에게 맡긴 채 잠자코 있었다.

성문에서 시비를 걸던 이는 총 네 명이었다. 모두 평민의 복장을 하고 있었지만 꽤 먼 여행을 한 탓인지 옷은 낡고 추레했다. 하지만 옷감만은 고급의 것임을 알과 바론은 금세 알아봤다.

"오, 알. 별일 아냐. 이 녀석들이 성주님을 뵙겠다고 사정하는 통에 말야."

막고 있던 병사 하나가 대답을 하곤 다시 네 사람이 접근하지 못하도록 창을 크게 휘둘렀다. 그러자 네 사람이 동시에 알을 향해 소리쳤다.

"이봐, 알! 우리가 누군지 모르겠어?"

"으음?!"

갑자기 자신을 부르는 소리에 알은 고개를 들어 네 사람을 번갈아 쳐다봤다. 꽤 고급의 옷감을 입은 그 네 사람을 알은 얼른 기억해 내지 못했다. 그저 얼굴 한번 보고 다시 옷감을 살피고 또 얼굴 한번 보고 신발을 살피며 '제법 부유한 자유민이군' 하고 생각했다. 그렇게 한참의 시간이 지난 후에야 알은 이 네 사람이 입은 옷감이 비단이라는 것을 기억해 냈다.

"윈저의… 비단?"

나지막하게 중얼거린 후에야 알은 퍼뜩 정신을 차렸다. 비단은 포아스트 항구를 통해 들어오는 외국의 특산물이었다. 당연히 윈저에서도 귀중품이었고 타 영지의 시장에선 얻기 힘든 물건이었다. 그런 것을 평범한 자유민이 입을 수 있다는 것은 불가능.

하지만 알의 기억 속에 그런 고가의 상품을 손쉽게 손에 넣을 수 있는 굉장한 자유민이 네 사람 있었다.

"브리튼 대학의 교수?"

"그래, 맞았어!"

네 사람이 동시에 대답했다.

윈저에 있을 때 알은 저스틴 대공과 있었기 때문에 브리튼 대학을 찾아가지 못했었다. 당연히 브리튼 대학의 자유민 교수 사인방도 헤어질 때 잠깐 본 것뿐이었으니 기억하고 있을 리 만무했다.

알은 서둘러 병사들을 헤집으며 네 사람을 반겼다.

"너희들, 살아 있었구나!"

"어? 어이, 알. 아는 녀석들이냐?"

주춤거리며 병사들이 물러서자 알은 단호하게 외쳤다.

"그래! 그러니 통과시켜 줘. 이 사람들은 내 손님이야."

"그렇지만 넌 성주가 아니잖아?"

"이봐, 너희들. 이 성의 군수품을 누가 대고 있는지 잊은 건 아니지?"

뒤에 있던 바론이 끼어들며 위압적으로 얘기하자 알도 한마디 덧붙였다.

"원한다면 지금 아벤 백작의 허락을 구해오도록 할까?"

"쳇! 알았어, 통과."

병사가 물러서자 알은 네 사람을 성으로 안내했다.

"한데 여긴 어떻게 온 거야?"

"우리가 무슨 도움이 되지 않을까 해서 왔어. 캐러디안 숲을 통과해서 레스터 성에 먼저 들렀는데 이곳으로 군대가 이동했다는 말을 듣고……."

대답하던 노만은 찬찬히 성내를 둘러봤다.

"한데 이곳에도 병사는 그리 많지 않은걸?"

"지금은 남쪽에 있어. 레스터 남부에 반란군이 진입하지 못하게 막으려고 말야."

알의 대답에 네 사람이 흠칫하며 멈췄다. 그들을 대표하여 칼브가 소리쳤다.

"이 몬스터 소동이 반란이라는 것을 이미 알고 있단 말야?"

"물론. 오래전부터 알고 있었어, 나와 버나드 공작 각하께선."

뜻밖의 대답에 네 사람은 아연한 얼굴로 바뀌었다.

포아스트 항구가 점령당한 당일이 되어서야 리저드 후작의 반란을 알아챈 그들로선 도저히 믿어지지 않았다. 이미 오래전부터 반란을 예측하고 있었다는 알의 대답이. 페나인에 관련된 대다수의 정보를 가지고도 윈저에선 알지 못했는데 어떻게 알은 이미 짐작하고 있었단 말인가.

하지만 여기엔 알은 '알지만' 그들은 '모르는', 카슨이 죽으면서 남겼던 말이 있기 때문이었다. 그리고 그 점에 있어서 알은 이들에게 약간 미안해졌다. 처음에 그 정보를 접했을 때 윈저에도 연락을 취했다면 그들이 허망하게 패퇴하진 않았을 것이기 때문이다.

"한데 윈저 대공께선 어떻게 되셨지?"

알의 질문에 네 사람의 얼굴이 어두워졌다.

노만이 칼브의 눈치를 살피며 천천히 입을 열었다.

"아직 생사가 밝혀지진 않았어."

"그래……."

수긍하듯 고개를 끄덕이긴 했지만 알은 윈저 대공이 죽었다는 것을 눈치 챘다. 아마 대공의 심복인 행크 베이머도 죽었을 것이라고 알은 짐작했다.

알은 곧 담담히 입을 열었다.

"여튼 오느라 수고했다. 여긴 안전하니 편히 쉬도록 해."

"아니, 우린 쉬러 온 게 아니다."

케이스가 묵직하게 대꾸했고 돌연 네 사람의 얼굴에도 비장함이 넘쳤다. 당황한 알이 네 사람을 번갈아 쳐다보자 미크가 뒤이어 입을 열었다.

"우린 검도 쥘 줄 모르지만 분명 도움이 될 거야. 우리의 지식이 이곳에서 소용될 것이라 생각했기에 왔어. 그러니 우릴 성주에게 안내해다오."

"그렇지만……."

난감한 듯 알은 어깨를 으쓱했다.

확실히 지금 포란 성에서 알의 위치는 확고했다. 버나드가 주최하는 군단장 회의에도 간혹 불려갔었고 아벤과 연계하여 이루어지고 있는 물자 담당에서도 중책을 맡았다. 일개 자유민치고는 굉장한 지위 격상이었지만, 어차피 자유민이라는 한계는 있었다. 버나드, 하이렌 같은 귀족으로부터 굉장한 신임을 받고 있지만 엄밀히 따지면 군대에 소속된 것은 아니었다.

그에겐 사람을 추천할 만한 권한 같은 것은 없었다.

그러나 눈앞에 있는 브리튼 대학의 젊은 교수들 역시 알에게 그렇게 큰 기대는 하지 않았다. 그저 알을 통해 말이 통하는 귀족을 한 명이라도 만나면 다행이라고 생각하는 중이었다. 그리고 최소한 성문에서 보여주었던 알의 권한은 그 정도는 돼보였다. 그들이 원하는 것은 단 하나, 알을 통해 레온을 만나는 것이었다. 레온이라면 최소한 그들을 무시하지 않을 것이고 그의 형에게 소개해 줄 가능성이 컸다.

"안 되면 레온이라도 불러주지 않겠어?"

"녀석은 지금 남쪽에 있어."

"으음, 그건 곤란한데. 모르고 간다면 크게 당할지도 몰라."

네 사람이 신음을 토하는 모습에 이상함을 느낀 알이 다시 물었다.

"무슨 일이지?"

"적에게 신형 무기가 있어."

심호흡과 함께 미크가 대답했다.

"대포야. 야론 인들이 쓰는 무기지. 그들에게 그게 있어."

"윈저 성도 대포에 의해 무너졌다."

케이스도 덧붙였다.

"대… 포?"

처음 듣는 말에 알이 고개를 갸웃거렸다. 그러나 곁에 있던 바론의 얼굴은 심각하게 굳어졌다. 그는 대뜸 소리쳤다.

"정말인가? 리저드 군에 대포가 있다는 말이?"

"그래, 물론이야."

미크의 침착한 대답이 이어졌고 서둘러 바론은 알에게 말했다.

"이들을 아벤 백작에게 데려가자."

"대포라는 거… 그렇게 위력적이냐?"

"그래! 윈저의 성벽을 무너뜨릴 수 있을 정도로 굉장해!"

바론의 설명에 교수 사인방이 동시에 고개를 끄덕였다. 다행스럽게도 브리튼 대학 출신의 바론이 대포에 대해서 잘 알고 있는 듯했다.

"좋아, 알았어."

웬만한 일로는 얼굴빛 하나 바꾸지 않는 바론이 기겁을 하고 있었다. 알은 대답과 함께 네 사람을 이끌고 백작부로 향했다.

여섯 사람이 한데 뭉쳐 백작부로 달려가던 와중에 건물 뒤에서 누군가 튀어나왔다. 그는 대뜸 알의 소매를 잡아채며 소리쳤다.

"알! 나랑 잠시 얘기 좀 하자."

놀라 알이 돌아보니 그는 바로 수요였다.

"무슨 일이야? 지금은 안 돼. 나중에 하자."

"나도 급해! 지금 당장 나와 얘기해 줘!"

"이거 왜 이래? 나중에……."

소매를 뿌리치려던 알의 행동에 수요는 더욱 세게 붙들었다. 순간 소매가 '찌익' 하며 찢어졌다. 화가 치민 알은 매섭게 수요를 노려봤다. 하지만 수요의 눈빛에 찔끔하며 뿌리치려던 행동을 멈췄다.

"지금! 당장!"

"어, 그래."

알은 멈칫거리며 바론을 향해 손짓했다.

"네가 이들을 데려가도록 해. 내가 아니더라도 아벤 백작은 만나주실 거야."

"그래… 알았어……."

흘깃 수요를 살피며 바론도 마지못해 대답했다. 그리고 네 사람을 이끌고 가던 길을 재촉했다. 그들의 뒷모습을 지켜보며 잠시 놀랐던 가슴을 진정시킨 후, 알은 천천히 수요에게 눈을 돌렸다.

"무슨 일이지, 수요?"

마치 사람을 잡아먹을 듯한 살기를 뿜어내던 수요는 눈을 감고 흥분을 가라앉히려 노력했다.

"미안해, 미안. 하지만 나도 아주 급박해. 지금 날 도와줄 수 있는 건 너뿐이야."

"그래, 알았어. 친구 좋다는 게 뭐냐? 아, 얘기했었나? 널 고용하긴 했지만 언제나 친구로서 대해왔다는 거 말야. 알지, 내 맘?"

"그래… 알아."

수요는 감았던 눈을 떴다. 그리고 알을 바라봤다.

"부탁이 하나 있어."

"그래, 말해 봐."

"버나드 공작을 만나게 해줘."

"……."

'대체 다들 나한테 왜 이래?'

속으로 그렇게 꿍시렁대며 알은 듣기 좋게 타일렀다.

"넌 나의 좋은 친구야, 수요. 그러니까 하는 말인데 난 버나드 공작 각하와 장난 삼아 만나고 있는 게 아니라구. 나름대로 공적인 일이야. 각자에겐 각자의 임무가 있는 거란 말야. 내가 상회를 대표하여 공작과 만나는 것처럼 넌 상회의 일꾼으로서 철광석을 옮기는 일을 해야 하는 거라구. 알겠어?"

"난 버나드 공작과 만나야겠어."

"이거 왜 이래? 공작께서 여기 없는 건 네가 더 잘 알잖아?"

"그러니까 방법을 강구하란 말야! 넌 머리가 좋은 녀석이잖아?!"

발악하듯 소리치는 수요에게 알은 할 말을 잃고 멍하니 쳐다볼 뿐이었다. 겨우 더듬거리며 대꾸했다.

"너, 너도 머리는 좋잖아……."

"지금은 아무 생각도 나지 않아! 혼란해! 미칠 지경이야. 그러니까 네가 생각 좀 해줘."

"대체 내가 왜?"

'그것 말고도 생각할 거 천지란 말야! 제발 귀찮게 하지 말아줘!'

흥분한 상태인 수요에게 외칠 수 없는 말이기에 속으로 울부짖을 뿐이었다.

갑자기 수요는 알의 소매를 놨다. 하지만 그의 눈빛은 여전히 알을 움직일 수 없도록 강렬하게 빛을 뿜었다. 평소의 장난기 가득한 그의 눈빛과는 너무나도 달랐다. 게다가 못생긴 얼굴 가득 묘한 광채도 흘렀다.

그런 그를 알은 망연히 쳐다볼 뿐이었다.

"지금부터 내가 하는 말, 듣고 놀라지 마."

"…뭔데?"

"내 이름은 수요가 아니야."

"알아."

간단하게 대답한 다음 알은 설명을 덧붙였다.

"수요일에 만나서 수요라고 했던 거잖아? 그때 네 정체가 무엇일까 궁금하긴 했지만 그간 신경 쓰지 못했던 거지. 그래, 이제 밝힐 생각이 든 거야?"

그때를 떠올리며 알은 자세를 바로잡았다.

수요를 처음 만났던 날, 알은 그의 정체에 대해서 궁금했지만 그다지 걱정하지 않았다. 그의 행동과 말에서 가끔씩 귀족의 냄새가 나긴 했지만 그것 역시 걱정하지 않았다. 그럴 수밖에 없는 것이, 이미 레온에게 호되게 당한 탓이었다. 수요가 귀족이었다 해도 설마 공작의 아들이라는 직함을 걸겠냐, 라는 게 당시 알의 느긋한 생각이었다. 그저 위클리프의 어느 귀족 자제쯤 되겠지, 하고 짐작할 뿐이었다. 그나마도 시간이 흐를수록 '자유민과 너무나도 흡사하여' 까맣게 잊게 되었지만.

"내 이름은 리처드 폰 카프라고 해."

"리처드… 폰… 카프……"

그의 이름을 음미하듯 알은 천천히 되새겼다. 그리고 밝게 웃었다.

"그래, 알았어. 역시 짐작대로 귀족이었구나. 성이 있는 것을 보니 말야."

"가운데 '폰' 이란 칭호가 들어가는 이는 페나인에서 단 하나의 가문뿐이야."

이어진 수요의 설명에 알은 눈을 동그랗게 떴다. 무슨 말인지 쉽게 짐작이 가지 않았다.

"어느 나라나 마찬가지지. '폰' 이란 칭호는 어느 나라나 단 한 가문뿐이야."

"단 하나… 둘이 있을 수 없다는… 뜻?"

"그래."

한참 동안 알은 수요를 응시했다. 그가 무슨 말을 하는지는 몰랐지만 대충 느낌은 왔다. 그리고 갑자기 목이 메이며 갈증이 물밀듯이 들이닥쳤다. 그는 혀를 다시며 천천히 입을 열었다.

"나 지금 기절해도 돼?"

"아니, 안 돼."

수요의, 아니, 리처드의 눈빛이 더욱 강하게 빛을 뿜었다.

"버나드 공작을 만날 수 있게 해줘."

〈6권으로 이어집니다〉